U0506005

中华经典诗文之美

徐中玉——主编

朱惠国——编著

元明清诗文

上海人民出版社

出版说明

习近平总书记指出，中华文化积淀着中华民族最深沉的精神追求，代表着中华民族独特的精神标识；传承中华文化，要"以古人之规矩，开自己之生面"，重点做好创造性转化和创新性发展。为坚定文化自信，传承中华文脉，汲取古圣先贤的不朽智慧，激活民族文化的蓬勃生命力，上海人民出版社推出"中华经典诗文之美"系列丛书，以期通过出版工程的创造性转化，实现中华优秀传统文化的薪火相传、推陈出新。

丛书由著名学者、语文教育家徐中玉先生领衔主编，共 13 册，包括《诗经与楚辞》(陶型传编著)，《先秦两汉散文》(刘永翔、吕咏梅编著)，《汉魏六朝诗文赋》(程怡编著)，《唐宋诗》(徐中玉编著)，《唐宋词》(高建中编著)，《唐宋散文》(侯毓信编著)，《元散曲》(谭帆、邵明珍编著)，《元明清诗文》(朱惠国编著)，《近代诗文》(黄明、黄珅编著)，《古代短篇小说》(陈大康编著)，《笔记小品》(胡晓明、张炼红编著)，《诗文评品》(陈引驰、韩可胜编著)和《神话与故事》(陈勤建、常峻、黄景春编著)。所选篇目兼顾经典性与人文性，注重时代性与现实性，综合思想性与艺术性，引导读者从原典入手，使其在立身处世、修身养性、伦理亲情、民生疾苦、治国安邦等世界观、人生观、价值观方面有所思考和获益。

丛书设置"作者介绍"、"注释"、"说明"、"集评"栏目。"作者介绍"简要介绍作者生平及其著述,并大致勾勒其人生轨迹。"注释"解析疑难,解释重难点字词及部分读音,同时择要阐明历史典故、地理沿革、职官制度等知识背景,力求精当、准确、规范、晓畅。"说明"点明写作背景,阐释文章主题,赏析文章审美特色。"集评"一栏列选历代名家评点,以帮助读者更好理解和鉴赏。

丛书选录篇目出处,或于末尾注明所依底本,或于前言中由编选者作统一说明。选文所依底本均为慎重比照各版本后择优确定。原文中的古今字、通假字予以保留,不作改动;异体字在转换为简体字时,则依照现行国家标准予以调整。

丛书所选篇目的编次依据,或以文体之别,或以题材之异,或依作者朝代生平之先后,或依成书先后。成书年代或作者生平有异议者,则暂取一说。

"凡作传世之文者,必先有可以传世之心。"中华文明生生不息至今,是一代又一代仁人志士艰苦拼搏的成果;中华文明未来的繁荣兴盛,需要全体中华儿女的担当。"中华经典诗文之美"系列丛书的出版,将引导读者在对跨越时空、超越国度、富有永恒魅力、具有当代价值的传世诗文的百读不厌、常读常新中,树立民族自信心与自豪感,培养起守护、传承与弘扬中华优秀传统文化的传世之心,在实现"两个一百年"奋斗目标和中华民族伟大复兴中国梦的道路上,凝聚起全民的文化力量,和这个时代一同前行。

上海人民出版社

2017 年 6 月

导　读

　　文学经典是人类文明的沉淀与浓缩，是我们取之不尽、用之不竭的精神源泉，因此无论时代如何发展，阅读形式如何多变，经典阅读依然是我们获取人类文明丰厚成果的重要途径。对于处在知识积累、经验汲取、初步实践阶段的广大中学生来说，这点显得尤其重要。少而精的文学经典阅读，对中学生审美情趣的培养、文化品位的提高、道德修养的完善，乃至健全人格的形成，均有积极影响。

　　经典要读，但读哪些经典？这又是一个问题。谈到中国古代文学经典，大家首先想到的是唐诗、宋词、元曲，如果范围扩大一些，再加上诗骚、汉赋、六朝骈语、先秦两汉以及唐宋散文、明清小说。这种想法本身并没有错，按照王国维的观点，一代有一代之文学，以上所列大都可称为一代之文学，取得后世难以企及的高度，确实是中学生首先要读的文学经典。但问题是我们不能据此来排斥元明清的诗、词、文，更不能说唐以后没有诗，宋之后没有词、没有文了。"江山代有才人出，各领风骚数百年"，事实上，中国的诗、词、文在元明清三代依然延续、发展，并不时有优秀的作家和有影响的流派出现，留下了数量可观的经典作品。不了解、不阅读这些经典作品，很难说真正汲取了文学经典的全部精华，更谈不上完整把握了的中国文学的发展脉络。因此挑选、整理元明清诗、词、文中的经典作品，并将它们推荐给广大中学生，无疑是件很有意义的工作。

下面我们就按时间顺序，对元明清三代的诗词文创作情况作鸟瞰式的粗略介绍，帮助大家了解这一时期诗词文创作的基本情况，以便深入理解这些经典作品。

一

元代社会存世不长，加之元曲空前繁荣，元诗的创作总体呈衰弱态势，但尽管如此，元诗创作也有其自身特点：特点之一是一反宋诗重理的倾向，将诗歌创作重新拉回到重情的轨道上来。元人大都宗唐，认为重感情、重形象的唐诗比较适合他们的胃口，早在元初，王恽就提出了宗唐的创作主张，以后，由宋入元的仇远则进一步加以明确："近体吾主唐，古体吾主选（指《文选》中的古诗）。"这些创作主张与当时的创作实际大体是一致的，如欧阳玄的《罗舜美诗序》："我元延祐以来，弥文日盛，京师诸名公，咸宗魏晋唐。"即指出了元诗宗唐乃至魏晋的创作特征。以后明代李东阳在纵览元诗的基础上也指出："宋诗深，却去唐远；元诗浅，去唐却近。"（《麓堂诗话》）对元诗的总体风貌作了一大致的概括。特点之二是大量少数民族诗人的涌现，给当时诗坛增加了新鲜血液，带来一股清新而又粗犷的创作风气。我们可以毫不夸张地说，元代是中国历史上少数民族诗人创作最为繁荣的时期，少数民族诗人人数之多，作品之多，创作质量之高，都达到了一个新的高度。在这些少数民族诗人中，著名的有萨都剌、揭傒斯、耶律楚材、马祖常、迺贤、高克恭、余阙等。他们的创作一点都不比汉人作家逊色，比如萨都剌，他在当时诗坛上无疑是卓有成就的第一流诗人，汉人作家，如虞集就十分推崇他，以为"进士萨天锡，最长于情，流丽清婉"（《傅若金诗序》）。杨维桢也以为"其诗风流俊爽，修本朝家范；《宫词》、《芙蓉曲》虽王建、张籍无以过矣"（《西湖竹枝集》）。这种少数民族诗人大量涌现的现象跟蒙古人在当时社会占统治地位有关，足以成为元代诗坛一大特色。

元代社会诗歌创作总体不繁荣，诗人也不多，在前期及中叶的主要诗人有刘因、赵孟頫、虞集、杨载、范梈、揭傒斯等人，中后期则有萨都剌、王冕、黄镇成、杨维桢等。

元词的创作情况与元诗大致相同，即在元曲繁荣的同时，呈相对衰弱的态势，但由于刚刚经历了宋词的大繁荣阶段，这种相对衰弱在人们心中所形成反差比之元诗就要强烈得多，以致有人以为"元有曲而无词"（王世贞《艺苑卮言》），以为"元代尚曲，曲愈工而词愈晦"（陈廷焯《白雨斋词话》）。其实元词也有自己的特色：其特色之一是大量少数民族词人参与创作，这一点与元诗创作的情况大致相同，当时主要的少数民族词人有耶律铸、耶律楚材、白朴、萨都剌、李齐贤、司马昂夫等，他们在词坛上比较活跃，并创作出一定数量和质量的作品，这与其他时代少数民族词人只作为点缀的情况不同。其特色之二是元词总体上呈阳刚之气，基本上是沿着辛弃疾、刘克庄这一派的创作路子延伸下来。造成这一状况的原因有多种，其中最主要的有两方面：一是元朝时期，北方民族在国家政治生活中占绝对统治地位，他们的价值取向、审美习惯无不从各个方面影响了词这一艺术形式的创作，使这一长期扎根于南方土壤之上的艺术形式自觉或不自觉地由阴柔向阳刚靠拢，呈现出一种与整个时代风气一致的风貌特征。二是当时词的主要内容与宋代，尤其是北宋时的男欢女爱有较大不同，在元词中，有三类词的创作比较发达，即隐逸词、山水词、怀古词，这三类词的发达固然与元朝社会状况有关，但这些内容客观上又制约了词的风格，容易使词走向阳刚一路，或豪逸洒脱，或沉郁深幽。

整个元代并没出现特别引人注目的作者与作品，但元词毕竟是中国词史上必不可少的一部分。

元代散文与元诗、元词相比，又相对沉寂些，这可能与散文的实用性较强，而元代社会整体文化水平又不高有关。

二

明代的诗坛比元代要热闹得多，其原因一是明代社会持续时间长，文化较元代也发达得多；二是明代社会文艺思潮几经变化，各种创作主张、创作流派相互否定、相互融合，共同推动了诗歌艺术向前发展。

明初诗坛较为兴盛，出现了以刘基、高启为代表的作家群。这些作家经历了元末社会大动荡，亲身感受到战乱对国家、百姓带来的深重灾难，因此所作诗歌大都能体现社会生活，反映时代情绪，具有一定的深度与广度。但这种创作风气并没有持续很长时间，随着明代统治者文化高压政策的施行，一大批正直的诗人在精神、乃至肉体上受到极为残酷的迫害。洪武七年（1374）高启以诗文涉嫌讽刺而被腰斩，次年，刘基也遭毒手。之后，文祸不断，一次次地刺激作家的心灵，磨去他们创作上的棱角，迫使他们或远离社会，低声吟唱，或一味歌功颂德，粉饰太平。

以三杨（杨士奇、杨荣、杨溥）为首的台阁体诗派在此背景下产生。这派作者兼有大官僚与诗人的双重身份，诗作以应制、颂圣、题赠为主，他们对诗歌创作的危害不仅在于内容的平淡、庸俗，更重要的在于倡导了一种重理轻情的创作风气，在一定程度上淡化了诗以抒情为主的基本特质。以李梦阳为首的茶陵诗派虽未完全摆脱台阁体的创作倾向，但已开始有了一些新的变化，是从台阁体到前、后七子的过渡。真正扭转当时诗坛创作倾向的是以李梦阳、何景明为首的前七子和以李攀龙、王世贞为首的后七子，他们提倡复古，主张"文必秦汉、诗必盛唐"，这种主张对改变台阁体诗人的陈腐诗风，将诗歌创作拉回到唐诗重情的创作轨道上来起了不小的作用，但同时又由于过分强调复古，创作上往往陷入模拟的泥潭，其本身又渐渐暴露了先天的不足。明万历年后，以袁宗道、袁宏道、袁中道为首的公安派崛起，他们高举独抒"性灵"的旗帜，反对前、后七子的复古，改变了诗坛上模拟成风的创作倾向。但公安三袁又过分强调真情真性，以至将其与"闻见知识"对立起来，以为"闻见知识"愈多，"性灵"、"自然"就愈少，这就使其创作有时不免有轻率俚俗之感。稍后出现的以钟惺、谭元春为首的"竞陵派"也主张独抒"性灵"，但又不满于公安派的"轻"和"俚"，企图以"幽深孤峭"匡纠公安派的"肤浅俚俗"，但由于其自身创作过于纤僻，格局不大，影响也不大。

明代诗坛上还值得一提的是"正气诗歌"的创作。从明初的于谦到明中叶的戚继光、俞大猷、杨继盛，到晚明的瞿式耜、张煌言、陈子龙、夏完淳、张家玉等，他们的创作虽构不成明诗发展、演化的主流，但其高亢、激昂的歌声多少给风格纤弱的明诗坛增添了一些亮色。"正气诗歌"是明诗坛不可或缺的一部分。

明词创作的总体成就不高，在明前期和中叶，稍突出的词人是刘基、高启和杨慎，但也缺乏很突出的作品。最值得一提的词人大概是明末的陈子龙，陈子龙以词写情抒志，不惟内容比较健康，艺术上也较精致，使明词舞台在即将落幕时展现了一抹光彩。

明代散文创作与明诗的发展轨迹比较接近，经历了大致相同的几个阶段，许多明诗作者，如刘基、三袁等，本身就是优秀的散文作者，因此诗文在创作倾向上基本一致。明代散文从创作成就看，大致有三个高峰期：一是明初时期，以宋濂、刘基为代表。宋、刘两人都是明代的开国文臣，又身经战乱，因此他们的作品社会功用性相对强一些。二是明中叶唐宋派散文的创作，以归有光、唐顺之、王慎中为代表。他们的散文平易自然，以抒发真情真性见长，其中归有光的散文成就最高。三是明末小品散文创作，以张岱为代表。明末小品散文在中国散文史上具有十分突出的地位。

三

　　清代是中国封建社会最后一个朝代，也是中国古典诗词和散文的最后一个繁荣期。有人曾将宋词比作中天的丽日，将清词比作瑰丽的晚霞，其实，这一比喻同样适用于唐诗和清诗，清诗的总体成就虽远不能与唐诗相比，但其作家之多，作品之多，流派之多，给人留下了十分深刻的印象。

　　清初诗坛，最负盛名的当数"江左三大家"，即钱谦益、吴伟业、龚鼎孳，但三大家中的龚鼎孳无论在创作成就上还是在实际影响上，都远不如钱、吴二人。钱谦益在明末即已成名，入清后虽因降清而使人品、诗品声名大受影响，但他在诗坛上的盟主地位仍客观存在。他降清后又痛悔不已，思想上十分矛盾痛苦，这种复杂情绪也在诗中时时流露，以致其诗文集在乾隆时因多触忌讳而遭禁毁。钱谦益的诗激越苍凉，笔力沉厚，其七律、七绝尤为出色。吴伟业创作了大量反映明清时事的作品，如《圆圆曲》、《临江参军》、《松山哀》等。擅长七言歌行体，所作音节和谐，词采华美，被称为"梅村体"，在当时诗坛颇有影响。

　　以顾炎武、王夫之为代表的遗民诗人在清初诗坛也较有影响。他们始终保持民族气节，坚决反清，其诗作真实地反映了当时尖锐的民族矛盾，表现了强烈的民族意识，艺术上或劲健、或恣肆，也各擅其长，达到一定境界。除顾、王外，遗民诗人中杜濬、钱澄之、归庄、吴嘉纪、屈大均、陈恭尹等也较有名。

康熙年间社会趋于安定，这时诗坛上施闰章、宋琬较为有名，号称"南施北宋"，但他们的实际成就不如稍后的王士禛。王士禛是清代"神韵"诗派的创始人，其诗主"神韵"，诗风恬淡闲远，韵味悠然，在诗歌理论及创作实践上都对当时的诗坛产生一定影响。这时期较有名的诗人还有朱彝尊、毛奇龄、宋荦、查慎行、赵执信等。

清中叶诗坛流派较多，各派独树一帜，争奇斗艳，显得比较热闹。吴人沈德潜论诗主张学盛唐，强调"温柔敦厚"的诗教，成为"格调派"领袖。浙人厉鹗研究宋诗，创作也取法宋人，成为浙派诗人的代表。袁枚论诗主张抒发"性灵"，诗作轻新灵巧，别具韵味，成为"性灵派"的代表诗人。翁方纲论诗倡"肌理"说，主张将义理（思想意义）、文理（组织结构）、肌理（学问材料）统一起来，他诗宗"江西"，出入山谷、诚斋，注重学问材料，成为"肌理诗派"的创始人。这时期不立派的作家有黄景仁、郑燮、黎简、宋湘等人，其中又以黄景仁的成就稍大。稍后较有名的诗人有张问陶、孙原湘、舒位、王昙、吴嵩梁、彭兆荪等，他们中的不少人与上述诗派或多或少有些渊源，但创作上又自具特色，表现出诗坛风尚的转变。

词在经历了元明两代的长期衰弱之后，到清代又呈中兴气象，表现了这一文体的最后辉煌。

最早活跃于清初词坛的是以陈维崧为首的"阳羡词派"，该派词人多为阳羡（今江苏省宜兴市）籍人士，词派也因此得名。他们的作品与社会生活联系较密切，并有较强的民族意识，创作风格上推崇辛弃疾，走豪壮一路。他们在词坛上形成一定声势，创作出一定数量与质量的作品。

稍晚于"阳羡词派"而崛起于词坛的是"浙西词派"，该派早期词人多为浙西籍人士，词派由是得名，以后流风所及，不再限于浙西籍词人。该派论词主"清空"，推崇南宋的姜夔、张炎，所谓"不师秦七，不师黄九，倚新声、玉田差近"（朱彝尊《解佩令·自题词集》）。强调"醇雅"，在词的艺术上较为讲究。该词派由朱彝尊创立，朱之后又以厉鹗为主盟，在清初及清中叶词坛形成较大声势。除这两派外，清初词坛颇有成就的当数纳兰性德。纳兰为满族正黄旗人，康熙宠臣、大学士明珠的长子，其作以自然之语抒发真情真性，清丽流畅，纯为天籁，李煜之后，一人而已。

陈维崧、朱彝尊、纳兰性德，三人在清初词坛鼎足而三，为清词中兴的局面奠定了基础。除这三家外，顾贞观、曹贞吉等人的词在当时也有一定影响。

清中叶词坛最值得一提的是"常州词派"的崛起。该派由常州人张惠言创立，后又经周济发展，在词坛上形成很大声势。"常州派"词人以张惠言所编《词选》为标帜，推崇晚唐温庭筠和北宋周邦彦，论词讲究意内言外，比兴寄托。他们对匡纠当时词坛浙派末流浅薄、琐屑的词风起到了一定的作用，但又由于过分强调"微言大义"，其本身又不免有"穿凿附会"之弊。"常州词派"对词坛的影响一直持续到近现代，甚至更晚。

清代的散文创作也取得一定成就，颇有可观之处。清初的散文创作有两部分人比较活跃：一是以顾炎武、黄宗羲、王夫之为代表的遗民作家，他们诗文并举，又是学者兼作家，因此散文比较讲究实用，主张"文须有益于天下"，其作品多反映民族感情，表现民族意识，技法上也较成熟。二是主要以散文创作见长的作家，其中又以侯方域、魏禧、汪琬三大家较为著名。侯的散文成就最高，当时被推为古文第一，邵长衡以为"明季古文辞，自嘉、隆诸子，貌为秦汉，稍不厌众望，后来矫之，而矫之者变愈下，明文极敝，以讫于亡。朝宗始倡韩、欧之学于举世不为之日，遂于古文雄视一世"（《侯方域传》）。对其作了高度评价。

清中叶文坛有"桐城派"兴起。"桐城派"主要作家方苞、刘大櫆、姚鼐都是安徽桐城人，该派由是得名。"桐城派"散文理论由方苞创立，他提倡"义法"的主张："义即《易》之所谓'言有物'也，法即《易》之所谓'言有序'也，义以为经，而法纬之，然后为成体之文。"（方苞《望溪先生文集·又书货殖传后》）强调内容与形式的统一。以后刘大櫆、姚鼐又分别对这一理论作了补充，使之逐步完善。"桐城派"散文在创作上也取得实绩，留下诸如《狱中杂记》、《登泰山记》等一批优秀作品。该派前后延续二百多年，几乎笼盖了清中叶至五四运动前的整个散文创作领域。

"桐城派"的支流"阳湖派"也值得一提。该派以恽敬、张惠言为代表，创作理论与"桐城派"相近，但创作实践上有所差异，他们不满于方苞等人的才力薄弱，"旨近端而有时而歧，辞近醇而有时而窳"（恽敬《上曹俪笙侍郎书》)，创作时更讲究辞藻，甚至在词语中融入骈体成分，笔势也较为放纵，使文章显得较有气势。

本书选元明清诗 81 首、元明清词 64 首、元明清散文 26 篇，总计 171 首（篇）。因本"丛书"中另有《近代诗文》，故清代的诗、词、文只选至 1840 年鸦片战争爆发之前。另外考虑到本丛书的阅读对象以中学生为主，一些篇幅过程长，内容或文字过于艰涩的作品，虽为名篇佳构，也忍痛割爱。由于历时三代、兼及三种文体，作家众多，作品浩繁，选时只能精而又精，因此挂一漏万在所难免。本书所选作品一般照录全文，各种版本略有出入的地方择善而从，除个别地方外，不再一一注明。作者小传、注释、说明三部分内容既有自己的粗浅心得，又适当参考吸收了有关书籍、文章的观点与材料，书中难以一一列举标明，谨在此一并致谢。

　　由于学识有限，加之时间仓促，书中疏漏不妥之处在所难免，恳请各位方家及读者不吝赐正。

朱惠国

2017 年 6 月于上海

目录

元明清诗

耶律楚材

耶律楚材（1190—1244），字晋卿，辽东丹王耶律突欲八世孙，金尚书右丞耶律履之子。初仕金，官至尚书省左右司员外郎。元太祖铁木真取燕后，被召用，很受信任。太宗朝，官至中书令。元代立国规制，多由其奠定。工诗，也能词，有《湛然居士集》。

西域河中十咏（选三）

寂寞河中府，临流结草庐¹。开尊倾美酒²，掷网得新鱼。有客同联句，无人独看书。天涯获此乐，终老又何如。

寂寞河中府，颓垣绕故城³。园林无尽处，花木不知名。南岸独垂钓，西畴自省耕⁴。为人但知足，何处不安生。

寂寞河中府，西流绿水倾。冲风磨旧麦⁵，悬碓杵新粳⁶。春月花浑谢⁷，冬天草再生。优游聊卒岁⁸，更不忘归程。

---

[1]　临流：面对河流。结草庐：筑草房。
[2]　尊：酒杯一类的酒器。
[3]　颓垣：倒塌的墙。
[4]　西畴：西边的田地。畴：已耕作的田亩。省（xǐng）耕：古代帝王巡视春耕，此指耕作。
[5]　"冲风"句：句下作者自注："西人作磨，风动机轴以磨麦。"
[6]　"悬碓"句：句下作者自注："西人皆悬杵以舂。"碓（duì）：舂米的器具。
[7]　浑谢：全部凋谢。
[8]　卒岁：终年。

说明

河中府原为西辽西都寻思干城，即今乌兹别克撒马尔罕。公元 1219 年秋，成吉思汗率大军西征，攻克此城。耶律楚材当时扈驾西行，诗当作于此时。诗采用白描手法，一一表现西域特有的山川风光和民族风情，质朴自然，清新可喜，宛如一幅幅优美生动的西域风俗画。

集评

顾嗣立曰："（耶律楚材）雄篇秀句散落人间，为一代词臣倡始。"

——顾嗣立《元诗选》

早行

马驼残梦过寒塘¹，低转银河夜已央²。雁迹印开沙岸月，马蹄踏破板桥霜³。汤寒卯酒两三盏⁴，引睡新诗四五章⁵。古道迟迟四十里⁶，千山清晓日苍凉。

说明

全诗扣住"早"字。开头用残梦、夜尽，结尾行四十里方见晓日，均突出"早"，中间两联选用岸月、板桥霜的意象和人饮卯酒、做诗引睡的动作也无不生动形象地描画出早行之人的所见、所感、所为。诗刻画细致，意境清峻，层次清晰，结构严谨。

---

[1]　驼：通"驮"。
[2]　夜已央：夜已尽。《诗经·小雅·庭燎》："夜如何其？夜未央。"
[3]　"雁迹"两句：温庭筠《商山早行》："鸡声茅店月，人迹板桥霜。"
[4]　汤寒：祛寒。汤：通"荡"。卯酒：卯时所饮之酒。卯：十二时辰之一，清晨五时至七时。
[5]　引睡：引开睡意。
[6]　迟迟：缓行貌。

戴表元

戴表元（1244—1310），字帅初，一字曾伯，庆元奉化（今浙江奉化）人。宋度宗咸淳年间进士。官建宁府教授。元成宗大德八年（1304）除信州教授，后辞官隐居。以文章大家著称于时，诗多为伤时悯乱、悲忧感愤之作。有《剡源集》。

苕溪 [1]

六月苕溪路，人言似若邪 [2]。渔罾挂棕树 [3]，酒舫出荷花。碧水千塍共 [4]，青山一道斜。人间无限事，不厌是桑麻 [5]。

说明

该诗描写苕溪六月的景色，清新自然，韵味淳厚。中间两联写景由近而远，突出渔罾和酒舫两意象，表现出诗人恬淡、洒脱而又豪逸的生活意趣。尾联点题，抒发对农村生活的向往之情。

---

[1] 苕溪：水名，在今浙江省北部，分东西苕溪，分别起源于天目山的南部与北部，交汇于浙江湖州，流入太湖。

[2] 若邪（yē）：水名，相传为春秋时西施浣纱处，又称浣纱溪，在今浙江省绍兴市若邪山下，流入运河。

[3] 罾（zēng）：一种鱼网。

[4] 塍（chéng）：田畦；田间的界路。

[5] 桑麻：此泛指农家事。

仇 远

仇远（1247—1326），字仁近，一字仁父，号山村民，又号近村，钱塘（今浙江杭州）人。宋末即以诗名。元大德年间为溧阳州学教授，以杭州知事至仕。晚居余杭溪上之仇山。工诗善画、亦能词。有《金渊集》、《山村遗稿》、《无弦琴谱》等。

湖上值雨

波痕新绿草新青，有约寻芳苦不晴。莎径泥深双燕湿[1]，柳桥烟淡一莺鸣。山围故苑春常锁[2]，泉落低畦暖未耕[3]。十载旧踪时入梦[4]，画船多处看倾城[5]。

说明

该诗写西湖雨景。"莎径"一联，选用莎径、双燕、烟柳、鸣莺等富有春日特征的意象，表现春天西湖烟雨朦胧的清丽与空濛，形象生动，又具大自然的生气。"山围"以下情调一变，落到心中的故国之思，尾联以忆南宋西湖盛时景象而收，语意含蓄，尤为沉痛。

---

[1] 莎径：长满莎草的小路。莎：又称香附子，一种多年生草本植物。
[2] 故苑：杭州为南宋故都。苑：皇家园林。
[3] 畦（qí）：菜圃间划分的长行。此指农田。
[4] 十载旧踪：指南宋末亡时诗人在杭州的一段生活。
[5] 画船：有华丽装饰的船。倾城：美女。《汉书·外戚传》载李延年歌："北方有佳人，绝世而独立，一顾倾人城，再顾倾人国。"

集评

陶玉禾曰："不减唐人。"

——顾奎光《元诗选》

刘　因

刘因（1249—1293），字梦吉，号静修，又号樵庵、雷溪真隐，保定容城（今河北容城）人。元世祖至元十九年（1282）征拜承德郎，右赞善大夫，以母疾辞归。二十八年（1291）再征为集贤学士，固辞不就。仁宗延佑中追赠翰林学士、容城郡公，谥文靖。工诗文，多反映元初遗民思想。有《静修集》。

白沟 [1]

宝符藏山自可攻 [2]，儿孙谁是出群雄。幽燕不照中天月 [3]，丰沛空歌海内风 [4]。赵普元无四方志 [5]，澶渊堪笑百年功 [6]。白沟移向江淮去 [7]，止罪宣和恐未公 [8]。

---

[1]　白沟：河名，上游为拒马河，辽宋以此为国界，故又称界河，在今河北省境内。

[2]　宝符藏山：《史记·赵世家》："简子乃告诸子曰：'吾藏宝符于常山上，先得者赏。'诸子驰之常山上，求无所得。毋恤还曰：'已得符矣。'简子曰：'奏之。'毋恤曰：'从常山上临代，代可取也。'简子于是知毋恤果贤，乃废太子伯鲁，而以毋恤为太子。"宝符：代表天命的符节。此指宋太祖曾有夺回幽燕大地的宏图。

[3]　幽燕：地名，今北京一带。五代晋石敬瑭在契丹人扶植下立国，割让燕云十六州给契丹，宋历代皇帝都无法收回。

[4]　"丰沛"句：汉高祖刘邦得天下后，曾回故乡沛地丰邑（今属江苏），宴请父老，唱《大风歌》："大风起兮云飞扬，威加海内兮归故乡，安得猛士兮守四方。"此指宋朝空有恢复之志而无猛士守疆。

[5]　"赵普"句：赵普，宋初重臣，历任太祖、太宗两朝宰相，曾劝阻宋太祖收取燕地。

[6]　"澶渊"句：宋真宗景德元年（1004）辽军在契丹圣宗率领下南下攻宋，宋宰相寇准力劝真宗赵恒亲征，宋军小胜，却向辽军求和，订立"澶渊之盟"，规定宋每年输绢二十万匹，银十万两，尊契丹太后为叔母。从"澶渊之盟"订立到北宋灭亡，共一百二十余年，故称"百年功"。

[7]　"白沟"句：辽宋以白沟为界，而南宋与金却以淮河为界。

[8]　止罪：仅仅怪罪。宣和：宋徽宗年号。

说明

　　这是一首咏史诗,通过宋太祖与其无一"出群雄"的后代的对比,对宋亡的历史教训作了深沉的思索。尾联两句将宋亡原因从表象向深层挖掘,尤为警策。全诗纵横捭阖,笔力精深,堪称大家手笔。

集评

　　顾嗣立曰:"静修诗才超卓,多豪迈不羁之气。"

——顾嗣立《元诗选》

赵孟𫖯

赵孟𫖯（1254—1322），字子昂，号松雪道人。宋太祖子秦王赵德芳之后，因赐第湖州，遂为湖州（今属浙江）人。年十四，以父荫补官。入元后，以程巨夫荐，授刑部主事，迁集贤直学士。官至翰林学士承旨。卒追封魏国公，谥文敏。书、画兼工，书法流转遒丽，人称"赵体"，画亦开元代画风，为一代大家。能诗词。有《松雪斋集》。

岳鄂王墓[1]

鄂王墓上草离离[2]，秋日荒凉石兽危[3]。南渡君臣轻社稷[4]，中原父老望旌旗[5]。英雄已死嗟何及[6]，天下中分遂不支[7]。莫向西湖歌此曲，水光山色不胜悲。

说明

南宋绍兴十一年（1142），抗金名将岳飞以"莫须有"的罪名被杀于杭州，葬于西湖边的栖霞岭下。百多年以后，赵孟𫖯路过岳飞墓，看到

---

[1]　岳鄂王：南宋民族英雄岳飞，宋宁宗时，被追封为鄂王。
[2]　离离：草茂盛貌。
[3]　石兽：指岳墓前的石马等。危：高踞貌。
[4]　南渡：北宋灭后，宋高宗赵构率文武百官南渡长江，在杭州建都，是为南宋。社稷：土神与谷神，代指国家。
[5]　旌旗：旗帜的通称，此代指南宋大军。
[6]　嗟何及：意谓来不及叹息。
[7]　遂不支：就难以保全。指南宋最终连南方半壁江山都保不住。

墓前秋草离离、石兽高踞的荒凉而又肃穆景象，想到岳飞当年的冤死和南宋的亡灭，心中感慨顿生，写下此诗。诗追悼英雄，感怀历史，表现对英雄的崇敬和对南宋统治者误国的激愤，境界苍凉，风格沉郁，语言精深，历来为人称道。

集评

陶宗仪曰："岳王墓诗，不下数百篇，其脍炙人口者，莫如赵魏公作。"

——陶宗仪《南村辍耕录》

瞿佑曰："岳王墓诗，赵子昂'南渡君臣轻社稷，中原父老望旌旗'，世皆称诵。"

——瞿佑《归田诗话》

绝句

溪头月色如白沙，近水楼头一万家。谁向夜深吹玉笛？伤心莫听
《后庭花¹》。

说明

诗纯用杜牧《泊秦淮》诗意，但境界清丽朦胧，情思幽深高远，别
具一种妙处。若联系赵孟頫身为宋皇室子孙，在南宋灭亡后又变节仕元
的独特经历，则诗中似又有一种淡淡的故国之思与亡国之痛。

集评

胡应麟曰："元绝妙境。"

——胡应麟《诗薮》

---

[1] 《后庭花》：指陈后主所谱《玉树后庭花》舞曲。《隋书·乐志》："陈后主于清乐中造《黄骊
　　留》及《玉树后庭花》等曲，与幸臣等制其歌词，绮艳相高，极于轻荡。男女相和，其音甚
　　哀。"杜牧《泊秦淮》诗："烟笼寒水月笼沙，夜泊秦淮近酒家。商女不知亡国恨，隔江犹唱
　　《后庭花》。"

杨　载

杨载（1271—1323），字仲弘，浦城（今属福建）人，后迁居杭州。博览群书，年四十而不仕，以布衣召为国史院编修官，与修武宗实录。元仁宗延祐二年（1315）进士，官至宁国路总管府推官。与虞集、范梈、揭傒斯齐名，为元中期著名文学家。有《杨仲弘集》。

到京师

城雪初消荠菜生 [1]，角门深巷少人行 [2]。柳梢听得黄鹂语，此是春来第一声。

说明

该诗选用雪初消、荠菜生、少人行、黄鹂语等富有早春特色的意象，渲染早春的清寒和大地已开始显露的勃勃生机，从中透露出人的欣喜之情。值得注意的是，诗题作"到京师"，是诗人年过四十以布衣召为国史院编修官，开始踏上仕途时的抒怀之作。因此，诗中描绘的初春景象，其实也象征着诗人此时心中孕育着的无限希望。

---

[1]　荠菜：一种野生的蔬菜。
[2]　角门：边门。

集评

陶玉禾曰："可拟'天街小雨'之什。"

——顾奎光《元诗选》

宗阳宫望月 [1]

老君台上凉如水，坐看冰轮转二更 [2]。大地山河微有影，九天风露寂无声。蛟龙并起承金榜 [3]，鸾凤双飞载玉笙。不信弱流三万里 [4]，此身今夕到蓬瀛 [5]。

说明

该诗写老君台望月，词采清丽、想象丰富，被叹为绝唱。首联擒题，并烘染气氛；颔联实写，状物绘景极为工丽；颈联虚写，设想天上景象；尾联抒发感想，表现对理想境界的向往。诗清幽高华，思致奇妙，韵味悠然。

---

[1]　宗阳宫：《西湖游览志》："宗阳宫，本宋德寿宫后圃也，内有老君台、得月楼。杜道坚，号南谷，当涂人，风度清雅。尝以中秋集儒彦，登老君台玩月，分韵赋诗，杨仲宏（弘）为首唱。"诗题下作者原注："分韵得声字。"
[2]　冰轮：指月亮。
[3]　金榜：金字匾额。
[4]　弱流：弱水。东方朔《十洲记》："凤麟洲在西海之中央……洲四面有弱水绕之，鸿毛不浮，不可越也。"
[5]　蓬瀛：相传海上有三座仙山，蓬莱、方丈、瀛洲。蓬瀛即蓬莱与瀛洲。

集评

瞿佑曰："杨仲宏（弘）以《宗阳宫望月》诗得名。"

——瞿佑《归田诗话》

陶玉禾曰："高华呛亮，即在唐音中亦是高调。昔人称仲宏（弘）诗，亦以此作为第一。"

——顾奎光《元诗选》

虞　集

虞集（1272—1348），字伯生，号道园，人称邵庵先生，祖籍仁寿（今属四川），迁崇仁（今属江西）。成宗大德初，荐授大都路儒学教授，历国子助教，累迁秘书少监，翰林直学士，兼国子祭酒，奎章阁侍书学士，曾修《经世大典》。卒赠江西行省参知政事，仁寿郡公，谥文清。诗文均负盛名。朝廷典册，公卿碑版，一时多出其手。诗与杨载、范梈、揭傒斯齐名。有《道园学古录》。

挽文丞相

徒把金戈挽落晖[1]，南冠无奈北风吹[2]。子房本为韩仇出[3]，诸葛安知汉祚移[4]。云暗鼎湖龙去远[5]，月明华表鹤归迟[6]。不须更上新亭望[7]，大不如前洒泪时。

---

[1]　金戈：《淮南子·览冥》："鲁阳公与韩构战，战酣日暮，援戈而挥之，日为之反三舍。"此反用其意，以为文天祥已无力使日返。落晖：落日的余辉，喻南宋衰弱的国势。

[2]　南冠：囚徒。《左传·成公九年》："晋侯观于军府，见钟仪，问之曰：'南冠而絷者谁也？'有司对曰：'郑人所献楚囚也。'"

[3]　"子房"句：张良祖先为韩国人。秦灭韩后，张良为韩报仇，派刺客于博浪沙刺杀秦始皇，没成功，后辅佐刘邦兴汉灭秦。子房：张良，字子房。

[4]　"诸葛"句：诸葛辅佐刘备兴立蜀国，但蜀国终为魏国所灭。句子以诸葛亮比文天祥，意为文天祥已为南宋尽忠尽力，只是南宋命数已尽，非人力能够挽回。汉祚：蜀汉的国运。

[5]　鼎湖龙去：据《史记·封禅书》：黄帝采首山铜，铸鼎于荆山下，鼎成，乘龙飞去。后借指帝王之死。此暗指南宋最后一个皇帝赵昺投海而死。

[6]　华表鹤归：据《搜神记》：有辽东人丁令威，学道化白鹤归来，止于辽东城门华表上，吟诗一首，中有"城郭如故人民非"之句。

[7]　新亭：刘义庆《世说新语》："过江诸人每至美日辄相邀新亭，藉卉饮宴。周侯中坐而叹曰：'风景不殊，举目有山河之异。'皆相视流泪。惟王丞相愀然变色曰：'当共戮力王室，何至作楚囚相对！'"

说明

　　该诗追悼南宋民族英雄文天祥，表现对英雄的崇敬以及对宋室气数已尽，文天祥回天无力，终归失败的惋惜之情。第三联用"鼎湖"、"鹤归"两典，既流露对宋亡的感伤，又表达了对文天祥忠魂化鹤归来的企盼，语意遥深，反映诗人心底难以泯灭的民族感情。诗笔力劲健，风格沉郁，虽用典较多，却大都贴切自然，并无堆砌之感。

集评

　　陶玉禾曰："意到、气到、神到、挽文山诗，此为第一。"

——顾奎光《元诗选》

揭傒斯

揭傒斯（1274—1344），字曼硕，龙兴富州（今江西丰城）人。元仁宗延祐初，荐授翰林院国史编修，应奉翰林文字，后官至翰林侍讲学士，同知经筵事。曾总修宋、辽、金三史。卒赠豫章郡公，谥文安。其诗与虞集、杨载、范梈齐名。亦善书，行书尤工。有《揭文安公全集》。

高邮城 [1]

高邮城，城何长，城上种麦，城下种桑。昔日铁不如 [2]，今为耕种场。但愿千万年，尽四海外为封疆 [3]。桑阴阴，麦茫茫，终古不用城与隍 [4]。

说明

该诗通过高邮城的今昔变迁，以极明白的语言，表达了希望和平，永不要战争的美好愿望。诗以杂言形式写成，质朴自然，变化灵活，别有一种风味。

---

[1]　高邮：地名，今属江苏省。
[2]　铁不如：指铁不如城池坚牢。
[3]　封疆：疆界。
[4]　隍：没有水的城壕。

寒夜作

疏星冻霜空，流月湿林薄¹。虚馆人不眠²，时闻一叶落。

说明

　　该诗寥寥二十字，传神地描画出一幅秋夜清寒，客舍难眠的诗人客旅图，从中传达出诗人心中的孤寂之情。诗前两句选用疏星、白霜、流月、林木四种意象，渲染秋夜的空旷、静寂和清寒，句中"冻"、"湿"两字十分讲究，很见其锤炼之功。下两句落到抒情主体，著一"虚"字，表现环境凄寥；时闻叶落，一是表现四野的静谧，二是突出人的不眠，由此，人的愁绪也就在其中了。全诗凄清静幽，含蓄绵邈，韵味十分悠长。

集评

　　陶玉禾曰："幽寂。"

——顾奎光《元诗选》

---

[1]　林薄：丛生的草木。《楚辞·涉江》："露申辛夷，死林薄兮。"注："丛木曰林，草木交错曰薄。"
[2]　虚馆：静寂空落的馆舍。

王　冕

王冕（1287—1359），字元章，号煮石山农、饭牛翁、会稽外史、梅花屋主等，诸暨（今属浙江）人。出身农家，刻苦自学，后从韩性受教。应进士举不第，遂下东吴、入淮楚。曾北游大都，荐官不就，归隐九里山。工画，为元代著名画家，尤以画"没骨梅"著名。诗亦有名。有《竹斋集》。

墨梅 [1]

我家洗砚池头树 [2]，个个花开淡墨痕。不要人夸好颜色，只留清气满乾坤 [3]。

说明

王冕"平生嗜画梅，画成未尝无诗也"（《七修类稿》），此诗即其中较好的一首。诗通过对梅花的歌颂，婉转地表达了诗人洁身自守、不求闻达的志趣和不与世俗同流合污的高尚节操。艺术上采用比兴手法，取喻自然，语言朴素，寓意深刻。

---

[1]　墨梅：用水墨画成的梅花。
[2]　洗砚池：洗笔砚的池塘。晋王羲之有"临池学书，池水尽墨"的传说，王冕与王羲之同姓，故曰"我家"。
[3]　乾坤：天地。

杨维桢

杨维桢（1296—1370），字廉夫，号铁崖，别号东维子，铁笛道人，诸暨（今属浙江）人。泰定四年（1327）进士。历任天台县尹、钱清场盐司、建德路总管府推官等。元末遇兵乱，隐居富春山、钱塘、松江等地。诗在当时有较大影响，时称"铁崖体"。有《铁崖古乐府》、《复古诗集》、《丽则遗音》等。

庐山瀑布谣

甲申秋八月十六夜，予梦与酸斋仙客游庐山，各赋诗，酸斋赋《彭郎词》，予赋《瀑布谣》[1]。

银河忽如瓠子决[2]，泻诸五老之峰前[3]。我疑天孙织素练[4]，素练脱轴垂青天[5]。便欲手把并州剪[6]，剪取一幅玻璃烟[7]。相逢云石子[8]，有似捉月仙[9]。酒

[1]　甲申：公元 1344 年。酸斋：贯云石，号酸斋。
[2]　瓠子：地名，在今河南省濮阳县南。相传汉武帝时此处黄河决口，河道北行。
[3]　五老之峰：五老峰，庐山最高峰，形如五位老人并肩而立，故名。
[4]　天孙：一作天仙，指织女。素练：白色的绸子。
[5]　脱轴：脱离织绸的轴子。
[6]　并州剪：古并州在今山西太原，以产快剪著称。杜甫《戏题王宰画山水图歌》诗："焉得并州快剪刀，剪取吴淞半江水。"诗用其意。
[7]　玻璃烟：指瀑布水明净如玻璃，水气弥漫，如烟如雾。
[8]　云石子：贯云石，本名小云石海涯。
[9]　捉月仙：指李白。相传李白泛舟采石矶（在今安徽马鞍山长江东岸），因酒醉，跳入江中捉月而死。后人因称其为"捉月仙"。

喉无耐夜渴甚，骑鲸吸海枯桑田[1]。居然化作十万丈，玉虹倒挂清冷渊[2]。

说明

该诗写庐山瀑布，以超人的想象、极度的夸张和巧妙的比喻，尽情展示了庐山瀑布的壮丽、雄奇、险峻，使人如身临其境，仿佛听到瀑布飞流直下三千丈的轰然声响，感受到瀑布飞珠溅玉形成的<u>丝丝雾气</u>。全诗境界阔大，气势奔放。

集评

陶玉禾曰："老横。铁崖笔力横处，无人可及。"

——顾奎光《元诗选》

顾嗣立曰："廉夫古乐府上法汉魏而出入于少陵、二李。"

——顾嗣立《寒厅诗话》

[1] 骑鲸：李白自号海上骑鲸客。杜甫诗："若逢李白骑鲸鱼，道甫问讯今何如。"枯桑田：即沧海桑田之意。
[2] 玉虹：洁白的虹霓，此形容瀑布。

萨都剌

萨都剌（约1300—？），字天锡，号直斋，回族。祖父萨拉布哈（一译思兰不花）以武功镇守晋北，萨都剌生于代州（今山西代县），即古之雁门，故萨都剌自称雁门人。早年贫寒，曾到吴、楚等地经商谋生。泰定四年（1327）进士，授镇江录事司达鲁花赤，累官应奉翰林文字，后因弹劾权贵，出为淮西江北道廉访司经历。晚年居武林（今杭州市），流连山水间。工诗词，亦擅书画。有《雁门集》。

七夕后一日登乐陵台倚梧桐望月有怀李御史公艺[1]

凉风吹堕梧桐月，泻下泠泠露华白。乐陵台上悄无人，独倚梧桐看秋月。月高当午桐阴直[2]，不觉衣沾露华湿。此时却忆金陵人[3]，酒醒红楼夜吹笛。

说明

月的意象在中国古诗词里往往和人的离别联系在一起，如谢庄《月赋》"隔千里兮共明月"和苏东坡《水调歌头》"但愿人长久，千里共婵娟"，都是借月抒怀，表达对离别之人的深深怀念。萨都剌这首诗也同样

---

[1]　诗题：一作《登乐陵台倚梧桐望月有怀南台李御史公艺七夕后一日也》，又作《七夕后一夜登此乐陵台上倚梧桐望月有怀御史李公艺》。乐陵台：台名。《广舆记》："乐陵台在河间府献县"（今属河北省）。

[2]　"月高"句：意谓月上中天，如日之当午，故月下桐树影子垂直而下。

[3]　金陵人：指御史李公艺。

通过月夜景象的描写，表达对友人李公艺的思念之情，境界清丽静幽，感情真切自然，结尾以月夜笛声收束，韵味显得更为悠长。

集评

　　顾嗣立曰："（萨都剌诗）清而不佻，丽而不缛，于虞、杨、范、揭之外，别开生面。"

——顾嗣立《寒厅诗话》

倪　瓒

倪瓒（1301—1374），字元镇，自号云林居士，又号风月主人，无锡（今属江苏）人。生性孤傲，终生不仕。元至正初年，卖尽田产，扁舟来往于太湖、泖湖间。擅长山水画，与黄公望、吴镇、王蒙合称"元四家"；亦工诗，以咏景、题画之作较有艺术特色；词曲亦佳。有《清闷阁集》。

题郑所南兰[1]

秋风兰蕙化为茅[2]，南国凄凉气已消[3]。只有所南心不变，泪泉和墨写离骚[4]。

说明

这是一首题画诗，歌颂了南宋遗民郑思肖对故国的一片深情和对南宋政权的忠贞不二，也表达出作者的民族意识和反抗精神。艺术上采用比兴手法：以化茅之兰暗讽某些人的变节仕元，并以之反衬郑所南的不

---

[1]　郑所南：即郑思肖，福建连江人。原名不详，宋亡后，改名思肖（宋室赵姓，肖赵谐音），字所南，寓有不忘南宋之意。原为宋末太学生，宋亡后，住苏州一寺庙中，终身不仕元。平时坐卧均向南方，以示怀念南宋。善画墨兰，但不画土，自谓"土已为番人夺去"。

[2]　"秋风"句：屈原《离骚》："兰芷变而不芳兮，荃蕙化而为茅。何昔日之芳草兮，今直为此萧艾也。"意指宋亡后，有人中道变节。

[3]　南国：南方，指南宋。气已消：生气全无。

[4]　"泪泉"句：以泉水一般的眼泪调墨，画出像屈原《离骚》一样具有爱国主义思想的艺术品。和：搀和。离骚：战国时屈原的政治抒情诗。此处以郑所南所画兰比之。

变之心，含蓄委婉，笔力深长。

集评

顾起纶曰：“倪隐君元镇，高风洁行，为我明逸人之宗。”

——顾起纶《国雅品》

元明清诗文

刘　基

刘基（1311—1375），字伯温，青田（今属浙江）人。元至顺年间进士。曾任江西高安县丞，浙江儒学副提举，不久弃官归隐。后又出任浙东行省都事，因事而被革职。元至正二十年（1360）至金陵，为朱元璋出谋划策，协助其夺取天下。明初任御史中丞兼太史令，封诚意伯。洪武四年（1371），辞官归里。后为胡惟庸所潜，受太祖猜疑，忧愤而死；一说被胡惟庸毒死。正德中，追谥文成。其散文奔放，诗歌雄浑，自成一家。有《诚意伯集》。

梁甫吟

谁谓秋月明，蔽之往往由纤翳[1]；谁谓江水清，淆之往往随沙泥。人情旦暮有反覆，平地倏忽成山溪。君不见桓公相仲父，竖刁终乱齐[2]。秦穆信逢孙，遂违百里奚[3]。赤符天子明见万里外，乃以薏苡为文犀[4]。停

---

[1]　纤翳：细小的阴影。翳：掩蔽物。
[2]　"君不见"两句：春秋时齐桓公重用管仲，尊为仲父，在其协助下"九合诸侯，一匡天下"，遂成霸业。以后不听管仲的话，又重用竖刁、易牙等人。桓公死，竖刁与易牙诛杀群臣，拥立公子无诡为君，引起五公子争立，齐国大乱，以致桓公停尸六十日，尸虫出于户。（事见《史记·管晏列传》）
[3]　"秦穆"二句：秦穆公以五羖皮赎百里奚于楚，用之，号曰五羖大夫，历七年而秦霸。但后来听信大夫逢孙的谗言，疏远了百里奚，又不听其劝，与晋战于郩，大败。（事见《史记·秦本纪》）
[4]　"赤符"二句：赤符天子指汉光武帝。光武帝即位前，强华自关中奉《赤伏符》曰："刘秀发兵捕不道，四夷云集龙斗野，四七之际火为主。"群臣于是进言道："受命之符，人应为大。万里合信，不议同情，周之白鱼，曷足比焉？"于是光武即帝位。（事见《后汉书·光武帝纪》）又伏波将军马援南征交趾，为祛瘴气，常食薏苡，至大军凯旋时，欲引以为种，载一车归，见者以为皆明珠文犀，上书诬告，光武帝震怒。援死，家人不敢办丧事，藁葬之。（事见《后汉书·马援传》）

婚仆碑何愤怒[1]，青天白日生虹蜺。明良际会有如此[2]，而况童角不辨粟与
稊[3]。外间皇父中艳妻，马角突兀连牝鸡[4]。以聪为聋狂作圣，颠倒衣裳行
蒺藜。屈原怀沙子胥弃[5]，魑魅叫啸风凄凄[6]。梁甫吟，悲以凄，岐山竹实
日稀少[7]，凤凰憔悴将安栖？

说明

　　诗以《梁甫吟》古乐府旧题抒发忠而见谤，信而见疑，良臣遭陷的
不平之鸣，悲凉激越，感慨颇深。诗怀古感今，用了两组典故：其一为
管仲之于齐桓公，百里奚之于秦穆公，马援之于光武帝，魏征之于唐太
宗，他们均为历史上有名的哲王良臣，即所谓"明良际会"，但彼此还是
生出许多不白之冤，何况像唐肃宗那样昏聩无能，重用奸佞的昏君；第
二组为屈原和伍子胥，两人忠心为国，反遭陷害，最终连性命都难以保
全，怎不令人唏嘘悲叹。全诗沉痛郁勃，笔力千钧，写出"悲士不遇"
的千年古调。

---

[1]　"停婚"句：唐太宗时大臣魏征以直谏著名，唐太宗曾许以公主配其长子，但魏征死后，太
　　　宗不但断了婚约，还推倒了魏征的墓碑。
[2]　明良际会：明君良臣相得。《尚书·益稷》："元首明哉，股肱良哉！"
[3]　"而况"句：意谓何况那些年幼登基，分不清粟米、稊草的小皇帝呢？
[4]　"外间"两句：皇父：泛指宗室大臣。艳妻：泛指内宠。唐肃宗朝，李辅国擅权，与肃宗所
　　　宠的张良娣内外勾结。张良娣以内宫女子干政，故称"牝鸡"，"牝鸡"一语典出《尚书·牧
　　　誓》："牝鸡之晨，惟家之索。"李辅国以宦官擅权，被讥为"马生角"。
[5]　屈原怀沙：战国时屈原忠而见谤，被楚王流放江南，后见郢都沦陷，民生艰难，乃怀沙而自
　　　沉于汨罗江。子胥弃：伍子胥辅佐吴王，使吴成为强国。后吴王夫差打败越国，抓获越王勾
　　　践，勾践请和，子胥力谏，吴王不从，并听信谗言，逼伍子胥自杀，并将其尸盛以鸱夷革，
　　　弃于江中。(事见《史记·伍子胥列传》)
[6]　魑魅：传说中的一种山间鬼怪。此喻无耻小人。
[7]　岐山竹实：相传周代兴起时，有凤鸣于岐山，集帝梧桐，食帝竹实，没身不去。

集评

　　沈德潜曰：“拉杂成文，极烦冤瞋乱之致，此《离骚》遗音也。”

　　　　　　　　　　　　　　　　　——沈德潜《明诗别裁》

感怀

结发事远游[1]，逍遥观四方。天地一何阔[2]，山川杳茫茫[3]。众鸟各自飞，乔木空苍凉。登高见万里，怀古使心伤。伫立望浮云，安得凌风翔。

说明

这是一首述志诗。诗人登高远望，抚今追昔，于广袤的空间和悠长的时间中领悟到生命有限，不能虚度的积极想法，从而抒发了何时能一展宏图的凌云壮志。诗以五言的形式写，前八句写结发远游的经历和面对河山的感慨，主要起铺垫和渲染的作用，后两句点题，托出自己的远大志向。全诗立意高远，景象阔大，具有种积极向上的力量。

集评

沈德潜曰："元季诗都尚辞华，文成独标高格，时欲追逐杜、韩，故超然独胜，允为一代之冠。"

——沈德潜《明诗别裁》

---

[1] 结发：束发，指年青的时候。
[2] 一何：多么。
[3] 杳（yǎo）：渺远貌。

袁　凯

袁凯（1316？—1385？），字景文，号海叟，华亭（今上海松江）人。元末为府吏。洪武三年（1370）由举人授御史。因事为太祖朱元璋所恶，惧，佯狂谢病，得归故里。少时曾在杨维桢座上赋《白燕》诗，以此得名，号称"袁白燕"。有《海叟集》。

白燕

故国飘零事已非，旧时王谢见应稀[1]。月明汉水初无影，雪满梁园尚未归[2]。柳絮池塘香入梦，梨花庭院冷侵衣[3]。赵家姊妹多相忌[4]，莫向昭阳殿里飞。

说明

这是一首咏物诗，结合用典，以明月满地、柳絮飞舞、梨花冷衣等景象暗喻白燕的轻盈和白洁，自然而贴切。结尾用赵飞燕之典，既扣合一"燕"字，又暗寓诗人的感慨，使诗的容量增大。全诗秀丽流畅，构

---

[1]　王谢：王导、谢安，均为东晋名门贵族，住在乌衣巷。刘禹锡《乌衣巷》："旧时王谢堂前燕，飞入寻常百姓家。"

[2]　梁园，又称梁苑、兔园，西汉梁孝王刘武所建的大型苑囿，为宴会宾客文士之所。

[3]　"柳絮池塘"两句：晏殊《寓意》："梨花院落溶溶月，柳絮池塘淡淡风。"

[4]　赵家姊妹：指赵飞燕姊妹。《汉书·外戚传》："孝成赵皇后，本长安宫人，及壮属阳阿主家学歌舞，号曰飞燕。成帝尝微行出，过阳阿主作乐，上见飞燕而悦之，召入宫，大幸。有女弟复召入，俱婕好，贵倾后宫。许后之废也，乃立婕好为皇后。皇后既立后，宠少衰而弟绝幸，为昭仪，居昭阳舍。"

思巧妙，确为咏物之佳作。

集评

　　杨仪曰："时大本赋《白燕》诗，呈杨铁崖，铁崖极称'殊帘十二中间卷，玉剪一双高下飞'。景文在座，曰：'诗虽佳，未尽体物之妙。'廉夫不以为然。景文归作诗，翌日呈之，铁崖击节叹赞，连书数纸，尽散座客。一时呼为'袁白燕'。"

——杨仪《骊珠杂录》

杨　基

　　杨基（1326—1378），字孟载，号眉庵，原籍嘉定（今四川乐山），生长于吴县（今属江苏）。元末曾为张士诚幕宾。洪武初，任荥阳知县，擢兵部员外郎，迁山西按察使，后削职，谪戍辽东，卒于工所。能诗擅词，与高启、张羽、徐贲称"吴中四杰"。有《眉庵集》。

岳阳楼

　　春色醉巴陵[1]，阑干落洞庭[2]。水吞三楚白[3]，山接九疑青[4]。空阔鱼龙气[5]，婵娟帝子灵[6]。何人夜吹笛，风急雨冥冥[7]。

说明

　　诗咏岳阳楼。首联总写洞庭春色；颔联具体描绘眼前之景，"吞"、"接"两字尤妙，形象地表现出洞庭湖浩浩渺渺，无边无际的雄伟气势；颈联由实转虚，联想起舜之二妃投湘水而为湘水之灵的传说，使美丽的

---

[1]　巴陵：即今岳阳。李白《陪侍郎叔游洞庭醉后三首》之三："巴陵无限酒，醉杀洞庭秋。"
[2]　阑干：纵横的样子。
[3]　三楚：战国时楚地分为东楚、西楚、南楚。此泛指湖北、湖南一带。
[4]　九疑：又作九嶷，山名。传说舜南巡时死于这一带，葬于九嶷山上。
[5]　鱼龙：指洞庭湖中的鱼类。罗隐《西塞山》诗："波阔鱼龙应混杂，壁危猿狖正奸顽。"
[6]　婵娟：姿容美好貌。帝子：指舜之二妃娥皇、女英。相传二人闻舜死，赶到湘水边，以泪洒竹，竹尽斑，后投水而死，化为湘水之神。《九歌·湘夫人》："帝子降兮北渚，目眇眇兮愁予。"
[7]　"何人"两句：据《太平广记》引《博物志》：有一老人挐舟而来，拿出三支神笛，取小笛吹三声，"湖上风动，波涛沉溁，鱼鳖跳喷；五声六声，君山上鸟兽叫噪，月色昏暗"。

洞庭湖更添一层神秘色彩，似真似幻，更为迷人；尾联声色渲染，用笔空灵，反映出洞庭湖风雨凄迷，烟雾蒙蒙的春夜之景。诗虚实结合，形神兼具，堪称力作。

集评

　　胡应麟曰："《岳阳》一首，壮丽欲亚孟浩然。其末句'何人夜吹笛，风急雨冥冥'，尤为脍炙。"

——胡应麟《诗薮》

　　沈德潜曰："应推五言射雕手，起结尤入神境。"

——沈德潜《明诗别裁》

天平山中 [1]

细雨茸茸湿楝花 [2]，南风树树熟枇杷。徐行不计山深浅，一路莺啼送到家。

说明

该诗前两句侧重客观之景，后两句侧重主观感受，前两句重视觉，后两句重听觉，清新自然，野趣盎然，十分真切生动地刻画出天平山的春光和诗人欣喜自适之情。情景交融，韵味悠然。

集评

顾起纶曰："（杨基诗）才长逸荡，兴多隽永，且格高韵胜，浑然无迹。"

——顾起纶《国雅品》

[1]　天平山中：作者题下原注："余家赤山相去不五里许。"天平山在今苏州市西，多奇石，而山顶正平，故名。
[2]　楝（liàn）花：花名，落叶乔木，三四月开花，色淡紫。

高　启

　　高启（1336—1374），字季迪，号槎轩，长洲（今江苏苏州）人。元末隐居吴淞青丘，自号青丘子。明洪武初年，召修《元史》，为翰林院国史编修。拜户部右侍郎，不受，赐金放还。后被太祖借故腰斩。博学工诗，与杨基、张羽、徐贲并称"吴中四杰"。有《高太史大全集》。

青丘子歌

　　江上有青丘，予徙家其南，因自号青丘子。闲居无事，终日苦吟。闲作《青丘子歌》言其志，以解诗淫之嘲[1]。

　　青丘子，臞而清[2]，本是五云阁下之仙卿[3]。何年降谪在世间，向人不道姓与名。蹑屩厌远游[4]，荷锄懒躬耕[5]，有剑任锈涩，有书任纵横。不肯折腰为五斗米[6]，不肯掉舌下七十城[7]。但好觅诗句，自吟自酬赓[8]。田间曳

---

[1]　诗淫：沉溺于作诗。淫：过分。
[2]　臞而清：清瘦。
[3]　五云阁：神仙居住的楼阁。白居易《长恨歌》："楼阁玲珑五云起，其中绰约多仙子。"
[4]　蹑屩（niè juē）：脚穿草鞋。
[5]　荷锄：肩扛锄头。陶渊明《归园田居》："带月荷锄归。"
[6]　"不肯"句：《晋书·陶渊明传》：陶渊明任彭泽令，"素简贵，不私事上官。郡遣督邮至县，吏白应束带见之，潜叹曰：'吾岂能为五斗米折腰，拳拳事乡里小人邪！'义熙二年，解印绶去县。"
[7]　"掉舌"句：《史记·淮阴侯列传》载：蒯通对韩信说："且郦生一士，伏轼掉三寸之舌，下齐七十余城。将军将数万众，岁余乃下五十余城，为将数岁，反不如一竖儒之功乎！"郦生：郦食其。
[8]　酬赓（gēng）：诗词酬唱。

杖复带索¹，旁人不识笑且轻，谓是鲁迁儒、楚狂生²。青丘子闻之不介意，吟声出吻不绝咿咿鸣³。朝吟忘其饥，暮吟散不平⁴。当其苦吟时，兀兀如被酲⁵。头发不暇栉⁶，家事不及营。儿啼不知怜，客至不果迎。不忧回也空⁷，不慕猗氏盈⁸。不惭被宽褐⁹，不羡垂华缨¹⁰。不问龙虎苦战斗¹¹，不管乌兔忙奔倾¹²。向水中独坐，林中独行，斫元气¹³，搜元精¹⁴，造化万物难

---

[1]　曳杖：拖着手杖。《礼记·檀弓》："孔子蚤作，负手曳杖，逍遥于门。"带索：以草索为腰带。《列子·天瑞》：隐士荣启期，年九十，"鹿裘带索，鼓琴而歌"。

[2]　鲁迁儒：鲁国迁腐的儒生。据《史记·刘敬叔孙通列传》：刘邦得天下后，叔孙通为刘邦制定朝仪，征召鲁诸生三十余人，共襄盛举，只有二儒生不肯行，以为天下初安，死者未葬，伤者未起，不应先定礼乐。叔孙通笑曰："若真鄙儒也，不知时变。"楚狂生：《论语·微子》："楚狂接舆歌而过孔子曰：'凤兮凤兮，何德之衰！往者不可谏，来者犹可追。已而已而，今之从政者殆而！'"

[3]　吻：嘴唇。咿咿：象声词，吟咏声。

[4]　散不平：消除不平。韩愈《送孟东野序》："大凡物不得其平则鸣。……人之于言也亦然，有不得已者而后言。其歌也有思，其哭也有怀，凡出乎口而为声者，其皆有弗平者乎！"

[5]　兀兀：昏沉貌。白居易《对酒》诗："所以刘阮辈，终年醉兀兀。"酲：醉。

[6]　栉：梳理。

[7]　回：颜回。空：穷困。《论语·先进》："子曰：'回也其庶乎，屡空。'"又《论语·雍也》："子曰：'贤哉，回也！一箪食，一瓢饮，在陋巷，人不堪其忧，回也不改其乐。贤哉回也！'"

[8]　猗氏：猗顿，鲁国富豪。盈：仓库里堆满财物。《史记·货殖传》："猗顿用盬盐起，"《集解》引《孔丛子》曰："猗顿，鲁之穷士也。耕则常饥，桑则常寒。闻朱公富，往而问术焉。朱公告之曰：'子欲速富，当畜五牸。'于是乃适西河，大畜牛羊于猗氏之南，十年之间，其息不可计。赀拟王公，驰名天下，以兴富于猗氏，故曰猗顿。"

[9]　褐：粗布短上衣，贫士之服。

[10]　华缨：华丽的帽带。贵者所系。

[11]　龙虎苦战斗：以龙虎喻元末蜂起的群雄，他们争城夺地，苦斗不已。

[12]　乌兔忙奔倾：喻日月转动、时光流逝。乌：古人以为日中有三足乌，以之代日。兔：相传月宫中有玉兔，此代月。

[13]　斫：砍，此作剖析解。

[14]　元精：万事万物的精华。

隐情 [1]。冥茫八极游心兵 [2]，坐令无象作有声 [3]。微如破悬虱 [4]，壮若屠长鲸 [5]。清同吸沆瀣 [6]，险比排峥嵘 [7]。霭霭晴云披 [8]，轧轧冻草萌 [9]。高攀天根探月窟 [10]，犀照牛渚万怪呈 [11]。妙意俄同鬼神会，佳景每与江山争。星虹助光气，烟露滋华英 [12]。听音谐韶乐 [13]，咀味得大羹 [14]。世间无物为我娱，自出金石相轰铿。江边茅屋风雨晴，闭门睡足诗初成。叩壶自高歌 [15]，不顾俗耳惊。欲呼君山父老，携诸仙所弄之长笛，和我此歌吹月明。但愁欻忽波浪起，

[1]　造化：大自然。
[2]　"冥茫八极"句：冥茫：渺茫无极。语出韩愈《秋怀诗》："冥茫触心兵。"八极：八方极远之地。《淮南子·坠形》："九州之外乃有八殥，……八殥之外而有八纮，……八纮之外乃有八极。"又，陆机《文赋》："精骛八极，心游万仞。"心兵：意谓人心感物而动，如军队出兵。《韩诗外传》："心欲兵，身恶劳。"
[3]　坐：使。无象：无形的思想意识。
[4]　破悬虱：指纪昌学射事。《列子·汤问》："纪昌者，又学射于飞卫。飞卫曰：'尔先学不瞬，而后可言射矣。'……昌以氂悬虱于牖，南面而望之。旬日之间，浸大也；三年之后，如车轮焉，以睹余物，皆丘山也。乃以燕角之弧，朔蓬之竿射之，贯虱之心，而悬不绝。"
[5]　"壮若"句：喻诗的气势之壮。杜甫《戏为六绝句》："未掣鲸鱼碧海中。"
[6]　沆瀣（hàng xiè）：清新的露气。此喻清新的诗歌。
[7]　峥嵘：高峻的山峦，喻险怪风格的诗。
[8]　霭霭：云气密集貌。
[9]　轧轧：草难出状，喻诗的艰涩、冷峻。
[10]　天根：星宿名。《尔雅》："天根，氐也。"月窟：月亮。邵雍《观物诗》："因探月窟方知物，未蹑天根岂识人。"
[11]　犀照牛渚：《晋书·温峤传》："（温峤）至牛渚矶，水深不可测，世云其下多怪物。峤遂毁犀角而照之，须臾，见水族覆火，奇形异状，或乘马著赤衣者。"牛渚，即采石矶，位于安徽当涂长江边。
[12]　华英：多彩的花朵。
[13]　韶乐：一种高雅的古乐，相传为虞舜时所制。《论语·述而》：孔子"在齐闻韶，三月不知肉味。"
[14]　大羹：不加调料的肉汁，古代祭祀所用。语出陆机《文赋》："阙大羹之遗味。"
[15]　叩壶：刘义庆《世说新语·豪爽》："王处仲每酒后，辄咏'老骥伏枥，志在千里，烈士暮年，壮心不已'，以如意打唾壶，壶口尽缺。"

鸟兽骇叫山摇崩 [1]。天帝闻之怒，下遣白鹤迎，不容在世作狡狯 [2]，复结飞佩还瑶京 [3]。

说明

此诗作于高启二十三岁时，带有很重的自传性质。诗以流畅形象的笔法，表现了作者不慕功名、鄙薄富贵的高洁品格和追求艺术如痴如醉的不俗志趣，同时又通过不同诗歌创作境界的展示，表现了作者的文艺观念和审美情趣。诗以杂言的歌行形式写，长短错落，笔法自由，文酣墨畅，一气流转，其浩大气势正与其自由不羁的个性特征相一致，极富艺术感染力。

集评

沈德潜曰："侍郎（高启）诗上自汉魏、盛唐，下自宋、元诸家，靡不出入其间，一时推大作手。"

——沈德潜《明诗别裁》

陈田曰："季迪诸体并工，天才绝特，允为明三百年诗人称首，不止冠绝

[1] "欲呼"五句：据《太平广记》引《博异志》：有一名叫吕卿筠的商人善吹笛，有次月夜泊舟君山，把酒吹笛，忽有一老人挐舟而来，拿出三支神笛说：大笛给天帝听，如在人间吹，世界会即刻崩坏，中笛吹给仙人听，如在人间吹，会引起灾害，小笛吹给朋友听，如在人间吹，会引起骚动。即拿起小笛，"吹三声，湖上风动，波涛沉漾，鱼鳖跳喷；五声六声，君山上鸟兽叫噪，月色昏暗。舟人大恐，老父遂止。饮满数杯，掉舟而去，隐隐没入波间。"君山：位于洞庭湖中。歘忽：忽然。
[2] 狡狯：诡谲。
[3] 瑶京：传说中天帝居处。

一时也。"

　　王世贞曰："高季迪如射雕胡儿，伉健急利，往往命中；又如燕姬靓妆，巧笑便辟。"

——王世贞《艺苑卮言》

与刘将军杜文学晚登西城

木落悲南国[1]，城高见北辰[2]。飘零犹有客，经济岂无人[3]。鸟过风生翼，归龙雨在鳞。相期俱努力[4]，天地正烽尘[5]。

说明

元末明初，群雄并起，天下纷乱，给社会和百姓带来深重灾难，这种现实，促使高启写下一系列反映社会动荡，渴望天下安定的感乱诗，这首《与刘将军杜文学晚登西城》正是其中较好的一首。诗为登高远望所感，既是勉友，也是自勉，表现出"平息烽尘，舍我辈其谁"的气概。诗采用五律形式，语言平实，境界开阔，格调高迈。

集评

沈德潜曰："悲壮。"

——沈德潜《明诗别裁》

---

[1]　木落：草木凋落。
[2]　北辰：北极星。
[3]　经济：经国济世。《晋书·殷浩传》："足下沉积淹长，思综通练，起而明之，足以经济。"
[4]　相期：相约。
[5]　烽尘：烽火与战尘。

登金陵雨花台望大江 [1]

大江来从万山中，山势尽与江流东。钟山如龙独西上 [2]，欲破巨浪乘长风 [3]。江山相雄不相让，形胜争夸天下壮。秦皇空此瘗黄金 [4]，佳气葱葱至今王。我怀郁塞何由开，酒酣走上城南台 [5]。坐觉苍茫万古意，远自荒烟落日之中来。石头城下涛声怒 [6]，武骑千群谁敢渡？黄旗入洛竟何祥 [7]，铁锁横江未为固 [8]。前三国，后六朝 [9]，草生宫阙何萧萧。英雄来时务割据，几度战血流寒潮。我生幸逢圣人起南国 [10]，祸乱初平事休息。从今四海永

---

[1]　金陵：今南京。雨花台：在今南京市南聚宝山上，相传梁武帝时，云光法师在此讲经，落花如雨，因而得名。

[2]　钟山：紫金山，在今南京市东。山形由东而西，蜿蜒如龙。相传诸葛亮至京，望秣陵（南京）形势，叹曰："钟山龙盘，石头虎踞，此帝王之宅。"见《太平御览》引张勃《吴录》。

[3]　"欲破"句：《宋书·宗悫传》："悫年少时，炳（其叔）问其志，悫曰：'愿乘长风破万里浪。'"

[4]　"秦皇"句：相传秦始皇东巡会稽路过金陵，望气者说金陵地形有王者都邑之气，就埋金杂宝，以压王气。

[5]　城南台：即雨花台。

[6]　石头城：古城名。战国时楚所筑，三国时重筑，改名石头城。《丹阳记》："石头城，吴时悉土坞，义熙始加砖累石头，因山以为城，因江以为池，形险故有奇势。"故址在今南京清凉山。

[7]　"黄旗"句：《三国志》卷四十八《吴书·孙皓传》裴松之注引《江表传》："初，丹扬习玄使蜀，得司马徽与刘廙论运命历数事。玄诈增其文，以诳国人曰：'黄旗紫盖见于东南，终有天下者，荆、扬之君乎！'……皓闻之，喜曰：'此天命也。'"遂带领母、妻、子及后宫千人随军北上，欲灭晋，顺天命做天子。途中遇雪受阻，士卒寒冷不堪，扬言遇敌即倒戈，孙皓只得中途南返。不久，吴被晋灭。黄旗紫盖：天上如旗似车盖的云气，旧说为帝王之气。洛：洛阳，西晋都城。

[8]　"铁锁"句：据《晋书·王濬传》晋王濬率师伐吴，吴人于长江要害之处以铁锁横截之。王濬命人以大火炬灌以麻油将其烧断，兵抵石头城。吴主孙皓投降。

[9]　六朝：指建都于金陵的吴、东晋、宋、齐、梁、陈。

[10]　圣人：指朱元璋。朱元璋南方起家，故言。

为家 [1]，不用长江限南北 [2]。

说明

　　该诗作于明洪武二年（1369），是时明朝初立，万象更新，生气勃勃，呈现出一种蒸蒸日上的气势，这种气势与诗人登上雨花台所见长江咆哮万里、奔腾不绝的气势相一致，深深地感染了诗人。因此，这首诗一反前人金陵怀古的凄幽苍凉，雄浑壮阔，大笔挥洒，表现出对历史的深沉思索与对国家统一的热烈歌颂。全诗分写景、怀古、议论三部分，由实到虚，环环相扣，既层次分明又一气贯注，其神情笔力真可逼近李青莲。

集评

　　赵翼曰："李青莲诗，从未有能学之者，惟青丘与之相上下，不惟形似，而且神似。"

——赵翼《瓯北诗话》

　　李调元曰："明诗一洗宋、元纤腐之习，逼近唐人。高、杨、张、徐四杰开其风，而季迪究为有明冠冕。"

——李调元《雨村诗话》

---

[1]　四海：指中国。古人以为中国四周围海。四海为家即天下统一。语出《史记·高祖本纪》："萧何曰：'天子以四海为家。'"
[2]　长江限南北：古人以天堑长江划分南北。《三国志》卷四十五《吴书·孙权传》裴松之注引《吴录》："（魏文）帝见波涛汹涌，叹曰：'嗟乎！固天所以隔南北也。'"

高　棅

高棅（1350—1423），一名廷礼，字彦恢，号漫士，长乐（今属福建）人。永乐初以布衣召为翰林待诏，迁典籍。擅诗，亦工书画。与林鸿、王偁、陈亮、王恭、唐泰、郑定、王褒、周玄、黄玄号称"闽中十子"。论诗主唐音，编《唐诗品汇》，主宋严羽之说，分唐诗为初、盛、中、晚四期。有《啸台集》、《木天清气集》。

峤屿春潮 [1]

瀛洲见海色 [2]，潮来如风雨。初日照寒涛，春声在孤屿。飞帆落镜中 [3]，望入桃花去 [4]。

说明

该诗以白描手法，从不同侧面描写峤屿春潮：先写春潮之势，如风雨骤至；次写春潮之色，初阳下缤纷闪耀；再写春潮之色，孤屿上轰鸣回响；最后写春潮过后，海面碧波白帆，分外平静。全诗清峻壮丽，声色兼到，充满画意。

---

[1]　峤屿：泛指海上小岛。峤：尖峭的高山。
[2]　瀛洲：传说中的海上仙山。
[3]　镜：指潮过后海面平静如镜。
[4]　桃花：杜甫《春水》："三月桃花浪，江流复旧痕。"

杨士奇

　　杨士奇（1365—1444），初名寓，以字行，泰和（今属江西）人。建文初，入翰林院，与修《太祖实录》，累官礼部侍郎兼华盖殿学士。宣德、正统间，与杨荣、杨溥同执国政，号称"三杨"。诗多歌功颂德之作，为"台阁体"诗派重要人物。有《东里全集》。

　　发淮安 [1]

　　岸蓼疏红水荇青 [2]，茨菰花白小如萍 [3]。双鬟短袖惭人见，背立船头自采菱。

说明

　　该诗写淮安水乡的一个生活小景，清新可喜，天趣盎然。前两句是背景描写，选取红蓼、青荇、茨菰三组意象，极富水乡风貌特征。后两句写人的背立采菱，极为生动。"惭人见"三字极富表现力，活画出采菱少女的娇羞之态。诗活泼、自然、欢快，宛如一段流畅、清亮的乡间小唱。

---

[1]　淮安：县名，今属江苏省。
[2]　蓼：一种浅水植物，种类较多，花淡红色或白色。荇（xing）：荇菜，一种水生植物。
[3]　茨菰：即慈姑，一种水生植物。

于　谦

于谦（1398—1457），字廷益，号节庵，钱塘（今浙江杭州）人。永乐十九年（1421）进士。宣德初授御史，以才迁兵部右侍郎。"土木堡"之役，英宗被俘，瓦剌军兵逼北京，于谦于危难之际出任兵部尚书，反对南迁，拥立景帝，击退敌军。英宗复辟后，以"大逆不道，迎立外藩"之罪被杀害。后赠太傅，谥肃愍，又谥忠肃。有《于忠肃》集。

石灰吟

千锤万击出深山[1]，烈火焚烧若等闲[2]。粉身碎骨全不怕，要留清白在人间。

说明

这是首咏物诗，据说为诗人十九岁（一说十二岁）时作。诗人以石灰自喻，表达不畏艰险、不怕牺牲的坚强意志和不入流俗、永志清白的高尚节操。诗文字明畅，取喻自然，寓意深刻。

---

[1]　千锤万击：指开山取石。
[2]　烈火焚烧：指烧石灰。若等闲：视若平常。

咏煤炭

凿开混沌得乌金[1]，藏蓄阳和意最深[2]。爝火燃回春浩浩[3]，洪炉照破夜沉沉。鼎彝元赖生成力[4]，铁石犹存死后心[5]。但愿苍生俱饱暖[6]，不辞辛苦出山林。

说明

　　该诗通过对煤炭不辞辛苦，为人类发光发热的精神的歌颂，婉转地表达自己为国为民，不遗余力的坚定信念。诗明写煤炭，实喻自己，用的是比兴手法；但以煤炭自拟，在古诗词中又不多见，令人耳目一新。

---

[1]　混沌：古人认为开天辟地前，世界"混沌如鸡子"，后赖神人盘古开辟，阳清为天，阴浊为地。乌金：指煤炭。
[2]　阳和：原指阳光，此借指煤的热力。
[3]　爝火：小火炬。
[4]　鼎彝：古代的炊器和酒器，均为国家重器，常喻指国家。
[5]　"铁石"句：古人以为铁石蕴藏地下可以变成煤炭。
[6]　苍生：百姓。

郭　登

郭登（？—1472），字元登，临淮（今安徽凤阳）人。武定侯郭英之孙。正统中，擢锦衣卫指挥佥事。"土木堡"之难，以都督佥事守大同，以功封定襄伯。英宗复辟，谪戍甘肃。成化初复爵，卒赠侯，谥忠武。有《联珠集》。

保定途中偶成 [1]

白璧何从摘旧瑕 [2]，才开罗网向天涯 [3]。寒窗儿女灯前泪，客路风霜梦里家。岂有鸩人羊叔子 [4]，可怜忧国贾长沙 [5]。独醒空和骚人咏 [6]，满耳斜阳噪晚鸦。

说明

明正统十四年（1449），明英宗御驾亲征瓦剌，失利被俘。瓦剌军兵临大同城下，以英宗相要挟，镇守大同的郭登以民族大义为重，拒绝了

---

[1] 　保定：府名，今属河北省。
[2] 　白璧：白色玉璧。瑕：玉的疵点。吴兢《贞观政要·公平》："君子小过，盖白玉之微瑕。"
[3] 　"才开"句：指英宗复辟后，郭登先被处斩，后免死谪戍甘肃。
[4] 　"岂有"句：羊祜，字叔子，西晋名臣。据《晋书·羊祜传》：羊祜与吴将陆抗隔江对峙，陆抗病，羊祜派人送药给他。陆的部属劝陆别服，怕药中有毒，陆说："岂有鸩人羊叔子哉？"遂服之。
[5] 　贾长沙：西汉贾谊，汉文帝时为大中大夫，因主张革新政治，遭到周勃、灌婴等排斥，出为长沙王太傅，后人称贾长沙。
[6] 　独醒：屈原《渔父》："举世皆浊我独清，世人皆醉我独醒。"

瓦剌军的要挟，声言："臣奉命守城，不知其他。"（事见《明史·本传》）他虽保住了城池，却也得罪了英宗。英宗复辟后，罗织罪名，将郭登贬谪甘肃。诗即迁谪途中经保定时所作。诗人以羊叔子、贾长沙、屈原自比，抒发自己蒙受不白之冤的无比怨愤，又表现对家人儿女的深深眷恋，诗感情沉郁，笔力雄博，足以感动人心。

集评

　　李东阳曰："国朝武将能诗者，莫过定襄伯郭元登。"

———李东阳《怀麓堂诗话》

　　朱彝尊曰："（郭登诗）直兼张、王、韩、杜之长，岂惟武臣？一时台阁诸公，孰出其右？"

———朱彝尊《静志居诗话》

李东阳

李东阳（1447—1516），字宾之，号西涯，茶陵（今属湖南）人。天顺八年（1464）进士。官至吏部尚书，华盖殿大学士，加少傅，再加少师。卒后赠太师，谥文正。明成化、弘治年间，形成以他为首的茶陵诗派，为明代一大诗家。有《怀麓堂集》、《怀麓堂诗话》。

九日渡江

秋风江口听鸣榔 [1]，远客归心正渺茫。万古乾坤此江水，百年风日几重阳 [2]。烟中树色浮瓜步 [3]，城上山形绕建康 [4]。直过真州更东下 [5]，夜深灯火宿维扬 [6]。

说明

明成化十六年（1480），李东阳出为应天乡试考官，公干完后，由南京渡江经扬州北上，时逢重阳，家家团圆，一种思亲之情从心上升起，遂写下此诗。诗从归途所见落笔，景中寓情，其中"万里乾坤此江水，百年风日几重阳"两句将江水的奔流不息同生命的悄悄流逝结合起来，

---

[1] 鸣榔：捕鱼时用木条敲打船舷所发出的声响。
[2] 风日：风光。重阳：阴历九月九日为重阳节。
[3] 瓜步：镇名。在今江苏省六合县东南瓜步山下。
[4] 建康：即今南京市。
[5] 真州：今江苏省仪征县。
[6] 维扬：扬州的别称。

　　　　　　　　　　　　　　　　　　元明清诗文

慨叹岁月无情，人生短暂，由此进一步衬出亲情的可贵和佳节的难遇。全诗清丽流畅，辞情兼美，确为佳构。

寄彭民望 [1]

斫地哀歌兴未阑 [2]，归来长铗尚须弹 [3]。秋风布褐衣犹短 [4]，夜雨江湖梦亦寒。木叶下时惊岁晚 [5]，人情阅尽见交难。长安旅食淹留地 [6]，惭愧先生苜蓿盘 [7]。

说明

彭民望为作者友人，曾以举人官应天通判，后落魄归乡。李东阳感叹彭民望满腹才华而不被所用的不幸遭际，又设想他穷愁潦倒，生计艰难的处境，写了这首饱含朋友深情的诗寄给他。诗用了冯谖弹铗之典，既扣合人物身份，又寄寓诗人的不平与同情，含蓄而又深沉。全诗起句突兀，结句悠长，结构严谨，文字老到，表现出很高的艺术技巧。

[1] 彭民望：名泽，湖南攸县人。景泰七年（1456）举人，曾任应天通判。能诗，有《老葵集》。
[2] 斫（zhuó）地：以剑砍地，表示悲哀情绪，为舞剑的一种动作。杜甫《短歌行赠王郎司直》："王郎酒酣拔剑斫地歌莫哀。"
[3] 长铗尚须弹：《战国策·齐策》：冯谖为孟尝君门客，曾三弹其铗，曰："长铗归来乎，食无鱼"、"长铗归来乎，出无车"、"长铗归来乎，无以为家"。后为孟尝君立大功。后世便以"弹铗"表示怀才不遇。
[4] 布褐：贫者所穿的粗麻短上衣。
[5] 木叶下时：木落季节。屈原《九歌·湘夫人》："嫋嫋兮秋风，洞庭波兮木叶下。"
[6] 长安：汉唐都城，此代指北京。淹留：滞留。
[7] 苜蓿盘：据王保定《唐摭言·闽中进士》：薛令之开元中为东宫侍读官，生活清苦，尝作诗自嘲："朝旭上团圆，照见先生盘。盘中何所有，苜蓿长阑干。"苜蓿：一种豆科植物，可食，古人以为蔬菜。

集评

    李东阳曰："彭民望失志归湘，得予所寄诗，乃潜然泪下，为之悲歌数十遍不休。"

——李东阳《怀麓堂诗话》

祝允明

祝允明（1460—1526），字希哲，号枝山，自号枝指生，枝指山人，长洲（今江苏苏州）人。弘治五年（1492）举人，官广东兴宁知县，迁应天府通判。能诗，工书法。与唐寅、文徵明、徐祯卿并称"吴中四子"。有《怀星堂集》。

山窗昼睡

身在云房梦亦闲[1]，松头鹤影枕屏间。一声隔谷鸣华雉[2]，信手推窗满眼山。

说明

该诗首句扣住题面中"昼睡"两字，而"梦亦闲"更可见人的闲适、淡泊；结句扣住题面"山窗"两字，随手推窗，即见青山满眼，不仅是写环境，照应前面的"松头"、"鹤影"、"华雉"，而且还十分形象地表现出诗人情与境合，悠然自得的心态，颇有陶渊明"悠然见南山"的风致。

---

[1]　云房：隐士或僧道所居。姚鹄《题终南山隐者居》："夜吟明雪巘，春梦闭云房。"
[2]　雉：俗称野鸡。

唐　寅

唐寅（1470—1523），字伯虎，一字子畏，号六如居士、桃花庵主、逃禅仙吏，吴县（今属江苏）人。弘治十一年（1498）举乡试第一名，深得詹事程敏政所赏，次年入京会试，敏政为考官，被劾，唐亦株连下狱。放归，遂佯狂纵酒，筑室桃花坞，与客日饮其中，自置"江南第一风流才子"。工诗、善书，尤长于绘画。有《六如居士全集》。

把酒对月歌

李白前时原有月，惟有李白诗能说。李白如今已仙去[1]，月在青天几圆缺。今人犹歌李白诗，明月还如李白时。我学李白对明月[2]，白与明月安能知？李白能诗复能酒，我今百杯复千首。我愧虽无李白才，料应月不嫌我丑。我也不登天子船，我也不上长安眠[3]。姑苏城外一茅屋[4]，万树梅花月满天。

说明

唐寅晚李白出生七百年，且才情也远不如李白，但两人在性格与人

---

[1]　仙去：死去。
[2]　"我学"句：李白《月下独酌》："花间一壶酒，独酌无相亲。举杯邀明月，对影成三人。"又，李白《把酒问月》："青天有月来几时，我今停杯一问之。"
[3]　"我也"两句：杜甫《饮中八仙歌》："李白斗酒诗百篇，长安市上酒家眠，天子来呼不上船，自称臣是酒中仙。"
[4]　"姑苏"句：指唐寅于苏州市外桃花庵所筑的房子。唐寅有《桃花庵歌》："酒醒只在花前坐，酒醉还来花下眠；半醒半醉日复日，花落花开年复年。"

生追求上却有某种程度的相似，他敬佩李白，仰慕李白，并常常以李白自比。这首《把酒对月歌》扣住酒、月这两个李白诗中常出现的意象，将自己与李白联系在一起，表达出自己效法李白，蔑视世俗，狂放不羁的豪逸旷达之情。诗歌九次出现李白，六次出现我，反复回环，一气流转，将对李白的崇拜之情表达得淋漓尽致。

李梦阳

李梦阳（1473—1530），字天赐，更字献吉，号空同子，庆阳（今属甘肃）人。弘治六年（1493）进士。授户部主事。因代尚书韩文拟疏弹刘瑾，被下狱，几至死。瑾死，起官江西提学副使，又以事夺职家居。卒后，弟子私谥文毅，天启初，追谥景文。在明代首倡诗文复古运动，与何景明等提出"文必秦汉，诗必盛唐"的口号，在"前七子"中最为著名。有《空同集》。

石将军战场歌 [1]

清风店南逢父老 [2]，告我己巳年间事 [3]。店北犹存古战场，遗镞尚带勤王字 [4]。忆昔蒙尘实惨怛 [5]，反覆势如风雨至。紫荆关头昼吹角 [6]，杀气军声满幽朔 [7]。胡儿饮马彰义门 [8]，烽火夜照燕山云 [9]。内有于尚书 [10]，外有石将军。石家官军若雷电，天清野旷来酣战。朝廷既失紫荆关，吾民岂保清风店？牵爷负子无处逃，哭声震天风怒号。儿女床头伏鼓角，野人屋上看

---

[1] 石将军：石亨，渭南（今属陕西）人。嗣父职，为宽河卫指挥佥事。明正统十四年（1449）"土木堡"之役后，跟从于谦保卫京师，击退瓦剌军，战功卓著。景泰八年（1457）又与太监曹吉祥、副都御史徐有贞等迎英宗复辟，封忠国公。以后却居功自傲，跋扈骄横，最终以阴谋反叛的罪名被捕入狱，死于狱中。

[2] 清风店：地名，在今河北定县北三十里。正统十四年，石亨在此与瓦剌军交战，将其击溃。

[3] 己巳：即正统十四年。

[4] 遗镞：遗落的箭。镞：箭头。勤王：出兵救援京师。

[5] 蒙尘：指土木堡之役英宗被俘。惨怛：惨痛。

[6] 紫荆关：关名。在今河北易县西紫荆岭上。

[7] 幽朔：幽州、朔方，此泛指北京、山西一带。

[8] 彰义门：北京城西南方的广安门。《明史·石亨传》："寇薄彰义门，都督高礼等却之。"

[9] 燕山：山名，在河北平原北侧，自蓟县延伸至海滨。

[10] 于尚书：于谦，"土木堡之变"后，由兵部侍郎升任兵部尚书。

旌旄。将军此时挺戈出，杀敌不异草与蒿。追北归来血洗刀，白日不动苍天高。万里烟尘一剑扫，父子英雄古来少[1]。单于痛哭倒马关[2]，羯奴半死飞狐道[3]。处处欢声鼓噪旗；家家牛酒犒王师[4]。应追汉室骠姚将[5]，还忆唐家郭子仪[6]。沉吟此事六十春[7]，此地经过泪满巾。黄云落日古骨白，砂砾惨淡愁行人。行人来折战场柳，下马坐望居庸口[8]。却忆千官迎驾初，千乘万骑下皇都[9]。乾坤得见中兴主，杀伐重开载造图[10]。姓名应列云台上[11]，如此战功天下无。呜呼战功今已无，安得再生此辈西备胡。

说明

　　石亨是一个非常复杂的人物，诗人以之为歌咏对象，其意并不在于对其一生作出历史评价，而是只就其前半生的战功进行表彰，从中托出自己的爱国情怀。诗末尾"呜呼战功今已无，安得再生此辈西备胡"当有感而发，诗人作此诗时，蒙古瓦剌部虽已告衰，但代之而起的鞑靼又对我国北方及西北边境构成一定威胁，诗人希望有石亨这样的神威武将出现，保卫边关，其意与"但使龙城飞将在，不教胡马度阴山"（王昌龄

---

[1]　父子英雄：指石亨和他侄子石彪。石彪以战功封定远侯。天顺四年以不轨罪伏诛。
[2]　单于：指瓦剌部首领也先。倒马关：关名。在河北唐县西北。明与居庸、紫荆合称"内三关"。
[3]　羯奴：指瓦剌军。飞狐道：即飞虎关，在今河北涞源县西北，地势险要。
[4]　牛酒：牛和酒。《史记·淮阴侯列传》："百里之内，牛酒日至。"
[5]　汉室骠姚将：指汉代霍去病。霍曾任骠姚校尉，前后六次出击匈奴。
[6]　唐家郭子仪：唐朝郭子仪在安禄山叛乱时任朔方节度使，为平定安史叛军起了重大作用。
[7]　六十春：诗人作此诗时距正统十四年约六十年。
[8]　居庸口：即居庸关，在北京昌平西北。
[9]　"却忆"两句：指迎英宗回京事。
[10]　载造图：再造国家的打算。
[11]　云台：东汉洛阳南宫有云台，汉明帝画邓禹等中兴功臣二十八人之像于其上。

《出塞》）相仿佛。此诗为李梦阳七言歌行的主要代表之一，全诗腾挪转折，大开大合，跳荡变化，一气贯注，写得极有气势。

集评

　　沈德潜曰："'追北归来'二语，扪之字字俱起注棱。"

　　又曰："石亨跋扈伏法，臣节有亏，要之战功不可埋没，此特表其战功也。上皇返国，实由尚书之守，将军之战，作者特为表出。中云'还忆唐家郭子仪'，以不失臣节愧之也。此作者微意。"

——沈德潜《明诗别裁》

秋望

黄河水绕汉边墙[1]，河上秋风雁几行。客子过壕追野马[2]，将军韬箭射天狼[3]。黄尘古渡迷飞挽[4]，白月横空冷战场。闻道朔方多勇略[5]，只今谁是郭汾阳[6]。

说明

这是一首边塞诗，从诗人清秋季节远望黄河一带边塞旷野时所产生的一系列联想落笔，借景抒情，怀古感今，意在盼望有郭子仪这样的人物镇守边防，平定西北外族的侵扰。诗慷慨悲凉，雄浑劲健，备受称赞。

集评

王世贞曰："雄浑流丽。"

——王世贞《艺苑卮言》

---

[1] 汉边墙：指明朝疆界。明大同府西北有长城，与鞑靼部族相隔。"边墙"一作"宫墙"。
[2] 客子：诗人自称。壕：通"濠"，护城河。野马：尘埃。《庄子·逍遥游》："野马也，尘埃也，生物之以息相吹也。"
[3] 韬箭：弓箭。韬：弓袋。天狼：星名，古人以为主侵略。屈原《九歌·东君》："青云衣兮白霓裳，举长矢兮射天狼。"此喻指入侵之敌。
[4] 飞挽：快速行驰的车子。
[5] 朔方：郡名，汉时设立，后泛指北方。
[6] 郭汾阳：郭子仪，曾任朔方节度使，为平息安史叛乱作出重大贡献，以功封汾阳王。

边　贡

边贡（1476—1532），字廷实，号华泉，历城（今山东济南）人。弘治九年（1496）进士。嘉靖中历官至南京刑部侍郎、户部尚书。后都御史劾其纵酒废事，遂罢归。参与李梦阳等倡导的文学复古运动，为前七子之一。有《华泉集》。

谒文山祠 [1]

丞相英灵迥未消 [2]，绛帷灯火飒寒飚 [3]。黄冠日月胡云断 [4]，碧血山河龙驭遥 [5]。花外子规燕市月 [6]，水边精卫浙江潮 [7]。祠堂亦有西湖树 [8]，不遣南枝向北朝。

---

[1]　文山祠：即文天祥祠。文天祥，字履善，一字宋瑞，号文山，吉州庐陵（今江西吉安）人。南宋爱国大臣，宋末组织义军抗元，兵败被俘，拘囚大都（今北京）四年，不屈而死。后人在其囚禁地建祠，以纪念这位民族英雄。

[2]　丞相：文天祥于宋末任右丞相兼枢密使。迥：远。

[3]　飒寒飚：寒风猛烈吹刮。

[4]　黄冠：道士之冠。据《宋史·文天祥传》：文天祥被俘后，元人以高官厚禄诱降，他不从，说："国亡，吾分一死矣。倘缘宽假，得以黄冠归故乡，他日以方外备顾问，可也。"胡云断：意谓元统治者希望落空。

[5]　碧血：《庄子·外物》："苌弘死于蜀，藏其血，三年化而为碧。"后喻忠臣、志士为正义而流的血。龙驭遥：皇帝的车驾越来越远，此指南宋灭亡。

[6]　"花外"句：意为文天祥的魂魄化为子规鸟，在燕市月夜鸣叫。相传古蜀王望帝死后化为子规鸟，叫声凄厉，张华《禽经》："望帝修道，处西山而隐，化为杜鹃鸟，或云化为杜宇鸟，亦曰子规鸟，至春则啼，闻者凄恻。"诗用此典。燕市：文天祥被害于燕京柴市。

[7]　水边精卫：《山海经·北山经》："炎帝之少女，名曰女娃。女娃游于东海，溺而不返，故为精卫（精卫鸟）。常衔西山之木石，以埋于东海。"浙江潮：即钱塘江潮。据《史记·伍子胥传》：伍子胥有功于吴，后被疏远。吴王赐剑命其自杀，将其尸体装入皮袋，投于江中。传说伍子胥死后为神，随江潮来往，激涛扬波。

[8]　西湖树：岳飞坟在杭州西湖边，据《西湖志》：坟上古木，枝皆南向。

说明

　　这是首凭吊南宋民族英雄文天祥的诗。诗从文山祠周围气氛落笔，三、四两句，仅用十四字，高度概括文天祥的光辉业绩，用笔极为精练。下半首展开想象，句子富于主观色彩。尾联回到祠堂，用祠中之树遣枝向南描写文天祥魂魄不散，誓向南宋的一片忠诚。全诗用典妥切，属对工整，精致细密，笔神俱到。

集评

　　沈德潜曰："后半神到，吊信国诗此为第一。"

——沈德潜《明诗别裁》

徐祯卿

徐祯卿（1479—1511），字昌谷，一字昌国，吴县（今属江苏）人。弘治十八年（1505）进士。授大理寺左寺副，以过失降为国子监博士。与唐寅、祝允明、文徵明号"吴中四子"。后与李梦阳等并称前七子，倡导文学复古运动。有《迪功集》、《谈艺录》。

在武昌作

洞庭叶未下[1]，潇湘秋欲生[2]。高斋今夜雨，独卧武昌城。重以桑梓念[3]，凄其江汉情[4]。不知天外雁，何事乐长征。

说明

该诗表达的只是一种思念家乡之情与倦于漂泊之意，但笔法、句法上较有特点，颔联当对不对，首联不对而对，故意造成古朴气象；意境上则刻意追求高远、清逸的风格。全诗古澹拙朴，气韵高浑，别具一格。

---

[1] "洞庭"句：屈原《九歌·湘夫人》："洞庭波兮木叶下。"此处反用其意。

[2] 潇湘：二水名，流经湖南，此泛指湖南地区。

[3] 桑梓：古代宅旁常栽桑木、梓木，后喻指故乡。《诗经·小雅·小弁》："惟桑与梓，必恭敬止。"

[4] 江汉情：杜甫《江汉》："江汉思归客，乾坤一腐儒。"

集评

  李舒章曰："八句竟不可断。"

——沈德潜《明诗别裁》引

  沈德潜曰："五言律皆孟襄阳遗法，纯以气格胜人。"

——沈德潜《明诗别裁》

何景明

何景明（1483—1521），字仲默，号大复山人，信阳（今属河南）人。弘治十五年（1502）进士。授中书舍人，因得罪刘瑾而落职，正德五年（1510），刘瑾事败，复起用，累官吏部员外郎，陕西提学副使。与李梦阳齐名，为前七子之一。有《大复集》。

秋江词

烟渺渺[1]，碧波远。白露晞[2]，翠莎晚[3]。泛绿漪[4]，蒹葭浅[5]，浦风吹帽寒发短[6]。美人立，江中流。暮雨帆樯江上舟，夕阳帘栊江上楼[7]。舟中采莲红藕香，楼前踏翠芳草愁。芳草愁，西风起。芙蓉花[8]，落秋水。江白如练月如洗[9]，醉下烟波千万里。

说明

诗以时间为线索，描画秋江晨景、暮景和月夜之景，清丽、疏淡，

---

[1]　烟渺渺：烟波浩渺。刘长卿《七里滩送严维》："秋江渺渺水空波，越客孤舟欲榜歌。"

[2]　白露晞：《诗经·秦风·蒹葭》："蒹葭萋萋，白露未晞。"晞：干。

[3]　翠莎：翠色的莎草。莎：一种多生于河边沙地的植物，花穗褐色，块根叫香附子，可入药。

[4]　漪：水中波纹。

[5]　蒹葭：荻草与芦苇。

[6]　浦风：水边的风。

[7]　帘栊：有竹帘的窗户。江淹《杂体诗·离情》："秋月映帘栊，悬光入丹墀。"

[8]　芙蓉：荷花别称。

[9]　"江白"句：谢朓《晚登三山还望京邑》："余霞散成绮，澄江静如练。"

韵味悠然；景中又寓情，除芳草遥远的思乡之情和芙蓉渐老的悲秋之意外，还含有诗人对自我人格的肯定。艺术上多用前人句意，提炼熔铸，浑化无痕；句法上以三字句和七字句为主，错落有致，变化自如，较好地表现了秋景在不同时空中的不同美感。

集评

　　沈德潜曰："'美人娟娟隔秋水'，风度似之，温飞卿乐府过于旖旎，诗格转不逮也。一本节去末二语，更有余韵。"

——沈德潜《明诗别裁》

易水行[1]

寒风夕吹易水波，渐离击筑荆卿歌[2]。白衣洒泪当祖路[3]，日落登车去不顾。秦皇殿上开地图[4]，舞阳色沮那敢呼[5]！手持匕首摘铜柱[6]，事已不成空骂倨[7]。吁嗟乎！燕丹寡谋当灭身[8]，田光自吻何足云[9]？惜哉枉杀樊将军[10]。

说明

这是首咏史诗，取材于荆轲刺秦王的故事，虽是前人写滥的题材，却也能翻出新意，别具一格。诗分三部分：先写易水送别，悲壮激越，次写秦庭谋刺，惊心动魄，末以议论而结，对燕丹、田光、樊於期三人

---

[1]　易水：水名。在河北省西部，源出易县境内。战国时燕太子丹遣荆轲刺秦王，在河边送别。

[2]　"寒风"两句：荆轲入秦时，高渐离（燕国人，以屠狗为职业）击筑，荆轲和而歌："风萧萧兮易水寒，壮士一去兮不复返。"筑：古代一种乐器。

[3]　白衣：送行者。荆轲离燕入秦时，燕太子丹及其他送行者，皆穿白衣。祖路：饯行。古代出行时，设宴饯行，并祭祀山川道路之神，称祖道。

[4]　地图：指荆轲带着假装献给秦王的燕国督亢地图。

[5]　舞阳色沮：荆轲副使秦舞阳跟随荆轲到秦宫殿前，"色变振恐"。沮：沮丧。

[6]　"手持"句：荆轲以匕首掷秦王，不中，中铜柱。摘：通"擿"，投掷。

[7]　"事已"句：荆轲见行刺失败，便大骂秦王。

[8]　燕丹：燕太子丹。

[9]　田光：田光向燕太子丹推荐荆轲，燕太子丹嘱其毋泄行刺事，遂自刎而死。

[10]　樊将军：秦将樊於期因得罪秦王逃到燕国，荆轲对樊於期说："'愿得将军之首以献秦王，秦王必喜而见臣，臣左手把其袖，右手揕其胸，然则将军之仇报，而燕见陵之愧除矣。将军岂有意乎？'樊於期偏袒扼腕而进曰：'此臣之日夜切齿腐心也，乃今得闻教。'遂自刭。"

一一予以评价，表现出诗人独到的眼光和精深的笔力。全诗悲凉慷慨，气韵沉雄，读之令人扼腕。

集评

　　沈德潜曰："三语千古断案。"

——沈德潜《明诗别裁》

杨　慎

杨慎（1488—1559），字用修，号升庵，新都（今属四川）人。太子太师杨廷和之子。正德六年（1511）中进士第一，授翰林修撰。世宗时，以直言报谏被谪戍云南永昌。诗于"七子"之外，自成一家。又能文、词、曲，对民间文学也颇重视。著作多达一百余种，后人辑有《升庵集》。

吊毛用成 [1]（二首选一）

阙下苍茫别 [2]，泉台汗漫游 [3]。丹心君事毕，白发我生浮。四海英雄泪 [4]，三年魑魅愁 [5]。临风谁与问，天道信悠悠？

说明

明正德十六年（1521）武宗死，无子嗣，阁臣杨廷和等议立兴献王之子朱厚熜（武宗从弟），是为世宗。世宗即位六天，下诏礼部，命廷臣集议自己生父兴献王的主祀和尊号，其意在"继统不继嗣"，尊称生父为兴献皇帝，以图新建宗系。进士张璁迎合帝意，上疏主张加兴献尊

---

[1]　毛用成：名玉，弘治十八年（1505）进士，世宗时为给事中。"议大礼"事件中伏阙请愿，与杨慎同受廷杖，不幸死于酷刑。
[2]　阙下：宫阙之下。指宫外伏哭请愿之事。
[3]　泉台：犹言黄泉下。汗漫：漫无边际。
[4]　"四海"句：指国人悼念毛用成。
[5]　三年：虚指，即数年。魑魅：古代传说中的山泽鬼怪，借指谪戍生活。

号，而杨廷和、毛澄为首的府部群臣一致反对，世宗勉从众议，称孝宗皇考，本生父母为兴献帝后，不称"皇"。嘉靖三年（1524），首辅杨廷和等致仕，世宗重新集议大礼，欲"伯孝宗，考兴献"。七月十二日正式下诏，定"大礼"。群臣争议不从，相持对立，杨慎挺身而出，曰"国家养士百五十年，仗节死义，正在今日"，于是九卿、翰林等二百二十九人跪伏左顺门请愿。自辰至午，不肯退散。世宗派锦衣卫镇压，捉走领头八人。杨慎等"撼门大哭，众皆哭，声震阙廷"。又收囚一百三十四人下锦衣卫狱。十七日廷杖杨慎等一百六十余人，二十七日再杖带头聚众伏哭的杨慎等七人。先后有毛用成等十七人死于酷刑之下。最后杨慎谪戍永昌，"永远充军"。

杨慎与毛用成本为世交，毛卒后，对其给予极高评价，撰《毛给谏遗像赞》，称其"抗疏清节，直节劲气。奋弗顾身，独立不惧。仁成一朝，名香百祀"。此词作于云南流放之地，诗人缅怀朋友，感叹世事，同时抒发自己胸中清正刚直之气，笔力十分凝重。

宿金沙江 [1]

　　往年曾向嘉陵宿 [2]，驿楼东畔阑干曲。江声彻夜搅离愁，月色中天照幽独 [3]。岂意飘零瘴海头 [4]，嘉陵回首转悠悠。江声月色那堪说 [5]，肠断金沙万里楼。

说明

　　杨慎因"议大礼"事件被谪戍云南，直至老死。其间曾也因病获准回家乡四川，不料行至半途又被追回，憾恨终身。此诗即于川滇途中宿金沙江有感而作。前四句回忆早年嘉陵之宿，其时离愁满怀，已觉天涯，不料如今飘零"瘴海头"，想嘉陵而不可得，更令人愁苦肠断。诗以嘉陵之宿反衬金沙江之宿，是翻进一层写法，感情沉痛，笔力深致，足以撼动千古迁客逐臣之心。

---

[1]　金沙江：即长江上游青海玉树县至四川宜宾一段。
[2]　嘉陵：江名。在四川东部，长江支流。
[3]　幽独：凄幽孤独之人。
[4]　瘴海头：南方近海处充满瘴疠之气的地方。此指云南永昌。
[5]　江声月色：雍陶《宿嘉陵馆楼》："今宵难作刀州梦，月色江声共一楼。"

集评

    沈德潜曰:"杨用修负高明伉爽之才,沉博绝丽之学,随物赋形,空所依傍。读《宿金沙江》、《锦津舟中》诸篇,令人对此茫茫,百端交集。"

——沈德潜《说诗晬语》

谢 榛

谢榛（1495—1575），字茂秦，号四溟山人，临清（今属山东）人。未尝仕进。与李攀龙、王世贞一同倡导文学复古运动，后因与李不合而遭到排挤。后七子之一。有《四溟集》、《四溟诗话》等。

榆河晓发 [1]

朝晖开众山，遥见居庸关 [2]。云出三边外 [3]，风生万马间。征尘何日静，古戍几人还？忽忆弃繻者 [4]，空惭旅鬓斑。

说明

诗首联述行，颔联写景，颈联抒情，尾联感慨，由实到虚，层层深入，抒发了诗人感叹边尘的国事之忧和空惭前贤的身世之慨。值得一提的是颔联的写景，境界开阔，气势宏大，历来受到赞誉。

---

[1] 榆河：又称湿余河，富河，自居庸关南流经昌平、顺义至通县，北入白河。
[2] 居庸关：又称蓟门关，位于今北京昌平西北军都山上，形势险要，为古九塞之一。
[3] 三边：泛指北地边疆。
[4] 弃繻者：指终军。《汉书·终军传》："初，军从济南当诣博士，步入关。关吏予军繻，军问：'以此何为？'吏曰：'为复传，还当以合符。'军曰：'大丈夫西游，终不复传还。'弃繻而去。军为谒者，使行郡国，建节东出关。关吏识之，曰：'此使者乃前弃繻生也！'"张晏注："繻，符也，书帛裂而分之，若卷契矣。"后世遂以"弃繻"喻远大志向。

集评

　　沈德潜曰：“读‘风生万马间’，纸上有声。若衍成二语，气味便薄。”

　　　　　　　　　　　　　　　　　——沈德潜《明诗别裁》

大梁冬夜 [1]

坐啸南楼夜 [2]，孤灯客思长。人吹五更笛 [3]，月照万家霜 [4]。归计身多病，生涯鬓易苍。征鸿向何许？春意遍湖湘。

说明

"客思"两字为一篇之主。首联总写，突出诗人因客思而孤灯独坐，南楼坐啸的自身形象；颔联选用笛声、月色两意象，虚实并用，声色渲染，突出客思；颈联客中叹老，隐约有凄苦之怀；尾联借征鸿而寄托归思之心。全诗情景相生，格调高远，浑然有唐人之意。

集评

沈德潜曰："（谢榛）五言律句烹字炼，气逸调高。"又曰："集中'人吹五更笛，月照万家霜'……高、岑遇之，行当把臂。"

——沈德潜《说诗晬语》

潘德舆曰："谢茂秦五律，坚整如城，宛然唐调。"

——潘德舆《养一斋诗话》

---

[1] 大梁：战国时魏国都城，故址在今河南开封，故常作开封的代称。
[2] 啸：撮口发出长而清越的声音。
[3] "人吹"句：李白《春夜洛城闻笛》："谁家玉笛暗飞声，散入春风满洛城。此夜曲中闻折柳，何人不起故园情。"
[4] "月照"句：李白《静夜思》："床前明月光，疑是地上霜，举头望明月，低头思故乡。"

李攀龙

李攀龙（1514—1570），字于鳞，号沧溟，历城（今山东济南）人。嘉靖二十三年（1544）进士，授刑部主事。累官至河南按察使。与王世贞同为后七子首领，倡导复古，所作诗文也有拟古倾向。有《沧溟集》。

广阳山道中

出峡还何地？松杉郁不开。雷声千嶂落，雨色万峰来。地胜纡王事[1]，年饥损吏才[2]。难将忧国泪，涕泣向蒿莱[3]。

说明

诗前四句写景，扣住广阳山道所见落笔，其中"雷声千嶂落，雨色万峰来"一联，声色兼到，气势宏大，形象地反映了山中雷雨骤至时的景象。下四句抒情，表现了诗人忧世伤时的感慨。全诗境界雄阔，情思沉郁，语言精深。

---

[1] 纡：宽缓。王事：指劳役之事。
[2] 吏才：为官之才。
[3] 蒿莱：草野。陈子昂《感遇》诗："感时思报国，拔剑起蒿莱。"

塞上曲送元美¹（四首选一）

白羽如霜出塞寒²，胡烽不断接长安³。城头一片西山月⁴，多少征人马上看。

说明

这是首送别诗。前两句选用白羽、寒塞、胡烽、长安四组意象，强调军情的紧急，为王世贞的出行渲染气氛。下两句以西山之月连接征人与京城，既表现征人不恋京城，竭力守边，又希望王世贞能勉力边务，不辱使命。诗苍劲雄阔，意境深幽，颇有唐代边塞诗风格。

集评

沈德潜曰："送元美、寄元美诸诗，可使乐人歌之。"

——沈德潜《明诗别裁》

胡应麟曰："（李攀龙）七言律绝，高华杰起，一代宗风，而用字多同，

---

[1]　塞上曲：乐府旧题。元美：王世贞，字元美。
[2]　白羽：指羽书或羽檄，插着白色羽毛表示紧急的军事公文。
[3]　胡烽：北方少数民族入侵时示警的烟火。长安：汉唐时都城，此代指北京。
[4]　西山：北京西郊群山总称，借指北京。

十篇而外，不耐多读。"

——胡应麟《诗薮》

钱谦益曰："（李攀龙）七言今体，三百年来推为冠冕，然举其字则三十余字尽之矣，举其句则数十句尽之矣。"

——钱谦益《列朝诗集》

王世贞

王世贞（1526—1590），字元美，号凤洲，弇州山人，太仓（今属江苏）人。嘉靖二十六年（1547）进士，累官至南京刑部尚书。与李攀龙同为后七子首领，主张文必秦汉，诗必盛唐。晚年阅世日深，读书渐细，复古主张稍有变化。有《弇州山人四部稿》等。

战城南 [1]

战城南，城南壁 [2]，黑云压我城北 [3]。伏兵捣我东，游骑抄我西，使我不得休息。黄尘合匝 [4]，日为青，天模糊。钲鼓发 [5]，乱欢呼。胡骑敛 [6]，飚迅驱 [7]。树若荠 [8]，草为枯。啼者何？父收子，妻问夫。戈甲委积 [9]，血淹头颅。家家招魂入，队队自哀呼。告主将，主将若不知。生为边陲士，野葬复何悲！釜中食，午未炊。惜其仓皇遂长诀，焉得一饱为？野风骚屑魂依之 [10]。曷不睹主将，高牙大纛坐城中 [11]。生当封彻侯 [12]，死当庙食无穷 [13]。

---

[1]　战城南：乐府旧题。

[2]　壁：营垒。

[3]　"黑云"句：李贺《雁门太守行》："黑云压城城欲摧。"

[4]　合匝：合围。

[5]　钲：古代军中所用的一种乐器。

[6]　敛：集中。

[7]　飚：疾风。

[8]　树若荠：孟浩然《秋登兰山寄张五》："天边树若荠，江畔洲如月。"

[9]　委积：堆积。

[10]　骚屑：风声。刘向《九叹·思古》："风骚屑以摇木兮，云吸吸以湫戾。"

[11]　高牙大纛（dào）：大将的牙旗。欧阳修《相州画锦堂记》："然则高牙大纛，不足为公荣。"

[12]　彻侯：秦汉时最高等级的爵位，后避汉武帝刘彻讳，改为通侯。

[13]　庙食：指死后立庙享受祭祀。《后汉书·梁统附梁竦传》："（竦）尝登高远望，叹息言曰：'大丈夫居世，生当封侯，死当庙食。'"

说明

本诗采用对比手法，将战士殊死搏斗，最后战死沙场的悲惨场面与主将生封彻侯，死享庙食的荣华显贵作对比，形象生动地表达了"一将功成万骨枯"（曹松《己亥岁》）的古老主题。本诗用古乐府的形式写，直质，古朴，别具一种美感。

集评

沈德潜曰："'黄尘合匝'三语，写出古战场。末即'死是征人死，功是将军功'意，特变化无迹。"

——沈德潜《明诗别裁》

　　　　　　　　　　　　　　　　　　　　　　　　　　　元明清诗文

登太白楼 [1]

昔闻李供奉 [2]，长啸独登楼 [3]。此地一垂顾 [4]，高名百代留。白云海色曙，明月天门秋 [5]。欲觅重来者，潺湲济水流 [6]。

说明

该诗为登临山东济宁太白酒楼时所作。诗人登楼怀古，百感交集：李白遗迹尚存，李白遗风荡然，欲重觅李白这样洒脱不羁、蔑视权贵的人物，已很困难了。诗最后以景作结，表现对李白的缅怀之情和对当今世风的深深感叹。诗境界开阔，气势不凡，颇能体现李白的胸襟和气魄。

集评

沈德潜曰："天空海阔。有此眼界笔力，才许作《登太白楼》诗。"

——沈德潜《明诗别裁》

---

[1] 太白楼：李白青年时代曾漫游南北，足迹遍及各地。今山东济宁，湖北汉阳及安徽当涂等地都有太白楼遗址，这里指山东济南太白楼。《嘉庆一统志》："李白酒楼在济宁州南城上，唐李白客任城县，县令贺知章觞于此，今楼与当时碑刻俱存。"按唐时任城即时的济宁。

[2] 李供奉：指李白。李白天宝初曾供奉翰林。

[3] 长啸：撮口发出悠长清越的声音。

[4] 垂顾：亲临看视。

[5] 天门：指泰山的东、西、南三天门。李白《游泰山》："天门一长啸，万里清风来。"

[6] 潺湲（chán yuán）：水缓流貌。济水：黄河支流，流经山东入海。

高攀龙

高攀龙（1562—1626），字存之，又字云从、景逸，无锡（今属江苏）人。万历十七年（1589）进士。熹宗时历官光禄丞，刑部侍郎，左都御史，以反对魏忠贤被革职。与顾宪成在无锡东林书院讲学，时称"高顾"，为东林党领袖人物。后魏忠贤派缇骑搜捕，高投水而死。崇祯初赠太子太保，兵部尚书，谥忠宪。著有《高子遗书》。

夜步

幽人夜未眠[1]，月出每孤往。繁林乱萤照，村屋人语响。宿鸟一时鸣[2]，草径微露上。欣然意有会[3]，谁与共心赏。

说明

诗写夜步所见、所闻、所感，突出表现了夜晚幽林静中有动，静中有声，静中充满生机的自然之趣。这种趣味只有摆脱俗念，幽居乡野时方能悠然神会，产生"欣然意有会"的境界。全诗清幽静谧，韵味悠然。

---

[1]　幽人：指隐士或无官职之人。苏轼《卜算子·黄州定慧院寓居作》："谁见幽人独往来。"
[2]　"宿鸟"句：王维《鸟鸣涧》："月出惊山鸟，时鸣春涧中。"
[3]　"欣然"句：陶渊明《五柳先生传》："每有会意，便欣然忘食。"

集评

　　沈德潜曰："忠宪诗无心学陶，天趣自会。"

—— 沈德潜《明诗别裁》

袁宏道

袁宏道（1568—1610），字中郎，号石公，湖广公安（今属湖北）人。万历二十年（1592）进士。除吴县知县、改顺天教授，历国子博士，吏部员外郎。与兄宗道、弟中道合称"三袁"。反对前后七子的复古主张，强调抒写"性灵"。有《袁中郎全集》。

感事

湘山晴色远微微[1]，尽日江边取醉归。不见两关传露布[2]，尚闻三殿未垂衣[3]。边筹自古无中下[4]，朝论于今有是非[5]。日暮平沙秋草乱，一双白鸟避人飞。

说明

该诗为感事而作，不仅反映当时南北边患严重，朝内意见不一的社会现实，还表现出了诗人对国家命运的深深忧虑。诗采用七律形式，中间两联以议为主，属对工巧，用字妥切；首尾两联以写景为主，也恰到好处地烘染了诗人忧虑国事，内心难以平静的思想情怀。

[1] 湘山：又称君山，湖南岳阳西南洞庭湖中。《水经注·湘水》："是山，湘君之所游处，故曰君山矣。"
[2] 两关边关：南北边关。当时继倭寇严重骚扰之后，丰臣秀吉发动了侵朝战争，北部宁夏一带也不太平。露布：没有缄封的文书。后专指檄文、捷报或其他紧急文书。
[3] 三殿：代指朝廷。明代以皇极、建极、中极为三大殿，国家重大庆典及礼仪活动常在三殿举行。垂衣：即垂衣而治、国家太平。
[4] 边筹：用于边防的政策、计划等。当时明朝内部对于丰臣秀吉的侵朝战争意见不统一，有人甚至提出妥协退让。中下：中策和下策。
[5] 朝论：朝中对国事的议论。

钟　惺

钟惺（1574—1624），字伯敬，号退谷，竟陵（今湖北天门）人。万历三十八年（1610）进士，累官至福建提学佥事。与谭元春同为竟陵派创始人，在抒写性灵方面与公安派一致，但又以为公安派肤浅俚俗，倡导幽深孤峭，追求形式上的险僻。有《隐秀轩集》。

夜归

落月下山径，草堂人未归。砌虫泣凉露[1]，篱犬吠残晖。霜静月逾皎，烟生墟更微。入秋知几日，邻杵数声稀[2]。

说明

该诗以时间为线索，写夜归途中所见。首联一句一意，落实题面"夜"、"归"两字；颔联以声衬静，描写秋日农村黄昏景象；颈联已是入夜，霜静月皎，村落朦胧，万籁俱寂；尾联静中有声，以邻家传来断续的捣衣声而收，使清幽宁静的诗境又带上淡淡的秋的凄凉。

---

[1]　砌虫：台阶下的蟋蟀。泣凉露：在清寒的露水中哀鸣。
[2]　邻杵：邻家传来的舂米或捣衣的声音。

陈子龙

陈子龙（1608—1647），字卧子，号大樽，华亭（今上海松江）人。崇祯十年（1637）进士，选绍兴推官，升兵科给事中。见朝政腐败，辞职归乡。清兵破南京，联络松江水师抗清，兵败，避匿山中。又结太湖兵抗清，事泄露，在苏州被捕，乘隙投水而死。崇祯间，曾与同乡夏允彝等组织"几社"，与"复社"呼应。其文学主张继承后七子传统，复古倾向。工诗词。有《陈忠裕公全集》。

小车行 [1]

小车班班黄尘晚 [2]，夫为推，妇为挽 [3]。出门何所之？青青者榆疗吾饥 [4]，愿得乐土共哺糜 [5]。风吹黄蒿 [6]，望见墙宇，中有主人当饲汝 [7]。叩门无人室无釜，踯躅空巷泪如雨 [8]。

说明

崇祯十年（1637），陈子龙中进士，被派往南方任职。时两畿大旱，

---

[1]　行：歌行，古代诗歌的一种体裁。
[2]　班班：车声。杜甫《忆昔》："齐纨鲁缟车班班，男耕女桑不相失。"
[3]　挽：牵引，此指拉车。
[4]　榆：指榆荚，也称榆钱，榆树上扁圆形的种子，嫩时可吃。
[5]　乐土：生活安定快乐的地方。《诗经·魏风·硕鼠》："逝将去女，适彼乐土。"哺糜：喝粥。汉乐府《东门行》："他家但愿富贵，贱妾与君共哺糜。"
[6]　黄蒿：枯黄的蒿草。
[7]　饲汝：给你们吃。
[8]　**踯躅**：徘徊不前。

山东蝗灾严重，诗人离京赴任途中目击灾民流离失所惨状，深有感触，写下此诗。诗通过一对灾民夫妇推小车流浪情景，生动地勾勒了一幅悲惨的明末流民图，表现诗人对灾民的深切关注和同情。诗采用新题乐府形式，以白描手法真实而简练地刻画了一对灾民夫妇形象，悲切凄惨，哀哀动人，给人留下深刻印象。

集评

沈德潜曰："写流人情事，恐郑监门亦不能绘。"

——沈德潜《明诗别裁》

秋日杂感（十首选一）

行吟坐啸独悲秋¹，海雾江云引暮愁²。不信有天常似醉³，最怜无地可埋忧⁴。荒荒葵井多新鬼⁵，寂寂瓜田识故侯⁶。见说五湖供饮马⁷，沧浪何处着渔舟⁸？

说明

这首诗约作于清世祖顺治三年（1646）秋天，时陈子龙抗清兵败，避居于嘉兴武塘一带。诗从萧索秋景落笔，情景交融，形象地反映了清兵入侵给江南带来的深重灾难和诗人怀念故国、哀悼亡友的沉痛心情以及不甘屈服、谋求复国的斗争精神。由于诗作于兵败不久，字里行间笼

[1] 啸：撮口发出悠长清越的声音。
[2] 海雾江云：暗指福建唐王朱聿键、浙江鲁王朱以海的抗清力量。陈子龙当时与他们都有联系。
[3] 有天常似醉：指老天昏聩如醉，让清人统治中国。据张衡《西京赋》：春秋时，秦穆公梦朝天帝，帝醉，以鹑首之地（今湖北襄阳、安陆诸地）赐秦。
[4] 无地可埋忧：仲长统《述志》："埋忧地下。"
[5] 葵井：旁边长着冬葵的水井。古诗《十五从军行》："井上生旅葵。"新鬼：指抗清死难的亡友。
[6] 瓜田识故侯：《史记·萧相国世家》："邵平者，故秦东陵侯。秦破，为布衣，贫，种瓜于长安城东。瓜美，故世欲谓之东陵瓜，从邵平以为名也。"此意指明亡后，明士大夫隐伏于草泽田野中。
[7] 五湖：指太湖，当年范蠡曾携西施泛舟于此。
[8] 沧浪：屈原《渔夫》："渔父莞尔笑，鼓枻而去，乃歌曰：沧浪之水清兮，可以濯我缨，沧浪之水浊兮，可以濯我足。"

罩着悲凉之气，但深入体味，更有抗清复国、战斗到底的深层力量。全诗笔力凝重，沉郁苍劲，读之令人荡气回肠。

辽事杂诗 [1]（八首选一）

卢龙雄塞倚天开 [2]，十载三逢敌骑来 [3]，碛里角声摇日月 [4]，回中烽色动楼台 [5]。陵园白露年年满 [6]，城郭青燐夜夜哀 [7]。共道安危任樽俎 [8]，即今谁是出雄才。

说明

诗作于崇祯十年（1637）前后。诗人有感于边境时局，表达了对朝廷御敌救亡无策的不满和对国家前途的深深忧虑。诗前三联具体描写敌骑的入侵和严重的后果，向人们呈现了一幅哀切凄凉的悲惨图像。末联以议论而收，感叹朝中无人能力挽狂澜，扭转危局。全诗苍劲悲凉，充满激愤之情。

---

[1]　辽事：指清军在辽东入侵之事。
[2]　卢龙：山名，自热河七老图岭起，蜿蜒于长城内外，东接山海关，形势险要。
[3]　"十载"句：后金（清）自万历年间在北方建国后，即成为明在东北边境的严重威胁。崇祯年间，开始纵深袭扰明朝，先后于崇祯二年十一月、崇祯七年七月、崇祯九年七月三次大规模入关，进逼北京。
[4]　碛：指沙漠。
[5]　回中：回中宫，秦所建，故址在今陕西陇县西北。此借指北京附近明帝的离宫。
[6]　陵园：明帝诸陵在今北京昌平天寿山。崇祯九年秋，清兵由此逼近北京。
[7]　青燐：燐火，俗称鬼火。
[8]　樽俎：折冲樽俎。《晏子春秋·杂上》："夫不出樽俎之间，而折冲千里之外，晏子之谓也。"意谓在谈判的酒席上，能退千里之外的敌兵。樽俎：古代盛酒肉的器皿。冲：古代战车。

集评

胡应麟曰:"(陈子龙诗)格高气逸,韵远思深。"

——胡应麟《诗薮》

吴伟业曰:"(陈子龙诗)高华雄浑,睥睨一世。"

——吴伟业《梅村诗话》

夏完淳

夏完淳（1631—1647），原名复，字存古，松江华亭（今上海松江）人。十四岁即随父夏允彝、师陈子龙起兵抗清。夏允彝兵败自杀后，夏完淳与陈子龙联络太湖义军起兵抗清。任鲁王中书舍人，参谋太湖吴易军事，吴易败，仍为抗清奔走。兵败被俘，在南京痛斥明朝降将洪承畴，不屈而死，年仅十七岁。诗词多抒写政治抱负和国破家亡悲痛，激昂慷慨，很有特色。有《夏节愍公集》《南冠草》等。

鱼服 [1]

投笔新从定远侯 [2]，登坛誓饮月支头 [3]。莲花剑淬胡霜重 [4]，柳叶衣轻汉月秋 [5]。励志鸡鸣思击楫 [6]，惊心鱼服愧同舟。一身湖海茫茫恨，缟素秦庭矢报仇 [7]。

---

[1]　鱼服：《说苑·正谏》："昔白龙下清泠之渊，化为鱼，渔者豫且射中其目。"此隐喻明亡后明皇室逃亡的困难处境。

[2]　投笔：即投笔从戎。定远侯：班超。《后汉书·班超传》："班超……家贫，常为官佣书以供养。久劳苦，尝辍业投笔叹曰：'大丈夫无它志略，犹当效傅介子、张骞立功异域，以取封侯，安能久事笔研间乎？'左右皆笑之。"后出使西域有功，封定远侯。此喻指陈子龙。

[3]　登坛：登坛拜将。指聚兵起义。月支（zhī）：又作月氏，古西域国。《史记·大宛列传》："匈奴老上单于杀月氏王，以其头为饮器。"此以月氏喻清军，表示自己杀敌的决心。

[4]　莲花剑：宝剑。《吴越春秋》载：薛烛能鉴别宝剑，曾经赞美欧冶子铸造的宝剑，形容为："沉沉如芙蓉始出于湖。"淬（cuì）：铸造刀剑时把刀剑烧红浸入水中，使之坚刚。胡霜重：胡地霜重，喻清兵凶悍势大。

[5]　柳叶：锁子甲上的柳叶甲片。

[6]　"励志"句：《晋书·祖逖传》：祖逖"与司空刘琨俱为司州主簿，情好绸缪，共被同寝，中夜闻荒鸡鸣，蹴琨觉曰：'此非恶声也。'因起舞。"又"帝乃以逖为奋威将军，豫州刺史，给千人廪，布三千匹，不给铠仗，使自招募。仍将本流徙部曲百余家渡江，中流击楫而誓曰：'祖逖不能清中原而复济者，有如大江。'辞色壮烈，众皆慨叹。"

[7]　缟素：白色丧服。秦庭：据《左传》：春秋时吴师破楚都，楚申包胥入秦请求出兵援救，哭于秦庭七日夜，秦终出兵，大败吴军。矢：发誓。

说明

　　该诗以"鱼服"为题，点出作诗的特定背景，也反映出了诗人对国家、民族前途的深深忧虑。诗用典较多，但都妥切稳当，尤其是两处用了祖逖故事，以精练的语言表达了诗人以古代志士为榜样，矢志灭清复明的坚定决心。诗语言华美，气势昂扬，洋溢着一个少年英雄的爱国思想与文学才气。

集评

　　沈德潜曰："存古十五从军，十七授命，生为才人，死为鬼雄，汪锜不足多也。诗格亦高古罕匹。"

——沈德潜《明诗别裁》

别云间 [1]

三年羁旅客 [2]，今日又南冠 [3]。无限河山泪，谁言天地宽？已知泉路近 [4]，欲别故乡难。毅魄归来日 [5]，灵旗空际看 [6]。

说明

这首诗是作者被捕后押往南京，告别故乡、亲人时所作，抒发了对故乡、亲人的依恋和对自由生活的热爱，也表达了抗清失败的悲愤和至死不屈的斗志。前三联回顾三年来艰苦的斗争生涯，抒写悲恨之情，末联设想死后化魂也要返乡，坚持作抗清斗争，诗于高潮中戛然而止，显得铿锵而有余韵。全词昂扬激越，感情深挚，真实地表现了诗人的民族气节和爱国情怀。

---

[1]　云间：地名，作者家乡松江的古称。
[2]　三年：作者自顺治二年（1645）起参加抗清斗争，至顺治四年（1647）被捕，共约三年。
　　羁旅客：指远离家乡漂泊奔走。
[3]　南冠：囚徒的代称。《左传》："晋侯冠于军府，见钟仪，问之曰：'南冠而絷者，谁也？'有司对曰：'郑人所献楚囚也。'"
[4]　泉路：黄泉路，指阴间。
[5]　毅魄：忠毅的魂魄。屈原《九歌·国殇》："身既死兮神以灵，子魂魄兮为鬼雄。"
[6]　灵旗：古代的一种战旗。这里指抗清的旗帜。

钱谦益

钱谦益（1582—1664），字受之，号尚湖，又号牧斋，又自称牧翁、蒙叟、东涧遗老、绛云老人、敬他老人等，常熟（今属江苏）人。明万历三十八年（1610）进士。官礼部侍郎，为温体仁所陷，被革职。南明弘光时，出为礼部尚书。清兵南下时降清，任礼部右侍郎管秘书院事、明史副总裁。半年后，称疾归里。诗文皆工，为一时文宗。有《初学集》、《有学集》、《投笔集》等。

后秋兴之十三（选一）

海角崖山一线斜[1]，从今也不属中华。更无鱼腹捐躯地[2]，况有龙涎泛海槎[3]。望断关河非汉帜[4]，吹残日月是胡笳[5]。嫦娥老大无归处，独倚银轮哭桂花[6]。

---

[1] 崖山：又称崖门山，在广东新会县南，地势险要。宋末抗元最后据点。元军攻破崖山，陆秀夫背负宋朝小皇帝赵昺于此投海而死。

[2] 鱼腹捐躯地：指陆秀夫负宋帝赵昺在崖山投海，葬身鱼腹。又《楚辞·渔夫》：屈原谓渔父曰"宁赴湘流，葬于江鱼之腹中"，此反用其意，意谓连葬身鱼腹之地都没有。

[3] 龙涎泛海槎：据《星槎胜览》："龙涎屿，望之峙南巫里洋中海面，至春闲群龙来集于上，交戏而遗涎沫，番人驾独木舟，登此采归。"此形容清人船舰在海面游弋。槎：用竹木编成的筏。

[4] 望断：望尽。

[5] 日月：两字相合即为"明"字。胡笳：象征清军。

[6] 银轮：指月。桂花：段成式《西阳杂俎·天咫》："月桂高五百丈，下有一人常斫之，树创随合。"此暗指桂王。

说明

　　此诗原有作者自注，曰："自壬寅七月至癸卯五月，讹言繁兴，鼠忧泣血，感恸而作，犹冀其言之或诬也。"此处"讹言"，即桂王被杀的消息。可见诗是感于南明桂王被杀而作，表达诗人对南明政治势力最后消失的悲愤之情。诗感情真挚，表达含蓄，其重要特点就是大量用典，这些典故不仅贴切稳妥，而且还使诗的感情增大，显得深沉。

吴门春仲送李生还长干 [1]

阑风伏雨暗江城 [2]，扶病将愁起送行。烟月扬州如梦寐，江山建业又清明 [3]。夜乌啼断门前柳 [4]，春鸟衔残花外樱 [5]。尊酒前期君莫忘 [6]，药囊吾欲傍余生。

说明

这是首送行诗，但真正落到送别的只首尾两联。中间两联以写景为主，以春到江南的乐景反衬江山易主、盛事不再的哀情，表现出诗人对朱明王朝的深深悼念。全诗辞藻华美，笔力精深，风格沉郁，确为上品。

---

[1]　吴门：指吴县县城（今苏州市）。长干：南京古里巷名。
[2]　阑风伏雨：杜甫《秋雨叹》："阑风伏雨秋纷纷。"赵次公注："阑珊之风，沉伏之雨。"
[3]　建业：南京古称。
[4]　"夜乌"句：李白《杨叛儿》："何许最关人？乌啼白门柳。"
[5]　"春鸟"句：王维《敕赐百官樱桃》："才是寝园春荐后，非关御苑鸟衔残。"此反用其意。
[6]　前期：前约。

西湖杂感（二十首选三）

潋滟西湖水一方[1]，吴根越角两茫茫[2]。孤山鹤去花如雪[3]，葛岭鹃啼月似霜[4]。油壁轻车来北里[5]，梨园小部奏西厢[6]。而今纵会空王法[7]，知是前尘也断肠[8]。

建业余杭古帝丘[9]，六朝南渡尽风流[10]。白公妓可如安石[11]？苏小湖应并莫愁[12]。戎马南来皆故国[13]，江山北望总神州[14]。行都宫阙荒烟里[15]，禾黍丛残似石头[16]。

---

[1]　潋滟：水光闪烁。苏轼《饮湖上初晴后雨》："水光潋滟晴方好。"
[2]　吴根越角：春秋时吴国在今江苏一带，越国在今浙江一带，两国国境相连。杜牧《昔事文皇帝三十二韵》："溪山侵越角，封壤尽吴根。"
[3]　孤山鹤去：孤山在杭州西湖边，北宋诗人林和靖曾居于此，养鹤植梅，人称"梅妻鹤子"。
[4]　葛岭：杭州山名，在西湖边，因东晋葛孝先偕葛洪在此炼丹而得名。
[5]　油壁轻车：一种以油涂饰车壁的轻便车，古代女子所乘坐。北里：唐代长安城北平康里，也称北里，为妓女聚居处，后泛指妓院所在地。
[6]　梨园：唐玄宗时教授乐工、演员技艺的场所，后常代指戏班子。小部：梨园中选十五岁以下者三十名，称小部。西厢：指戏曲《西厢记》。
[7]　会：领悟。空王法：佛法。
[8]　前尘：往事。
[9]　建业：南京古称。余杭：指杭州。
[10]　六朝：指建都南京的东吴、东晋、宋、齐、梁、陈。南渡：北宋南渡后定都杭州。
[11]　白公：指白居易，曾任杭州刺史，常携妓游西湖。安石：东晋宰相谢安，字安石，也常携妓游山。
[12]　苏小湖：指西湖。苏小：即苏小小，六朝时著名歌女，墓在西湖。莫愁：古乐府中所传歌女，曾住今南京莫愁湖，湖因人而得名。
[13]　戎马南来：暗指清军南下。戎马：军马。
[14]　神州：指中国。
[15]　行都：都城以外另设的都城，供皇帝出行时暂住。此指杭州。
[16]　禾黍：典出《诗经·王风·黍离》。《诗序》："《黍离》，闵宗周也。周大夫行役至于宗周，过故宗庙宫室，尽为禾黍。闵周室之颠覆，彷徨不忍去而作是诗。"石头：南京古时又称石头城。

冬青树老六陵秋，恸哭遗民总白头¹。南渡衣冠非故国²，西湖烟水是清流。早时朔漠翎弹怨，他日居庸宇唤休³。苦恨嬉春铁崖叟⁴，锦兜诗报百年愁⁵。

说明

诗作于清顺治七年（1650），其时距杭州被清兵所破已有五年。诗人路经杭州，看到昔日美丽的西子湖一片破败，惨不忍睹，不禁深有感慨，写下组诗。第一首由今而昔，回忆西湖盛时景况，结句以"知是前尘也断肠"而收，更觉悲凉。第二首由杭州想到南京，两者分别为南宋与南明的都城，结局都沦陷于北方南下的异族统治者，诗借以表达南明灭亡的感伤。结尾一联虚实并用，抒发黍离麦秀之悲。第三首写

---

[1]　"冬青"两句：指宋末元初宋帝陵被掘，引起遗民恸哭事。元至元十五年（1278），江南释教总统杨琏真加在会稽发掘南宋六代皇帝陵，尸骨暴露，宋遗民唐珏、林景熙等潜入墓地，收集遗骨，葬于兰亭山后，种冬青为识。

[2]　南渡：指北宋建炎元年宋高宗南渡，迁都杭州，建立南宋。衣冠：指南渡时逃到杭州的朝臣、豪族。

[3]　"早时"两句：作者自注："白翎杜宇事，具《元史》、《草木子》诸书。"陶宗仪《辍耕录》："白翎雀者，国朝（元）教坊大曲也。始甚雍容和缓，终则急躁繁促，殊无有余不尽之意。窃尝病焉。后见陈云峤先生云：白翎雀生于乌桓朔漠之地，雌雄和鸣，自得其乐，世皇（元世祖忽必律）命伶人硕德闾制曲以名之。"此以"翎弹怨"借指北方元人的兴起。宇唤：杜宇鸣叫。叶奇《草木子》："至正十九年（1359），元京子规啼。昔邵康节在洛阳天津桥闻之，已知宋室将乱，况元京视洛阳尤远，非南方之鸟所至，地气自南而北，又符康节天下将乱之语，岂非天数也哉。"此以杜宇鸣指元亡，元帝逃奔居庸关外。此两句以元的由兴到亡历史，暗示清也总有一天要亡。

[4]　嬉春铁崖叟：元末诗人杨维桢，字廉夫，号铁崖，作有"嬉春体"诗。

[5]　锦兜诗：瞿佑《归田诗话》："元废宋故宫为佛寺，西僧皆戴红兜帽，故杨廉夫宋故宫诗用红兜为韵。"百年愁：指元统治中国近百年。

遗民之恨，并借元统治者最终灭亡的结局表达希望清朝统治早日结束的内心愿望。三首诗苍劲悲凉，感慨实深，可视为钱谦益七律代表作之一。

吴伟业

吴伟业（1609—1672），字骏公，号梅村，太仓（今属江苏）人。明崇祯四年（1631）进士，授编修，出为南京国子监司业，升中允转谕德。南明弘光朝任少詹事。入清后，闭门不出，但仍主持文坛，名益重。地方官举荐出仕，任弘文院侍讲，转国子监祭酒。一年后以母丧告假归里。工诗，尤长于七歌行。有《梅村家藏稿》。

圆圆曲 [1]

鼎湖当日弃人间 [2]，破敌收京下玉关 [3]。恸哭六军俱缟素 [4]，冲冠一怒为红颜 [5]。红颜流落非吾恋 [6]，逆贼大亡自荒宴 [7]。电扫黄巾定黑山 [8]，哭罢君亲再相见 [9]。相见初经田窦家 [10]，侯门歌舞出如花。许将戚里空侯伎 [11]，

---

[1] 圆圆：即陈圆圆，本姓邢，名沅，苏州名妓。一度送入宫中。后为辽东总兵吴三桂之妾。李自成攻破北京，为李自成部将刘宗敏掠去。吴三桂闻讯大怒，竟不顾民族大义，引清兵入关，击败李自成军。圆圆复归三桂。后随吴三桂入云南，相传晚年出家为女道士。

[2] 鼎湖：指明崇祯帝死。《史记·封禅书》："黄帝采首山铜，铸鼎于荆山下。鼎既成，有龙垂胡髯下迎黄帝，黄帝上骑。"后常以此典指帝王的死。

[3] 破敌收京：指吴三桂引清兵入关，攻陷北京。玉关：此指山海关。

[4] 六军：泛指大军。缟素：指哀悼崇祯帝的白色丧服。

[5] 红颜：指陈圆圆。

[6] 吾：吴三桂自指。此句连同下三句，均以吴三桂的口吻来写。

[7] 逆贼：指李自成。荒宴：荒淫饮宴。

[8] 电扫：喻扫荡之速。黄巾：东汉末年的黄巾起义军。黑山：东汉末黑山农民起义军，此借指李自成的农民军。

[9] 君：指崇祯帝。亲：指吴三桂之父吴襄。吴襄为李自成农民军所杀。

[10] 田窦：指西汉外戚田蚡、窦婴，此借指周后家的周奎，吴陈初次相见于周奎家。一说为田妃家的田宏遇处。

[11] 戚里：汉都长安城里帝王外戚聚居处，此借指周奎家。空侯伎：歌伎，指圆圆。空侯：即"箜篌"，一种古乐器。

等取将军油壁车 [1]。家本姑苏浣花里 [2]，圆圆小字娇罗绮。梦向夫差苑里游 [3]，宫娥拥入君王起。前身合是采莲人 [4]，门前一片横塘水 [5]。横塘双桨去如飞，何处豪家强载归 [6]？此际岂知非薄命，此时只有泪沾衣。熏天意气连宫掖，明眸皓齿无人惜 [7]。夺归永巷闭良家 [8]，教就新声倾座客 [9]。座客飞觞红日莫 [10]，一曲哀弦向谁诉？白皙通侯最少年 [11]，拣取花枝屡回顾。早携娇鸟出樊笼，待得银河几时渡 [12]？恨杀军书抵死催，苦留后约将人误。相约恩深相见难，一朝蚁贼满长安 [13]。可怜思妇楼头柳 [14]，认作天边粉絮看 [15]。遍索绿珠围内第 [16]，强呼绛树出雕栏 [17]。若非壮士全师胜，争得蛾眉匹马还 [18]。蛾眉马上传呼进，云鬟不整惊魂定 [19]。蜡炬迎来

---

[1]　油壁车：一种用油涂饰车壁的车子，古代女子所乘。
[2]　姑苏：苏州。浣花里：唐时蜀中名妓薛涛曾居成都浣花溪，此借指陈圆圆所在的妓院。
[3]　夫差：吴国国王。此句暗示陈圆圆曾被送入宫中。
[4]　采莲人：指曾送入吴王夫差宫中的西施。
[5]　横塘：在今苏州西南胥门外。
[6]　豪家：指外戚家。据钮琇《觚剩》："（周奎）因出重资购圆圆，载之以北。"
[7]　"熏天"两句：意谓外戚家权势显赫，将圆圆送进宫中，但皇帝并不怜惜。熏天意气：形容权势显赫。掖：皇宫旁屋，嫔妃所居之处。明眸皓齿：形容美貌。
[8]　永巷：宫中长巷，宫女所居之处。
[9]　倾：倾倒。
[10]　飞觞：举杯。莫：通"暮"。
[11]　白皙：肤色白净。通侯：汉代侯位中最高等级。此指吴三桂。
[12]　"早携"两句：喻吴三桂携圆圆回家，但因军情紧急，未及欢聚就离开了。渡银河：用牛郎织女之典。
[13]　蚁贼：用敌视的语气称李自成农民军。长安：借指北京。
[14]　思妇楼头柳：指陈圆圆已是吴三桂之妾。语出王昌龄《闺怨》："闺中少妇不知愁，春日凝妆上翠楼。忽见陌头杨柳色，悔教夫婿觅封侯。"
[15]　粉絮：柳絮，常喻烟花女子。
[16]　绿珠：晋石崇之妾。石崇失势后，孙秀捕崇，欲夺绿珠，珠坠楼自杀。此喻指圆圆。
[17]　绛树：汉末著名歌女，此喻指圆圆。
[18]　"若非"两句：意谓吴三桂不打胜仗，就不能迎回圆圆。争得：怎得。
[19]　"蛾眉"两句：意谓圆圆归来时惊魂不定，云鬟不整。

在战场[1]，啼妆满面残红印[2]。专征萧鼓向秦川[3]，金牛道上车千乘[4]。斜谷云深起画楼[5]，散关月落开妆镜[6]。传来消息满江乡，乌桕红经十度霜[7]。教曲妓师怜尚在，浣纱女伴忆同行。旧巢共是衔泥燕[8]，飞上枝头变凤皇[9]。长向尊前悲老大[10]，有人夫婿擅侯王[11]。当时只受声名累，贵戚名豪尽延致[12]。一斛珠连万斛愁，关山漂泊腰支细[13]。错怨狂风扬落花，无边春色来天地。尝闻倾国与倾城[14]，翻使周郎受重名[15]。妻子岂应关大计，英雄无奈是多情。全家白骨成灰土[16]，一代红妆照汗青[17]。君不见馆娃初起鸳鸯宿[18]，越女如花看不足[19]。香径尘生鸟自啼[20]，屧廊人去苔空绿[21]。换羽移宫万

---

[1]　蜡炬：据《拾遗记》：魏文帝聘娶薛灵芸，于十里外燃烛相迎。

[2]　残红印：脂粉上的泪痕。

[3]　秦川：陕西秦中平原。

[4]　金牛道：一名石牛道，从陕西沔县入四川的古栈道。

[5]　斜谷：在陕西眉县西南。

[6]　散关：大散关，在陕西宝鸡县西南。

[7]　乌桕：树名，深秋叶红。十度霜：圆圆于崇祯十五年（1642）离开苏州，《圆圆曲》作于清顺治八年（1651），正好十年。

[8]　衔泥燕：喻地位仍低下的旧时同伴。

[9]　凤皇：即凤凰，喻地位已变高贵的圆圆。

[10]　尊前：酒樽前。老大：年纪大。

[11]　擅：居。

[12]　延致：招致。

[13]　"一斛"两句：意谓当时圆圆极受宠爱，却引出以后的漂泊之苦。一斛珠：据《梅妃传》：唐明皇思念梅妃，恰有外国进贡宝珠，即赐一斛给梅妃。

[14]　倾国与倾城：形容女子美貌。《汉书·外戚传》："孝武李夫人，本以倡进，夫人兄延年，性知音，善歌舞，侍上起舞，歌曰：'北方有佳人，绝世而独立，一顾倾人城，再顾倾人国。'"

[15]　周郎：三国时周瑜，其妻小乔，为东吴著名美女。此借指吴三桂。

[16]　"全家"句：李自成攻占北京后，令三桂父吴襄招降三桂，吴三桂拒绝，吴襄家八口人全部被杀，只圆圆一人得脱。

[17]　汗青：史册。

[18]　馆娃：即馆娃宫，吴王夫差为西施而建，故址在吴县灵岩山。

[19]　越女：指美女西施。

[20]　香径：采香径，在今苏州市西。

[21]　屧廊：响屧廊。《清一统志》："响屧廊，以梗梓籍其地，西施步屧绕之则有声，故名。"采香径、响屧廊均为夫差为西施而建。

里愁[1]，珠歌翠舞古梁州[2]。为君别唱吴宫曲[3]，汉水东南日夜流[4]。

说明

该诗以陈圆圆与吴三桂的悲欢离合为线索，从一独特角度反映并讽刺了吴三桂不顾国家、民族大义，以一己之私而引狼入室，导致清兵南下，江山易主的历史事实。此诗规模宏大，头绪繁多，时间跨度也大，但诗人善于组织，精心结构，紧紧扣住"恸哭六军俱缟素，冲冠一怒为红颜"这一中心事件，适当运用倒叙、插叙等手法，纵横捭阖，娓娓叙来，使诗繁而不乱，结构紧凑。此外，诗有意将吴三桂、陈圆圆关系同吴王夫差、西施的关系联系起来，历史与现实交融，使诗更为深沉、含蓄。手法上适当运用"顶真"的修辞格，使诗既大开大合、变化自如，又前后勾联，浑然一体，收到较好的艺术效果。

集评

钱谦益曰："（梅村诗）攒簇化工，陶冶今古，阳施阴设，移步换形。"

——钱谦益《与吴梅村尺牍》

---

[1] 换羽移宫：指乐声变换，喻人事变幻。羽、宫：五音中的两种乐声。
[2] 古梁州：陕西汉中南郑一带为古梁州。时三桂在汉中。
[3] 吴宫曲：指吴王夫差时的曲子。
[4] 汉水：汉中临汉水，汉水向东南流入长江。李白《江上吟》："功名富贵若长在，汉水亦应西北流。"

过吴江有感 [1]

落日松陵道 [2]，堤长欲抱城 [3]。塔盘湖势动 [4]，桥引月痕生 [5]。市静人逃赋 [6]，江宽客避兵。廿年交旧散 [7]，把酒叹浮名 [8]。

说明

该诗写过吴江所见所感。前四句写景，扣住长堤、方塔、垂虹桥这些最具吴江地方特征的物象落笔，动静结合，十分生动。五、六句为吴江市内所见，反映清兵南下后，赋税、兵乱造成的萧条、凄凉景象。七、八句感叹身世，尤为沉着。全诗写景抒情，由浅入深，层次分明，表现出较高的艺术技巧。

---

[1] 吴江：县名，今属江苏省。

[2] 松陵：吴江别称。

[3] 堤：指吴江县东吴淞江长堤。《大清一统志》："长堤在吴江县东，宋庆历二年（1042），以松江风涛，漕运多败舟，遂接续松江长堤于江湖之间。明万历三十三年（1605）重筑，长八十三里。"

[4] 塔：据《苏州府志》：吴江县东门外有华严寺，寺有方塔，共七层，建于宋元祐四年（1089）。

[5] 桥：指吴江石桥，又称垂虹桥，有七十二孔，宋庆历八年（1048）建。

[6] 市静：市集上十分冷清。

[7] 交旧：旧交。

[8] 浮名：虚名。

过淮阴有感 [1]（二首选一）

登高怅望八公山 [2]，琪树丹崖未可攀 [3]。莫想阴符遇黄石 [4]，好将鸿宝驻朱颜 [5]。浮生所欠止一死 [6]，尘世无由识九还 [7]。我本淮王旧鸡犬，不随仙去落人间 [8]。

说明

明亡后，吴伟业一度想自杀殉国，终因家人牵累与性格的软弱苟且地活了下来，以后，又由于种种原因不能保持名节而仕清做了贰臣。但是，故臣的身份、忠节的观念与仕清的现实所形成的矛盾一直在折磨着他，使他一生痛苦不已。此诗是清顺治十年（1653）诗人应清廷征召，

[1] 淮阴：地名，今属江苏省。
[2] 八公山：又称北山，在今安徽省寿县北五里。传说淮南王刘安曾在此遇八公，故名。后刘安在此修炼，传说成仙后升天而去。
[3] 琪树：玉树。丹崖：朱红色的山崖。此喻仙境。未可攀：指仙境难到。诗以淮南王刘安喻指明福王朱由崧，时朱由崧已死，作者却活着，故云。
[4] "莫想"句：《史记·留侯世家》："良尝闲从容步游下邳圯上。有一老父，衣褐，……出一编书，曰：'读此，则为王者师矣。后十年，兴。十三年，孺子见我济北，谷城山下黄石即我矣。'遂去，无他言。不复见。旦日，视其书，乃《太公兵法》也。"阴符：指《阴符经》，即《太公兵法》。
[5] "好将"句：《汉书·刘向传》："上复兴神仙方术之士，而淮南有《枕中鸿宝苑秘书》，言神仙使鬼物为金之术。"驻朱颜：意指青春永留。
[6] 浮生：泛指人生。
[7] 九还：即九还丹，一种道家经九次炼制的丹药，以为服后可长生。
[8] "我本"两句：《神仙传》："淮南王好道，白日升天，时药置庭下，鸡犬舐之，尽得升天。"此反用其意，表达自己不能以身殉国的憾恨。

赴京途中过淮阴有感而作，形象而深刻地表现了这种矛盾与痛苦。诗以淮南王喻福王，又以鸡犬自喻，含蓄曲折地表达自己不能殉国的羞愧之情，凄楚之极，悲痛之极。

集评

赵翼曰："梅村出处之际，固不无可议；然其顾惜身名，自惭自悔，究是本心不昧。以视夫身仕兴朝，弹冠相庆者，固不同；比之自讳失节，反托于遗民故老者，更不可同年语矣。如赴召北行，过淮安云：'我是淮王旧鸡犬，不随仙去落人间。'至今读者犹为凄怆伤怀。"

又曰："被荐赴召，过淮阴云：'我是淮王旧鸡犬，不随仙去落人间。'此数语俯仰身世，悲痛最深，实足千载不朽。"

——赵翼《瓯北诗话》

黄宗羲

黄宗羲（1610—1695），字太冲，号梨洲，又号南雷，余姚（今属浙江）人。复社成员，反对阉党余孽阮大铖，几遭杀害。清兵南下，从孙嘉绩起兵抗清，召募义兵，创建世忠营。鲁王时任左副都御史。明亡不仕，致力于著述。有《明儒学案》、《宋元学案》、《明夷待访录》、《南雷文定》、《南雷诗历》等。

山居杂咏

锋镝牢囚取次过¹，依然不废我弦歌²。死犹未肯输心去³，贫亦其能奈我何⁴！廿两棉花装破被，三根松木煮空锅。一冬也是堂堂地⁵，岂信人间胜着多⁶。

说明

诗通过对山间隐居生活的描写，表达诗人威武不能屈，富贵不能淫的高尚情操和自甘贫困、誓不降清的爱国精神。诗前两联述志，第三联对山间贫困生活作具体描写，尾联充满自信，表达对清朝统治者的极大蔑视。诗质朴自然，格调高昂，别具风采。

---

[1] 锋镝：刀锋、箭头，喻指战争。取次过：依次经过。
[2] 弦歌：指礼乐，此喻指坚守节操。《吕氏春秋·慎人》："杀夫子者无罪，藉夫子者不禁，夫子弦歌鼓舞，未尝绝音。"
[3] 输心：即输诚，投降屈服。
[4] 其：岂。
[5] 堂堂：公然地。王安石《次韵东厅韩侍郎斋居晚兴》诗："壮节易催行踽踽，华年相背去堂堂。"
[6] 胜着：好的办法。

顾炎武

顾炎武（1613—1682），本名继坤，更名绛，字忠清，乙酉后，更名炎武，字宁人，号亭林，自署蒋山佣，昆山（今属江苏）人。"复社"成员。南明弘光帝时以贡生授兵部司务。清兵南下，参与苏州、昆山一带的抗清斗争，失败后，游历山东、河北、山西等地，仍观察山川形势，联络遗民，图谋复国。顾既是有名的学者，又是重要诗人。有《日知录》、《亭林诗文集》等。

精卫 [1]

万事有不平，尔何空自苦 [2]？长将一寸身 [3]，衔木到终古。我愿平东海，身沉心不改。大海无平期，我心无绝时。呜呼！君不见西山衔木众鸟多，鹊来燕去自成窠 [4]。

说明

这首诗作于清顺治四年（1647），当时明朝已亡，只有桂王的力量尚在桂粤一带作最后的抗争。诗人以精卫为喻，表达自己至死不变的抗清

---

[1]　精卫：《山海经·北山经》："发鸠之山，其上多柘木，有鸟焉，其状如乌，文首、白喙、赤足，名曰精卫，其鸣自詨。是炎帝之少女名曰女娃，女娃游于东海，溺而不返，故为精卫。常衔西山之木石，以堙于东海。"
[2]　尔：指精卫。
[3]　长：总是。
[4]　鹊、燕：喻指无远见、无大志，只关心个人利益的人。

决心。诗借鉴古代禽言诗的形式，前四句是问，后四句是精卫答，"呜呼"以下是作者的感慨。全诗文字古朴，不事雕琢，与所表现的内容相得益彰。

集评

朱彝尊曰："宁人诗无长语，事必精当，词必古雅，抒山长老所云：'清景当中，天地秋色。'庶几似之。"

——朱彝尊《静志居诗话》

沈德潜曰："宁人肆力于学，自天文地理，古今治乱之迹，以及金石铭碣，音韵字画，无不穷极根柢，韵语其余事也。然词必己出，事必精当，风霜之气，松柏之质，两者兼有。就诗品论，亦不肯作第二流人。"

——沈德潜《明诗别裁》

酬王处士九日见怀之作 [1]

是日惊秋老 [2]，相望各一涯 [3]。离杯销浊酒，愁眼见黄花。天地存肝胆，江山阅鬓华。多蒙千里讯，逐客已无家 [4]。

说明

此诗是酬友，主要表达对友人的情谊与思念，但身处异乡，恰逢佳节，又不免病酒伤秋，感伤国事，因此，诗将朋友之情与故国之思交织融合，充分表现出诗人怀念故国，感伤处境以及叹惜时序匆匆的复杂心态。诗劲健老苍，沉郁悲凉，带有强烈的感情色彩。

附：王炜《秋日怀宁人道长先生》：

孤穷迢递八荒游，肯逐轻肥与世谋。雪水菰芦谁吊影？蒋山风雨自深秋。已从敝笈留千古，欲向空原助一杯。满眼黄花无限酒，不知元亮可销忧？

---

[1]　酬：以诗文相赠答。王处士：王炜，字雄右，歙县（今属安徽）人。王炜有《秋日怀宁人道长先生》，此诗为酬答之作。
[2]　秋老：已近暮秋。
[3]　相望：互相怀念。
[4]　逐客：诗人自指。

龚鼎孳

龚鼎孳（1615—1673），字孝升，号芝麓，合肥（今属安徽）人。明崇祯元年（1628）进士，官兵科给事中。清兵南下后降清，官至礼部尚书。其诗与钱谦益、吴伟业合称"江左三大家"，但影响不及钱、吴。有《定山堂集》。

上巳将过金陵[1]（四首选一）

倚槛春愁玉树飘[2]，空江铁锁野烟消[3]。兴怀何限兰亭感[4]，流水青山送六朝[5]。

说明

这是首金陵怀古诗，寓有对南明的感伤。上两句用陈后主与孙皓故事，揭出"玉树"与"空江铁锁野烟消"的内在关系，一方面是怀古，一方面是对南明弘光帝荒淫误国的感慨。下两句跳出一层，从更长的历

---

[1]　上巳：上巳节，阴历三月初三，为人们郊游饮宴的日子。金陵：南京古称。

[2]　槛：栏杆。玉树：指陈后主所作《玉树后庭花》舞曲。陈后主迷恋声色，不理朝政，终致陈的灭亡，故此曲被后世视作亡国之音。

[3]　"空江"句：晋伐吴，王濬率水师沿长江东下，吴以铁锁在江面上阻拦。王濬派人用火炬烧毁铁锁，战船直抵石头城下，吴降。

[4]　"兴怀"句：东晋永和九年（353）上巳日，王羲之与好友孙绰等四十一人在兰亭集会，写有著名的《兰亭集序》。云："后之视今，亦犹今之视昔，……虽世殊事异，所以兴怀，其致一也。"

[5]　六朝：指建都在金陵的东吴、东晋、宋、齐、梁、陈。

史角度来评判历史，落到人事兴废，自然永恒的主题上。诗含蓄空灵，韵味悠然。

集评

　　沈德潜曰："自是佳句。"

——沈德潜《清诗别裁》

施闰章

施闰章（1618—1683），字尚白，号愚山，又号蠖斋，晚号矩斋，宣城（今属安徽）人。清顺治六年（1649）进士，康熙十八年（1679）召试博学鸿词，官至翰林院侍读。与宋琬齐名，称"南施北宋"。有《学余文集》、《学余诗集》。

雪中望岱岳 [1]

碧海烟归尽 [2]，晴峰雪半残。冰泉悬众壑 [3]，云路郁千盘。影落齐燕白 [4]，光连天地寒。秦碑凌绝壁 [5]，杖策好谁看 [6]？

说明

该诗描写泰山雪中之景。首联总写万里碧空下的山峰；颔联由整体到局部，对冰泉、云路作重点刻画，突出冬日泰山的高险与冷峻；颈联将视野拉开，并融合视觉与感觉，突出山上的"白"与"寒"，落实题面"雪中"两字；尾联设想山顶之景，从侧面表达自己欲登上山顶，饱览泰山之景的愿望。诗境界开阔而气格淡远，别具其趣。

[1]　岱岳：泰山。
[2]　碧海：指天空一碧如海。
[3]　冰泉：泉水结成的冰。
[4]　燕：战国时国名，在今河北、北京一带。齐：战国时国名，今山东一带。
[5]　秦碑：秦始皇在泰山上所立之石碑。
[6]　杖策：拄杖。

王夫之

王夫之（1619—1692），字而农，号姜斋，又号夕堂，又称一瓢道人，双髻外史，晚居石船山，自署船山病叟，学者称船山先生，衡阳（今属湖南）人。崇祯十五年（1642）举人。明亡，起兵抗清，失败后南走桂林，以瞿式耜荐，任南明桂王行人司行人。南明亡后隐居石船山，闭门著述。有《诗绎》、《夕堂永日绪论》等，后人编有《船山遗书》。

杂诗（四首选一）

悲风动中夜[1]，边马嘶且惊[2]。壮士匣中刀，犹作风雨鸣[3]。飞将不见期[4]，萧条阻北征[5]。关河空杳霭[6]，烟草转纵横。披衣视良夜，河汉已西倾[7]。国忧今未释[8]，何用慰平生。

说明

此诗约作于1646—1650年作者任职于南明桂王朝廷期间，由于桂王朝廷不能重用英勇善战的将领，以致抗清大业凋零冷落，随时有倾覆的

---

[1] "悲风"句：李白《古风》："天寒悲风起，夜久众星没。"中夜：半夜。
[2] 边马：边塞的战马。
[3] "壮士"两句：以刀在匣中鸣喻壮士无法施展才华。匣：此指刀鞘。
[4] 飞将：汉代名将李广有飞将军之称，此代指抗清将领。期：期遇。
[5] 萧条：寂寞，冷落。北征：指北上抗清。
[6] 关河：关中，黄河，泛指中原。杳霭：云气深远迷茫貌。
[7] 河汉：指银河。
[8] 释：解除。

危险。诗正反映了这一史实，并表达诗人爱国壮志不能实现的焦虑之情。前八句写形势的危迫和北征无望的悲愤，后四句感慨，体现诗人深沉的忧患意识。全诗情景交融，格调苍凉，极富艺术感染力。

屈大均

屈大均（1630—1696），字华夫，原名绍隆，字介子，号翁山，番禺（今属广东）人。明末诸生。南明永历时，曾谒永历帝于肇庆，上中兴六大典书。旋归，参加抗清斗争，失败后，削发为僧，法号今种。不久还俗，北游关中等地，与顾炎武等密谋策划，继续抗清活动。能诗，与陈恭尹、梁佩兰并称"岭南三大家"。有《翁山诗外》等。

鲁连台 [1]

一笑无秦帝，飘然向海东。谁能排大难，不屑计奇功 [2]。古戍三秋雁 [3]，高台万木风。从来天下士，只在布衣中 [4]。

说明

此诗为游山东鲁连台有感而作，表达诗人对作为布衣的鲁仲连高风亮节的仰慕之情，同时，联系当时国家形势和作者的平素心志，其实也

---

[1]　鲁连台：在今山东聊城西北，高七十余丈。鲁连：即鲁仲连，战国战齐人。据《战国策·齐策》：赵孝成王时，秦军攻赵，大破赵军于长平，围赵都邯郸。魏遣使者辛垣衍入赵见平原君，劝赵尊秦昭王为帝，以求秦罢兵解围。时鲁仲连游赵，因见赵平原君及辛垣衍，陈说利害，阻止尊秦王为帝。后又得魏信陵君和楚春申君的救援，秦兵始解围去。解围后，"平原君欲封鲁仲连，鲁仲连辞让者三，终不肯受。平原君乃置酒，酒酣，起前，以千金为鲁仲连寿。鲁连笑，曰：'所贵于天下之士者，为人排患、释难，解纷乱而无所取也。即有所取者，是商贾之人也，仲连不忍为也！'遂辞平原君而去，终身不复见"。

[2]　不屑：不愿意，表示轻视。

[3]　古戍：古代戍守之地。

[4]　布衣：平民百姓，主要指没做官的读书人。

表达了他不甘屈服清人统治，企盼能像鲁仲连那样为国排忧解患的心愿。诗中"古戍三秋雁，高台万木风"一联，在整饬的形式中既写出了登高而望的风景特色，又象征了鲁仲连清旷高朗的人格风范，十分传神。

集评

沈德潜曰："骨力排奡，神完气足。起语超，落语劲，中间十字成句，放开眼界，一览众山小矣。"

——沈德潜《明诗别裁》

王士禛

王士禛（1634—1711），字子真，一字贻上，号阮亭，又号渔洋山人，新城（今山东桓台）人。顺治十五年（1658）进士。累官至刑部尚书。后因事被革职。工诗，倡神韵说，为当时诗坛领袖人物之一。有《带经堂全集》。

晓雨重登燕子矶绝顶作 [1]

岷涛万里望中收 [2]，振策危矶最上头 [3]。吴楚青苍分极浦 [4]，江山平远入新秋 [5]。永嘉南渡人皆尽 [6]，建业西风水自流 [7]。洒泪重悲天堑险 [8]，浴凫飞燕满汀洲 [9]。

说明

该诗前四句以写景为主，是登燕子矶所见。"吴楚"一联境界开阔，造语平淡，韵味悠然，诗人自己颇为得意，以为"神韵天然，不可凑

---

[1]　燕子矶：在南京市北观音山上，濒临长江，三面临空，形似飞燕。
[2]　岷涛：指长江浪涛。古人以为岷江为长江上游正源，故称。
[3]　振策：拄杖。危：高。
[4]　吴楚：春秋时古国名，今长江中下游一带。极浦：远处的水边。
[5]　平远：郭熙《林泉高致》："自近山远望，谓之平远。"
[6]　永嘉：西晋怀帝年号。南渡：元帝南渡，建立东晋，西晋亡。
[7]　建业：南京古称。
[8]　"洒泪"句：据《南史·孔范传》：陈宣帝祯明年间，隋兵将过长江，孔范称："长江天堑，古来限隔，虏军岂能飞渡？"重悲：暗指南明重蹈陈的覆辙。
[9]　凫（fú）：野鸭。汀洲：水中陆地。

泊"。（见《渔洋诗话》）下四句以抒情为主，为登燕子矶所感，诗人借古念今，表达出对南明不思进取，过分依赖长江天险，结果重蹈前人覆辙的深深悲叹。

秦淮杂诗（二十首选一）[1]

年来肠断秣陵舟[2]，梦绕秦淮水上楼。十日雨丝风片里，浓春烟景似残秋。

说明

清顺治十八年（1661），诗人正在扬州推官任上，因事至吴郡，归途游历南京，写下组诗《秦淮杂诗》。此为第一首，抒发诗人到南京的心理感受。南京古称金陵，又称秣陵，明时为留都，后又为南明都城，与朱明王朝有着丝丝缕缕的联系，诗人见秦淮产生"肠断"、"梦绕"之感，虽与怀古有关，但更多的是感伤南明的灭亡。全诗境界迷蒙，情思绵邈，神韵悠然。

集评

王士禛曰："余少客秦淮，作《秦淮杂诗》二十余首，陈其年诗'两行小史艳神仙，争写君侯肠断句'，谓此也。"

——王士禛《渔洋诗话》

---

[1] 秦淮：河名，在南京城南。
[2] 秣陵：南京古称。

查慎行

查慎行（1650—1727），本名嗣琏，字夏重，后更今名，字悔余，号初白，海宁（今属浙江）人。康熙四十二年（1703）赐进士出身授编修。后告假归。因受其弟查嗣庭事牵累，一度入狱。有《敬业堂诗集》。

早过淇县 [1]

高登桥下水汤汤 [2]，朝涉河边露气凉 [3]。行过淇园天未晓 [4]，一痕残月杏花香。

说明

清康熙四十七年（1708）春，诗人北行返京途中路过淇县，写下此诗。诗扣住富有淇县地方特色的淇水与竹园落笔，调动视觉、感觉、嗅觉，突出一个"早"字。全诗意境优美，文字清新，十分动人。

---

[1] 淇县：县名，今属河南。
[2] 高登桥：桥名，在淇县县城南。汤汤（shāng）：水势盛大貌。《诗经·卫风·氓》："淇水汤汤，渐车帷裳。"
[3] 朝涉河：河名，在淇县县城南。
[4] 淇园：在淇县西北，以产竹著称。《诗经·卫风·淇奥》："瞻彼淇奥，绿竹猗猗。"

沈德潜

沈德潜（1673—1769），字确士，号归愚，长洲（今江苏吴县）人。乾隆四年（1739）进士。累官至内阁学士兼礼部侍郎。尝从叶燮学诗，论诗主格调论。有《沈归愚诗文全集》。曾选《古诗源》、《唐诗别裁》、《明诗别裁》、《清诗别裁》。

月夜渡江

万里金波照眼明[1]，布帆十幅破空行。微茫欲没三山影[2]，浩荡还流六代声[3]。水底鱼龙惊静夜[4]，天边牛斗转深更[5]。长风瞬息过京口[6]，楚尾吴头无限情[7]。

说明

该诗写在镇江渡江时所见所感，宛如一幅清幽淡远的月夜渡江图。"微茫"一联一句写山，一句写水，一句侧重视觉，一句侧重听觉，生动地描画出山影朦胧，水声潺潺的月夜江上景象，其中"六代声"三字，又将画面融入到悠长的时间中去，不仅传递出人的思古幽情，还表达了一种江水依旧，自然永恒的古老命题，使诗意显得更为丰厚。

[1] 金波：指月光映照在水波之上。
[2] 三山：指镇江的金山、焦山、北固山。
[3] 六代：即六朝，建都于南京的东吴、东晋、宋、齐、梁、陈。
[4] 鱼龙：泛指水族。
[5] 牛斗：牛宿与斗宿。
[6] 京口：即镇江。
[7] 楚尾吴头：楚、吴均为春秋时古国名，镇江处于两国交界处，故称。

厉 鹗

厉鹗（1692—1752），字太鸿，号樊榭，钱塘（今浙江杭州）人。康熙五十九年（1720）举人。乾隆元年（1736）荐举博学鸿词，报罢。博学，工诗词。论词推崇姜夔、张炎，是继朱彝尊之后浙西词派最重要作家。其诗取法王孟及江西宋诗，自成一家。有《樊榭山房集》、《宋诗纪事》。

晚登韬光绝顶 [1]

入山已三日，登顿遂真赏 [2]。霜磴滑难践 [3]，阴崖曦乍晃 [4]。穿漏深竹光，冷翠引孤往 [5]。冥搜灭众闻 [6]，百泉同一响。蔽谷境尽幽，跻颠瞩始爽 [7]。小阁俯江湖，目极但莽苍 [8]。坐深香出院，青霭落池上 [9]。永怀白侍郎 [10]，愿言脱尘鞅 [11]。

---

[1]　韬光：寺名，在今浙江省杭州市西湖北高峰南、灵隐寺西北的巢枸坞。因唐代高僧韬光居此而得名。
[2]　登顿：登临停留。遂真赏：满足了真心玩赏的愿望。
[3]　霜磴：铺满霜的石阶。
[4]　阴崖：北面的山崖。曦：阳光。
[5]　冷翠：幽冷的青翠色。
[6]　冥搜：幽深处寻访。众闻：各种声响。
[7]　跻颠：登上山顶。瞩：眼界。
[8]　莽苍：迷茫的郊野之色。
[9]　青霭：青色的雾气。
[10]　白侍郎：白居易，曾任杭州刺史，后迁刑部侍郎。
[11]　言：语助词。尘鞅：尘俗的羁绊。白居易《登香炉峰顶》："纷吾何屑屑，未能脱尘鞅。"

说明

　　该诗写登山一路所见及山顶远眺之景，前者清幽，后者苍茫，吸引诗人流连忘返，产生欲超脱尘世的清旷之想。诗写景准确、生动，用字精练、生新，具有一种峭拔幽冷的美感，为厉鹗代表作之一。

归舟江行望燕子矶作 [1]

石势浑如掠水飞，渔罾绝壁挂清晖 [2]。俯江亭上何人坐 [3]？看我扁舟望翠微 [4]。

说明

清乾隆八年（1743）秋天，厉鹗与友人游南京，舟过燕子矶，写下此诗。前两句写眼前之景，从整体写到局部，既写出燕子矶的气势，又体现出舟行江中，由远而近的特点。后两句曲折层深，构思奇特：明明是诗人望翠微，却从亭上人眼中倒出；诗从对方写来，重心落在扁舟与翠微两意象上，表达出诗人高雅清旷的情怀。

集评

陈衍曰："十四字中，作四转折，质言之，为看他在那里，看我在这里，看他看我也。"

—— 陈衍《石遗室诗话》

---

[1] 燕子矶：在南京市北郊。临长江，三面凌空，形似飞燕，故名。
[2] 渔罾：渔网。
[3] 俯江亭：燕子矶绝壁顶上的亭子。
[4] 翠微：青翠的山色，此指燕子矶。

吴应和曰："过燕子矶，率多巨制，此则略不经意，二十八字，竟成绝唱。"

——吴应和《浙西六家诗钞》

郑　燮

郑燮（1693—1765），字克柔，号板桥，兴化（今属江苏）人。乾隆元年（1736）进士。曾任山东范县、潍县知县，后因岁饥为民请赈，得罪上司而罢官。寓居扬州，以卖画为生。擅画兰竹，为清代画坛"扬州八怪"之一。诗、书、画俱工，号称"三绝"。有《郑板桥集》。

题竹石画

咬定青山不放松，立根原在破岩中[1]。千磨万击还坚劲，任尔东西南北风。

说明

这是首题画诗，重在刻画山上之竹根基扎实、坚忍不拔的形象与个性。诗采用拟人手法，诗中之竹明显带有人的感情色彩，换言之，竹子本身就是一种人格力量的象征，诗人托物言志，通过对竹子的赞颂，表达了自己对高洁、坚韧、决不屈服于外来压力的品性的追求。

---

[1]　"立根"句：指竹子扎根于岩石的破缝中。

袁　枚

袁枚（1716—1798），字子才，号简斋，又号随园老人，钱塘（今浙江杭州）人。乾隆元年（1736）荐举博学鸿词，四年（1739）进士。历官溧水、江浦和江宁等地知县。辞官后寓居江宁，筑随园于小仓山，以诗酒自娱。论诗主张写性情，创性灵说。有《小仓山房诗文集》、《随园诗话》、《子不语》等。

马嵬 [1]（四首选一）

莫唱当年长恨歌 [2]，人间亦自有银河 [3]。石壕村里夫妻别 [4]，泪比长生殿上多 [5]。

说明

古代咏马嵬的诗歌很多，但这首的特别之处是将唐玄宗、杨贵妃的恨别同石壕村里一对老夫妻的惨别联系起来，他们同处于安史之乱这一大的历史背景中，但前者是荒淫误国，自酿苦果，后者是饱受战乱，被迫分手，两相对照，爱憎分明，从而跳出一层，对李、杨爱情作了全新的评判，见解十分深刻。

---

[1]　马嵬：在陕西兴平县西。安史之乱起，唐玄宗逃往四川，途经此地，在士兵的逼迫下，缢死杨贵妃。

[2]　长恨歌：白居易所作，写唐玄宗、杨贵妃事。

[3]　银河：传说中阻隔牛郎织女的天河。

[4]　石壕村：村名，在河南陕县。杜甫《石壕吏》写石壕村一对老夫妻，因官兵抓丁应役，被迫分散。

[5]　长生殿：白居易《长恨歌》："七月七日长生殿，夜半无人私语时。"

同金十一沛恩游栖霞寺，望桂林诸山 [1]

奇山不入中原界，走入穷边才逞怪。桂林天小青山大，山山都立青
天外。我来六月游栖霞，天风拂面吹霜花。一轮白日忽不见，高空都
被芙蓉遮 [2]。山腰有洞五里许，秉火直入冲乌鸦。怪石成形千百种，见人
欲动争谽谺 [3]。万古不知风雨色，一群仙鼠依为家 [4]。出穴登高望众山，茫
茫云海坠眼前。疑是盘古死后不肯化 [5]，头目手足骨节相钩连。又疑女娲
氏 [6]，一日七十有二变，青红隐现坠云烟。蚩尤喷妖雾 [7]，尸罗袒右肩 [8]。猛
士植竿发 [9]，鬼母戏青莲 [10]。我知混沌以前乾坤毁 [11]，水沙激荡风轮颠 [12]。山川人
物熔在一炉内，精灵腾踔有万千 [13]，彼此游戏相爱怜。忽然刚风一吹化为
石 [14]，清气既散浊气坚 [15]。至今欲活不得，欲去不能，只得奇形诡状蹲人间。

---

[1] 金十一：即金沛恩，排行十一。栖霞寺：寺名，在今广西桂林市东栖霞山上。
[2] 芙蓉：形容山峰如芙蓉。
[3] 谽谺（hān xiā）：同"峖岈"，山深貌。此形容山石阴森恐怖。
[4] 仙鼠：指洞中蝙蝠。
[5] 盘古：传说中开天辟地的人物。《述异记》："昔盘古氏之死也，头为四岳，目为日月，脂膏
     为江海，毛发为草木。"
[6] 女娲：传说中炼石补天的人。《楚辞·天问》王逸注："女娲人头蛇身，一日七十化。"
[7] 蚩尤：传说中的人物，曾与黄帝战，兴大雾以迷黄帝的士兵。
[8] 尸罗：即印度戒日王，此指神像。
[9] "猛士"句：传说古代猛士夏育、乌获，"植发如竿"。
[10] 鬼母：《述异记》："南海小虞山中有鬼母，能产天地鬼。一产十鬼，朝产之，暮食之。"青
     莲：梵语优钵罗花的译名。
[11] 混沌：传说盘古开天辟地以前，世界混沌一片。
[12] 风轮：《楼炭经》："地深九亿万里，第四是地轮，第五水轮，第六风轮。"
[13] 腾踔（chuō）：跳跃。
[14] 刚风：又称罡风，道家所说的高空劲风。
[15] 浊气坚：指浊气化为地上石头。

元明清诗文

不然造化纵有千手眼¹，亦难一一施雕镌。而况唐突真宰岂无罪²，何以耿耿群飞欲刺天？金台公子酌我酒³，听我狂言呼"否否"。更指奇峰印证之，出入白云乱招手。几阵南风吹落日，骑马同归醉兀兀⁴。我本天涯万里人，愁心忽挂西斜月。

说明

　　乾隆元年（1736），袁枚赴桂林探望叔父，在同友人游览了桂林栖霞山一带山景之后，写下此诗。诗最大的特点是写景中的主观性，诗人以"我"观物，充分展开想象，借助于大量比喻和神话传说，极力渲染桂林诸山的奇异怪特。诗刻画生动、笔法洒脱，充分表现了诗人抒发性灵的诗歌特色。

---

［1］　造化：造物者。
［2］　唐突：冒犯。真宰：上天。
［3］　金台公子：贵公子，此指金沛恩。
［4］　醉兀兀：醉醺醺的样子。

翁方纲

翁方纲（1733—1818），字正三，号覃溪，又号苏斋，顺天大兴（今北京大兴）人。乾隆十七年（1752）进士，授编修，累官至内阁学士。研究经学，擅长考证。论诗创"肌理说"。有《复初斋文集》、《复初斋诗集》、《石洲诗话》等。

望罗浮 [1]

只有濛濛意 [2]，人家与钓矶 [3]。寺门钟乍起，樵客径犹非 [4]。四百层泉落 [5]，三千丈翠飞 [6]。与谁参画理 [7]？半面尽斜晖。

说明

该诗为罗浮山望中所见，宛如画幅。首联写远望罗浮，山气朦胧；颔联写山雾中樵客难辨山径，唯闻远方有山寺钟声响起，笔法空灵，极有韵味；颈联写山泉瀑布，用三二句法，有峭拔之感，正与所写内容一致，令人耳目生新；尾联写山中落晖，余韵悠然。

---

[1] 罗浮：山名，在广东省东江北岸，增城与博罗两县境内。
[2] 濛濛：烟雾迷濛貌。
[3] 钓矶：钓台。
[4] 径犹非：山径还是分辨不清。
[5] 四百层：罗浮山有大小山峰四百多，故称。
[6] 翠飞：形容瀑布飞泻，如翠玉飞溅。
[7] 参：体味、感悟。

黄景仁

黄景仁（1749—1783），字汉镛，一字仲则，号鹿菲子，武进（今属江苏）人。乾隆三十年（1765）秀才。四十一年（1776），应高宗南巡召试，列二等，授武英殿签书官。后纳赀为县丞，未补官而卒。工诗词。有《两当轩全集》。

感旧杂诗（四首选一）

风亭月榭记绸缪[1]，梦里听歌醉里愁。牵袂几曾终絮语[2]，掩关从此入离忧[3]。明灯锦幄珊珊骨[4]，细马春山剪剪眸[5]。最忆濒行尚回首[6]，此心如水只东流[7]。

说明

该诗回忆年轻时的一段恋情，其中"明灯"一联最为用力，诗句将所爱之人放到明灯锦幄、细马春山的环境中刻画，一为室内欢聚，一为

---

[1] 榭（xiè）：建在高土台上的敞屋。绸缪：形容感情缠绵深厚。
[2] 袂（mèi）：衣袖。
[3] 掩关：闭门。离忧：离别愁怀。
[4] 锦幄：织锦的帷幕。珊珊：本形容玉的声音，此形容女子身段之美。
[5] 细马：小马。剪剪：本形容风吹人脸面的感觉，如韩偓《寒食夜》："恻恻轻寒剪剪风。"此形容眼睛明亮与深情。
[6] 濒行：临行。
[7] "此心"句：李煜《虞美人》："问君能有几多愁，恰似一江春水向东流。"句子从中化出。

郊外出游，以"珊珊骨"突出其身段姿态之美，以"剪剪眸"突出其神情风韵之美，用笔精到而富有表现力。全诗缠绵悱恻，十分动人。

元明清词

耶律楚材

鹧鸪天

题七真洞 [1]

花界倾颓事已迁 [2]。浩歌遥望意茫然。江山王气空千劫 [3]，桃李春风又一
年。　　横翠嶂，架寒烟。野花平碧怨啼鹃。不知何限人间梦，并触沉
思到酒边。

说明

　　词题七真洞，但并没在洞上多着笔墨，而是借其倾颓景象，抒发岁
月流逝，世事沧桑的人生慨叹。词人由金入元，历经江山易主的巨大变
故，此种慨叹当从一侧面反映其内心深处的故国之思。词下片将景拉开，
渲染远山、寒烟、野花、啼鹃的苍茫与悲凉，由此托出人间万事如梦如
幻的惆怅之感。词高浑、深沉，笔力劲健。

集评

　　况周颐曰："耶律文正《鹧鸪天》歇拍云，'不知何限人间梦，并触沉思
到酒边。'高浑之至，淡而近于穆矣，庶几合苏之清、辛之健而一之。"

—— 况周颐《蕙风词话》

---

[1]　七真：道教祖师茅盈等七人的合称。陆龟蒙《和怀茅山》诗："望三峰拜七真堂。"自注：
　　　"三茅、二许、一杨、一郭，是为七真。"
[2]　花界：本指佛教寺院，此借指道教宫观。
[3]　劫：佛经谓世界反复形成又反复毁灭，成毁一次称一劫。

白　朴

白朴（1226—？），字仁甫，又字太素，号兰谷先生，隩州（今山西河曲）人。父白华，金时任枢密院判官。七岁时，蒙古军攻陷金都南京（今河南开封），适父远出，母被虏，由父执元好问携以北渡黄河避难，即受业于元好问。后移居金陵（今南京），纵情山水诗酒间，终身不仕。以杂剧蜚声，与关汉卿、马致远、郑光祖并称四大家。作有杂剧十六种，今仅存《梧桐雨》、《墙头马上》、《东墙记》三种。亦能词。有《天籁集》。

满江红

用前韵留别巴陵诸公 [1]，时至元十四年冬 [2]

行遍江南 [3]，算只有、青山留客。亲友间、中年哀乐 [4]，几回离别。棋罢不知人换世 [5]，兵余犹见川留血。叹昔时、歌舞岳阳楼，繁华歇。　　寒日短，愁云结。幽故垒，空残月。听阎阎谈笑 [6]，果谁雄杰。破枕才移孤馆雨，扁舟又泛长江雪。要烟花、三月到扬州 [7]，逢人说。

---

[1]　巴陵：古郡县名，在今湖南岳阳一带。
[2]　至元十四年：即公元1277年。
[3]　江南：指今湖北长江以南部分和湖南、江西一带。
[4]　中年哀乐：《世说新语·言语》："谢太傅语王右军曰：'中年伤于哀乐，与亲友别，辄作数日恶。'王曰：'年在桑榆，自然至此，正赖丝竹陶写。恒恐儿辈觉，损欣乐之趣。'"
[5]　"棋罢"句：《述异记》："晋王质入山采樵，见二童子对弈。童子与质一物如枣核，食之不饥。局终，童子指示曰：'汝柯烂矣。'质归乡里，已及百岁。"
[6]　阎阎：犹闾阎，借指里巷百姓。
[7]　"要烟花"两句：李白《黄鹤楼送孟浩然之广陵》："故人西辞黄鹤楼，烟花三月下扬州。"

说明

  词人写此词前，曾写过一首《满江红·题吕仙祠飞吟亭壁用冯经历韵》，此首则是离开巴陵顺江东下时用前韵写成的留别词。词上片总述行遍江南的感受，表现出对朝代更替、生灵涂炭的慨叹和对元朝政府的不满。下片紧接"繁华歇"三字，写出岳阳城凄凉景象，然后宕开一笔，用一"听"字，补足上片"棋罢不知人换世"并表现出词人欲从纷乱尘世中抽身而出的愿望。歇拍则用李白成句，转到"留别"题意。

夺锦标

清溪吊张丽华 [1]

《夺锦标》曲，不知始自何时。世所传者，惟僧仲殊一篇而已。予每浩歌，寻绎音节，因欲效颦，恨未得佳趣耳。庚辰卜居建康，暇日访古，采陈后主、张贵妃事，以成素志。按后主既脱景阳井之厄，隋元帅府长史高颎竟就戮丽华于青溪。后人哀之，其地立小祠，祠中塑二女郎，次则孔贵嫔也。今遗构荒凉，庙貌亦不存矣。感叹之余，作乐府《青溪怨》。

霜水明秋，霞天送晚，画出江南江北。满目山围故国，三阁馀香 [2]，六朝陈迹。有庭花遗谱 [3]，弄哀音、令人嗟惜。想当时、天子无愁 [4]，自古佳人难得。　　惆怅龙沉古井，石上啼痕，犹点胭脂红湿 [5]。去去天荒地老，流水无情，落花狼藉。恨清溪留在，渺重城、烟波空碧。对西风，谁与招魂，梦里行云消息。

---

[1] 张丽华：陈后主宠妃。《南史·后妃传》："及隋军克台城，贵妃与后主俱入井，隋军出之，晋王命斩之于青溪中。"又据《南畿志》："青溪发源钟山，吴凿东渠，名青溪九曲。"

[2] 三阁：《南史·后妃传》："至德二年乃于光昭殿前起临春、结绮、望仙三阁，……后主自居临春阁，张贵妃居结绮阁，龚、孔二贵嫔居望仙阁，并复道交相往来。"

[3] 庭花遗谱：指陈后主的《玉树后庭花》乐曲。

[4] 天子无愁：《北史·齐本纪》："（幼主）盛为无愁之曲，帝自弹胡琵琶而唱之，侍和之者以百数，人间谓之无愁天子。"

[5] "龙沉古井"三句：《金陵志》："景阳井在台城内，陈后主与张丽华、孔贵嫔投其中以避隋兵。旧传栏有石脉，以帛拭之，作胭脂痕，名胭脂井，一名辱井，在法华寺。"

说明

　　该词上片铺写金陵的环境和历史文化古迹，渲染气氛，为下片的抒发感慨作铺垫。下片落到"吊张丽华"题面，以"古井"、"啼痕"、"流水"、"重城"、"烟波"、"西风"诸意象组合，突出表现其感伤与惆怅。词凄丽、哀婉，笔力凝重，富有艺术感染力。

张弘范

张弘范（1238—1280），字仲畴，易州定兴（今河北定兴）人。官至蒙古汉军都元帅，率师攻陷崖山，刻"镇国大将军张弘范灭宋于此"于石上而返。卒赠银青荣禄大夫平章政事，谥武略，后改谥献武。能诗、文、词，也有散曲。有《淮阳集》、《淮阳乐府》。

临江仙

忆　　旧

千古武陵溪上路，桃花流水潺潺[1]。可怜仙契剩浓欢[2]。黄鹂惊梦破，青鸟唤春还。　　回首旧游浑不见，苍烟一片荒山。玉人何处倚阑干。紫箫明月底，翠袖暮天寒[3]。

说明

张弘范为元朝一代名将，战事频繁，但戎马倥偬之际，偶也有旧时暖色记忆涌出，此词题作"忆旧"，当为偶感而发。词上片借刘晨、阮肇桃溪遇仙之典描写昔日之欢，下片立足现实，表现美好难续，往事成空

---

[1]　"千古"两句：武陵为地名，在今湖南境内。陶渊明《桃花源记》虚构一与世隔绝的武陵人故事，但《桃花源记》并无爱情描写。后世文人常因桃花、溪流之故，将此与刘晨、阮肇天台山遇仙故事牵合。据刘义庆《幽明录》：东汉明帝永平五年，刘晨、阮肇人天台山采药，迷不得返，遥望山上有一桃树，大有子实，遂攀援而登，摘桃充饥。食后下山取水，得一大溪，旁有二女，资质妙绝，相见欣然，遂留半年。俟辞别返家，方知人间已换七代矣。
[2]　仙契：一作仙侣。
[3]　暮天：一作暮云。杜甫《佳人》："天寒翠袖薄，日暮倚修竹。"

的惆怅，结拍虚笔而收，设想美人月下盼其归来，尤为凄幽。词境界迷离，情思缠绵，文辞清丽，确为佳构。

集评

沈雄曰："《淮阳乐府》不作夸大语。其《临江仙》有曰：'紫箫明月底，翠袖暮云寒。'风调不减晏小山，可知元之武臣，亦有能词者。"

——沈雄《续古今词话》

陈廷焯曰："从古大英雄必非无情者，吾于仲畴益信。"

——陈廷焯《词则·闲情集》

仇　远

齐天乐

蝉

夕阳门巷荒城曲，清音早鸣秋树。薄剪绡衣[1]，凉生鬓影[2]，独饮天边风露，朝朝暮暮，奈一度凄吟，一番凄楚。尚有残声，蓦然飞过别枝去。　　齐宫往事谩省，行人犹说与，当时齐女[3]。雨歇空山，月笼古柳，仿佛旧曾听处。离情正苦。甚懒拂冰笺，倦拈琴谱。满地霜红，浅莎寻蜕羽[4]。

说明

宋亡后，总管江南浮屠的元僧杨琏真伽盗掘在会稽的南宋帝后陵墓，消息传出，宋遗民极为悲愤，周密、王沂孙、张炎及仇远等十四人多次集会，用《齐天乐》《水龙吟》等调分咏蝉、白莲等五题，婉曲表达内心悲愤。此词即其中一首。词上片扣住秋蝉特点描摹，突出其凄哀与悲凉，下片用齐后化蝉之典，别有用意，据周密《癸辛杂识》：一村翁于发陵后在孟后陵拾得一髻，发长六尺余，其色绀碧。词即暗指此事，隐

---

[1]　绡衣：用生丝织成的薄衣。
[2]　鬓影：指蝉。骆宾王《蝉》诗："那堪玄鬓影，来对白头吟。"崔豹《古今注》："魏文帝宫人莫琼树始制蝉鬓，缥缈如蝉。"
[3]　齐女：崔豹《古今注》："牛亨问董仲舒曰：'蝉为齐女何？'答曰：'昔齐王后怨王而死，尸变为蝉，登庭树嘒唳而鸣，故曰齐女。'"
[4]　蜕羽：蝉蜕。

曲用笔。全词凄楚悲婉，含而不露，笔调十分沉痛。

集评

  《词苑》曰："仇远近居钱塘，游其门者张雨、张翥，俱以能词名。其咏蝉《齐天乐》极可诵。"

——张宗橚《词林纪事》引

虞　集

风入松

寄柯敬仲 [1]

画堂红袖倚清酣 [2]，华发不胜簪。几回晚直金銮殿，东风软、花里停骖 [3]。书诏许传宫烛 [4]，轻罗初试朝衫。　　御沟冰泮水挼蓝 [5]。飞燕语呢喃。重重帘幕寒犹在，凭谁寄、银字泥缄 [6]。为报先生归也，杏花春雨江南。

说明

　　词人与柯敬仲才学俱佳，气味相投，为忘年之交，但都遭到朝中某些政治势力的嫉恨。至顺三年（1332），柯敬仲遭谗落职，流寓吴东。次年三月，词人在大都馆阁写下此词。词上片由眼前生发，回忆两人同在翰林院的美好日子，表达对朋友的真挚情谊。下片两处写景：其一为重重帘幕寒犹在的眼前之景，寓有环境险恶之意；其二为结拍虚景，笔法空灵，意境闲逸，表现自己想脱身纷乱政治，归向江南田园的强烈愿望。全词风神秀逸，俊美流转，自为佳构。

---

[1]　柯敬仲：柯九思，字敬仲，号丹丘生，仙居（今属浙江）人，元代著名文物鉴定家、画家及诗人。

[2]　画堂：装饰华丽的厅堂。清酣：清新酣畅。

[3]　骖：一车驾三马。此泛指车马。

[4]　传宫烛：郑文宝《南唐近事》：唐韩偓为翰林学士，常视草金銮内殿，深夜还翰院，昭宗遣宫女秉烛以送。

[5]　泮：融解。

[6]　银字泥缄：书信之美称。银字，指字如银钩，泥缄即泥封。

集评

陶宗仪曰:"吾乡柯敬仲先生,际遇文宗,起家为奎章阁鉴书博士,以避言路居吴下。时虞邵庵先生在馆阁赋《风入松》词寄之,词翰兼美,一时争相传刻,而此曲遂遍满海内矣。"

—— 陶宗仪《辍耕录》

瞿佑曰:"虞邵庵在翰林,有诗云:'屏风围坐鬓毵毵,银烛烧残照暮酣。京国多年情尽改,忽听春雨忆江南。'又作《风入松》词云云,盖即诗意也,但繁简不同尔。曾见机坊以词织成帕,为时所贵重如此。张仲举词云:'但留意江南,杏花春雨,和泪在罗帕。'即指此也。"

—— 瞿佑《归田诗话》

陈廷焯曰:"虞道园词笔颇健,似出仲举之右。然所作寥寥,规模未定,不能接武南宋诸家。惟'报道先生归也,杏花春雨江南'二语,却有自然风韵。"

—— 陈廷焯《白雨斋词话》

况周颐曰:"虞道园《风入松·寄柯敬仲》……此词当时传唱甚盛。"

—— 况周颐《蕙风词话》

许有壬

鹊桥仙

赠可行弟[1]

花香满院，花阴满地，夜静月明风细。南坡一室小如舟，都敛尽、山林清致。　　竹帘半卷，柴门不闭，好个暮春天气。长安多少晓鸡声，管不到、江南春睡。

说明

该词综合运用嗅觉、视觉、感觉、听觉，多层次、多角度地描写乡村的宁静与悠闲，意在渲染闲居的情致。结拍将长安与江南对举，用鸡声管不到春睡的象征性意象表现自己不慕名利的恬淡心志。全词意韵淳厚，风致淡然，别有意趣。

集评

况周颐曰："'长安多少晓鸡声，管不到、江南春睡。'以意胜也。"

——况周颐《蕙风词话》

---

[1]　可行弟：许有壬之弟许有孚，字可行。

张 翥

多丽

西湖泛舟夕归，施成大席上，以"晚山青"为起句，各赋一词

晚山青，一川云树冥冥[1]。正参差、烟凝紫翠，斜阳画出南屏[2]。馆娃归[3]、吴台游鹿[4]，铜仙去[5]、汉苑飞萤。怀古情多，凭高望极，且将尊酒慰飘零。自湖上、爱梅仙远，鹤梦几时醒[6]。空留得、六桥疏柳[7]，孤屿危亭。
待苏堤[8]、歌声散尽，更须携妓西泠[9]。藕花深、雨凉翡翠，菰蒲软[10]、风弄蜻蜓。澄碧生秋，闹红驻景[11]，采菱新唱最堪听。见一片、水天无际，渔火两三星。多情月、为人留照，未过前汀。

说明

该词上片写景兼怀古。由"南屏"起笔，渐次写到孤山、六桥一带，

---

[1] 云树冥冥：树木阴暗貌。
[2] 南屏：杭州山名。
[3] 馆娃：即西施，吴王夫差曾在苏州灵岩为她建馆娃宫。
[4] 吴台：姑苏台，在今吴县西南。
[5] 铜仙：汉武帝曾于神明台上立铜人承露盘，魏灭汉，魏明帝下令将铜人拆往洛阳，相传金铜仙人临载下泪。
[6] "自湖上"两句：宋林逋隐居孤山，与梅、鹤为伴，称"梅妻鹤子"。
[7] 六桥：苏堤上六座桥，曰：映波、锁澜、望山、压堤、东浦、跨虹。
[8] 苏堤：在西湖，相传苏东坡知杭州时所筑。
[9] 西泠：在西湖孤山西。周密《湖山胜概》：西陵桥一名西林桥，又名西泠桥，又名西村。
[10] 菰蒲：两种浅水植物。菰：俗称"茭白"。蒲：即蒲草。
[11] 闹红：指荷花。姜夔《念奴娇》："闹红一舸，记来时，常与鸳鸯为侣。"

并随景的移动，联想春秋以来的种种历史遗迹，引发兴废盛衰的沧桑之感。下片侧重写游湖：有近景，有远景；有写意，有工笔；有听觉，有视觉。层层写来，别具意趣。

集评

　　李佳云："（张翥词）典雅温润，每阕首尾完善，词意兼美，允推元代一大家。"

——李佳《左庵词话》

李齐贤

李齐贤（1288—1367），字仲思，号益斋，又号栎翁，高丽（今朝鲜）人。曾随本国忠宣王至大都（今北京），与姚燧、赵子昂等往来。有《益斋乱稿》、《栎翁稗说》等。

太常引

暮　行

栖鸦去尽远山青。看暝色，入林坰[1]。灯火小于萤。人不见、苔扉半扃[2]。

照鞍凉月，满衣白露，系马睡寒厅。今夜候明星。又何处、长亭短亭[3]。

说明

该词写景极有特色：上片先写旷野之景，一个"入"字，富有动感，描画出暮色由远而近、渐次暗去的生动景象；次写野驿荒凉，抓住灯光小于萤和半掩柴门上的绿苔下笔，寥寥数笔，渲染出荒村野店人迹稀少的寂静与冷落。下片写夜宿，用"凉月"、"白露"、"寒厅"点染，进一步衬出旅行者在"长亭短亭"不断的旅途中的孤寂与凄苦。词以景结情，情景高度融合，为不可多得的元词佳品。

---

[1]　林坰：林边之地。
[2]　扃：半闭。
[3]　长亭短亭：李白《菩萨蛮》："何处是归程，长亭更短亭。"古代五里置短亭，十里置长亭，供行人休止之用。

萨都剌

满江红

金陵怀古

六代豪华[1]，春去也、更无消息。空怅望、山川形胜，已非畴昔。王谢堂前双燕子，乌衣巷口曾相识[2]。听夜深、寂寞打孤城，春潮急[3]。　　思往事，愁如织。怀故国，空陈迹。但荒烟衰草，乱鸦斜日。玉树歌残秋露冷[4]，胭脂井坏寒蛩泣[5]。到如今、只有蒋山青[6]，秦淮碧[7]。

说明

　　该词为怀古之作，着眼于六朝古都的历史文化古迹，表现词人对历史的思索和对兴亡的感叹。结拍化虚为实，以眼前的"蒋山"、"秦淮"收束，抒发人事俱非，自然永恒的凄然与怅惘。词大量化用前人成句，又融入自己的真情实感，浑然一体，十分自然，表现出较高的艺术技巧。

---

[1]　六代：指建都于金陵的东吴、东晋、宋、齐、梁、陈。
[2]　"王谢"两句：刘禹锡《乌衣巷》诗："朱雀桥边野草花，乌衣巷口夕阳斜。旧时王谢堂前燕，飞入寻常百姓家。"
[3]　"听夜深"两句：刘禹锡《石头城》："山围故国周遭在，潮打空城寂寞回。"
[4]　玉树：指陈后主所作《玉树后庭花》曲。
[5]　胭脂井：又名景阳井、辱井，在台城内（故址在今南京市鸡鸣山南）。隋兵攻打金陵，陈后主与妃子避入此井，终为隋兵所俘。寒蛩：寒蝉。
[6]　蒋山：即钟山，一名紫金山。汉末秣陵尉蒋子文立庙于此，故而得名。
[7]　秦淮：河名，流贯金陵西南。

百字令

登石头城[1]

石头城上，望天低吴楚，眼空无物。指点六朝形胜地，唯有青山如壁。蔽日旌旗，连云樯橹[2]，白骨纷如雪。一江南北，消磨多少豪杰。　　寂寞避暑离宫[3]，东风辇路[4]，芳草年年发。落日无人松径里，鬼火高低明灭。歌舞尊前[5]，繁华镜里，暗换青青发。伤心千古，秦淮一片明月。

说明

　　全词扣住"登"字落笔。词人登临吊古，眼前虚景、实景交替出现，表现出对历史兴废更迭的深深感叹。词上片境界阔大，气势豪壮，下片低回感伤，沉郁悲凉，感情起伏，意脉流畅，愈显作者在运思、组织上的深厚功力。

集评

　　《词苑》云："其石头城怀古词，尤多感慨。"

——张宗橚《词林纪事》引

---

[1]　石头城：故址在今南京清凉山上。
[2]　樯橹：船，此指战船。
[3]　离宫：行宫。
[4]　辇路：宫中御路。
[5]　尊：酒器。

倪 瓒

人月圆

惊回一枕当年梦，渔唱起南津¹。画屏云嶂，池塘春草²，无限
消魂。　　旧家应在，梧桐覆井，杨柳藏门。闲身空老，孤篷听雨，灯
火江村。

说明

　　首句直贯全篇："画屏"两句为当年梦的展开，"旧家"三句为当年
梦的处所，结拍则梦中惊回后的所见所感，呼应"渔唱起南津"一句。
词由当今落笔，表现一种回首当年，情事如烟的惆怅和客地思乡，闲身
空老的淡淡伤感。文笔俊美，结构严谨，风格疏淡。

---

[1]　渔唱：王勃《滕王阁序》："渔舟唱晚，响穷彭蠡之滨。"南津：犹南浦。
[2]　池塘春草：谢灵运《登池上楼》："池塘生春草，园柳变鸣禽。"

刘　基

水龙吟

鸡鸣风雨潇潇[1]，侧身天地无刘表[2]。啼鹃进泪，落花飘恨，断魂飞绕。月暗云霄，星沉烟水，角声清袅[3]。问登楼王粲[4]，镜中白发，今宵又添多少。

极目乡关何处，渺青山、髻螺低小[5]。几回好梦，随风归去，被渠遮了[6]。宝瑟弦僵，玉笙指冷，冥鸿天杪[7]。但侵阶莎草，满庭绿树，不知昏晓。

说明

此词为刘基未遇朱元璋时作。上片以王粲自比，通过环境的渲染和《诗经》句意的运用，托出世无刘表的感叹。下片写乡愁，用青山遮目、归梦难成、弦僵指冷、遥送归鸿等意象托出，更觉凄婉。歇拍以景而收，既遥应开头，又寓心中郁闷与惆怅。全词意象绵密，曲折含蓄，豪雄之中又见沉郁。

---

[1]　"鸡鸣"句：《诗经·郑风·风雨》："风雨潇潇，鸡鸣胶胶。"旧说为乱世思君子之诗。

[2]　侧身：置身。刘表：东汉末年为荆州刺史，当时中原战乱，士民多归之于相对安宁的荆州。

[3]　角声清袅：凄清的画角声袅袅不绝如缕。

[4]　登楼王粲：王粲，三国时人，曾依附于刘表，作《登楼赋》，抒发因有志难伸而引发的思乡之情。

[5]　髻螺：形容远山。辛弃疾《水龙吟·登建康赏心亭》："遥岑远目，献愁供恨，玉簪螺髻。"

[6]　渠：他，指山。

[7]　冥鸿：遥远的飞鸿。

集评

　　陈霆曰："刘未遇时，尝避难江湖间。往见有《水龙吟》一阕云。此词当是无聊中作。风雨潇潇，不知昏晓，则有感于时代之昏浊。而世无刘表，登楼王粲，则自伤于身世之羁孤。"

——陈霆《渚山堂词话》

临江仙

予在江西时，与李燧以庄善。以庄尝赋诗，有曰："泪如霜后叶，撼撼下庭柯。"郑君希道深爱赏之。今郑君已卒，以庄与予别亦二十年，梦中相见道旧好，觉而忆其人，不知今存与亡。因记其诗，属为词，以写其悲焉。

街鼓无声更漏咽[1]，不知残夜如何。玉绳历落耿银河[2]。鹊惊穿暗树，露坠滴寒莎[3]。　梦里相逢还共说，五湖烟水渔蓑[4]。镜中绿发渐无多[5]。泪如霜后叶，撼撼下庭柯[6]。

说明

词由友人李燧的两句诗引发，表现对昔日友人的深切怀念和自己黑发无多的迟暮之感。词扣住"梦"落笔，先用街鼓、更漏、玉绳、银河、暗树、惊鹊、坠露、寒莎诸意象烘染梦醒后凄清、静寂气氛，暗示人的内心情感。过片写梦境，表现对五湖隐居生活的向往。结拍十分巧妙自

---

[1] 街鼓：更鼓。唐太宗时监察御史马周建议设立，用以警夜或报时。更漏：古时滴水计时器物。
[2] 玉绳：星名，在玉衡星即北斗第五星以北，共两颗。历落：参差不齐。耿：明亮。
[3] 莎：莎草。
[4] 五湖：太湖别称。
[5] 绿发：黑发。
[6] 撼撼：象声词，形容落叶声。庭柯：庭树。

然地接上友人成句，进一步渲染梦后的悲凉。全词景象清丽、笔调深沉，情景达到高度的统一。

集评

陈廷焯曰："伯温《临江仙》云：'镜中绿发渐无多。泪如霜后叶，摵摵下庭柯。'以开国元勋而作此衰感语，盖已兆胡维庸之祸矣。"

——陈廷焯《白雨斋词话》

杨　基

清平乐

欺烟困雨，拂拂愁千缕。曾把腰枝羞舞女，赢得轻盈如许。　　犹寒未暖时光，将昏渐晓池塘。记取春来杨柳，风流全在轻黄[1]。

说明

该词上片从烟雨朦胧和春风吹拂两种环境中刻画杨柳，生动形象地展现出初春嫩柳的婀娜多姿。下片将笔触伸向昏晓时分的池边之柳，也别有趣味。结拍用"风流全在轻黄"一句总收，境界全出。

---

[1]　风流：《南史·张绪传》："此杨柳风流可爱，似张绪当年。"轻黄：嫩黄，柳芽初长新叶的颜色。

夏初临

瘦绿添肥，病红催老，园林昨夜春归。深院东风，轻罗试著单衣。雨余门掩斜晖，看梅梁、乳燕初飞[1]。荷钱犹小，芭蕉渐长，新竹成围。何郎粉淡[2]，荀令香销[3]，紫鸾梦远，青鸟书稀[4]。新愁旧恨，在他红药栏西[5]。记得当时，水晶帘、一架蔷薇。有谁知？千山杜鹃，无数莺啼。

说明

　　此词描画春夏之交的景色，兼寓人的寂寞与惆怅。上片纯用白描手法，以"初飞"、"犹小"、"渐长"等词语状景，十分准确地表现出初夏时令的特征。下片由春去夏来引发故旧已远，音讯杳然，往事如烟的感伤。结拍用杜鹃、莺啼收束，声声入耳，尤觉凄然。

---

[1]　梅梁：《绍兴府志》："禹庙梁时修，忽夜风雨飘一梅梁至，乃大梅山所产也。"古代"梅"与"楳"通，即"楠"字。后人误为梅杏之梅。
[2]　何郎：三国时魏国人何晏，字叔平，姿容甚美，面如傅粉。
[3]　荀令：东汉荀彧。《襄阳记》："刘季和曰：荀令君至人家，坐处三日香。"
[4]　"紫鸾"两句：紫鸾、青鸟均为神话中的鸟。《云笈七签》："元始天王与太帝君，共乘碧霞流飚辇，上登九天之崖……有青鸟来朝，口衔紫书。"此借指故旧及其书信。
[5]　红药：即芍药。

高 启

沁园春

雁

木落时来，花发时归，年又一年。记南楼望信，夕阳帘外，西窗惊梦，夜雨灯前。写月书斜，战霜阵整，横破潇湘万里天[1]。风吹断，见两三低去，似落筝弦[2]。　相呼共宿寒烟[3]。想只在、芦花浅水边。恨呜呜戍角[4]，忽催飞起，悠悠渔火，长照愁眠[5]。陇塞间关[6]，江湖冷落，莫恋遗粮犹在田[7]。须高举，教弋人空慕，云海茫然[8]。

说明

该词为咏雁之作，扣住雁的习性、情态落笔，形神兼得，极为生动；又融入词人自己情感，借雁的南来北往表达人生的种种艰辛，结拍告诫雁要高飞云海，以避猎人冷箭，更是借雁自警，表现出对人世诡谲莫测的忧虑。全词亦雁亦人，物情相生，境界清寂，笔调悲凉。

---

[1]　潇湘：两水名，流经湖南。相传北雁南飞，至这一带的衡山回雁峰转回。钱起《雁》诗："潇湘何事等闲回。"
[2]　筝弦：筝柱上的弦。旧时筝柱斜列如雁阵。李商隐《昨日》诗："十三弦柱雁行斜。"
[3]　"相呼"句：崔涂《孤雁》："暮雨相呼失，寒塘欲下迟。"
[4]　戍角：军中用以警昏晓的号角。
[5]　"悠悠"两句：张继《枫桥夜泊》："江枫渔火对愁眠。"
[6]　陇塞：泛指边地。间关：道路艰难。
[7]　"莫恋"句：杜甫《同诸公登慈恩寺塔》："君看随阳雁，应为稻粱谋。"
[8]　"须高举"三句：扬子《法言》："鸿飞冥冥，弋人何慕焉。"

集评

　　陈廷焯曰:"高季迪《沁园春·雁》托意高远。先生能言之,而终自不免,何耶?"

—— 陈廷焯《白雨斋词话》

　　　　　　　　　　　　　　　　　　　　元明清诗文

石州慢

春　感

落了辛夷[1]，风雨频催，庭院潇洒[2]。春来长恁[3]，乐章懒按，酒筹慵把[4]。辞莺谢燕，十年梦断青楼[5]，情随柳絮犹萦惹。难觅旧知音，托琴心重写[6]。

妖冶。忆曾携手，斗草阑边[7]，买花帘下。看到辘轳低转，秋千高打。如今甚处，纵有团扇轻衫，与谁更走章台马[8]。回首暮山青，又离愁来也。

说明

　　词人由眼前春景忆及十年前的一段风流韵事，引发岁月匆匆、人事难料的感伤。全词虚实交错，极力铺陈，缠绵悱恻又一气贯注，表现出较高的写作技巧。

---

[1]　辛夷：植物名，春初开紫花，俗名紫玉兰。
[2]　潇洒：雨声雨态。柳永《八声甘州》："对潇潇暮雨洒江天，一番洗清秋。"
[3]　长恁：常这样。
[4]　酒筹：酒码，用以计饮酒杯数。
[5]　青楼：歌楼妓馆。
[6]　"托琴"句：借琴声表达情意。《汉书·司马相如传》："卓王孙有女文君新寡，好音，故相如缪与令相重而以琴心挑之。"
[7]　斗草：古代一种游戏。《荆楚岁时记》："五月五日有斗百草之戏。"
[8]　章台马：《汉书》："张敞无威仪，时罢朝会，走马过章台街，自以便面拊马。"

集评

　　沈雄曰：“青丘乐府大致以疏旷见长，而《石州慢》又极缠绵之至。”

——沈雄《古今词话》

夏　言

夏言（1482—1548），字公谨，号桂洲，贵溪（今属江西）人。明武宗正德十二年（1517）进士，世宗嘉靖初为谏官，十五年（1536）为武英殿大学士，不久为首辅。后为严嵩所嫉，诬陷至死。有《桂洲集》。

浣溪沙

庭院沈沈白日斜。绿阴满地又飞花。蒪腾春梦绕天涯[1]。　　帘幕受风低乳燕，池塘过雨急鸣蛙。酒醒明月照窗纱。

说明

该词为惜春之作。上片选用落日、飞花、春梦诸意象，见出人的淡淡感伤；下片落笔于乳燕、鸣蛙，于沉闷之中略显生气，但结拍的"酒醒明月照窗纱"，又表现出词人内心无可名状的怅惘。词俊美秀丽而情调低婉，别具其妙。

---

[1]　蒪腾：同"懵腾"，似梦似醒的迷糊状。

陈　铎

陈铎（1488—1521），字大声，号秋碧，又号坐隐先生、七一居士，下邳（今江苏邳县）人，徙居南京。武宗正德年间，袭职指挥使。工诗善画，尤善词曲。散曲集有《秋碧乐府》、《梨云寄傲》，词集有《草堂余意》，另有《秋碧轩集》、《香月亭集》等。

浣溪沙

波映横塘柳映桥[1]，冷烟疏雨暗亭皋[2]。春城风景胜江郊。　　花蕊暗随蜂作蜜，溪云还伴鹤归巢。草堂新竹两三梢。

说明

词宛如春城风景画：有远景，有近景；有写意，有工笔；有动态，有静态，充满春日大自然一片勃勃生机。全词明丽秀美，自然流转，不琢不率。

集评

况周颐曰：陈大声词，全明不能有二。……其词境约略在余心目中，兼

---

[1]　横塘：横堤。
[2]　亭皋：水边平地。

《乐章》之敷腴，《清真》之沉著，《漱玉》之绵丽。⋯⋯明词往往为人指摘，一陈先生掩百瑕而有余。

——况周颐《蕙风词话》

陈　霆

陈霆（生卒年不详），字声伯，德清（今属浙江）人。明孝宗弘治十五年（1502）进士。授刑科给事中。正德初，因得罪宦官刘瑾，谪判六安。瑾伏诛后，起任山西提学佥事。有《水南稿》、《山堂琐语》、《渚山堂诗话》、《渚山堂词话》。

踏莎行

晚　景

流水孤村，荒城古道，槎牙老木乌鸢噪[1]。夕阳倒影射疏林，江边一带芙蓉老[2]。　　风暝寒烟[3]，天低衰草，登楼望极群峰小。欲将归信问行人，青山尽处行人少[4]。

说明

该词所表达的情感和所取意象均与马致远的《天净沙·秋思》相近，但词人又融入其他成句，反复锤炼，使之浑化无痕，十分自然。

---

[1]　槎牙：同"杈丫"，歧出貌。
[2]　芙蓉老：李贺《江楼曲》："鲤鱼风起芙蓉老。"芙蓉：荷花。
[3]　"风暝"句：意谓暮色寒烟，秋风四起。
[4]　"欲将"两句：欧阳修《踏莎行》："平芜尽处是春山，行人更在春山外。"

杨　慎

临江仙

《廿一史弹词》第三段说秦汉开场词[1]

滚滚长江东逝水，浪花淘尽英雄[2]。是非成败转头空。青山依旧在，几度夕阳红。　　白发渔樵江渚上，惯看秋月春风。一壶浊酒喜相逢。古今多少事，都付笑谈中。

说明

　　此首为《廿一史弹词》第三段说秦汉的开场词，从内容看，无非感叹世事兴亡，沧海桑田，但妙在"青山依旧在，几度夕阳红"两句，句子以自然的永恒反衬人事的消逝，将无数感慨尽情融入青山、夕阳的景色之中，含蓄、深沉，富有哲理。

---

[1]　《廿一史弹词》：长篇讲史弹词，杨慎作。
[2]　"滚滚"两句：杜甫《登高》："不尽长江滚滚来。"苏轼《念奴娇》："大江东去，浪淘尽，千古风流人物。"

王世贞

忆江南

歌起处，斜日半江红。柔绿篙添梅子雨[1]，淡黄衫耐藕丝风[2]。家在五湖东[3]。

说明

　　词人捕捉梅子雨、藕丝风等具有江南特色的意象入笔，并用红、绿、黄等鲜艳的色彩衬托，动静结合，声色渲染，使词宛如一幅清新明丽的江南水乡风景画。

---

[1] 柔绿：嫩绿。梅子雨：江南一带每年于梅子黄熟季节阴雨连绵，称黄梅雨。
[2] 藕丝风：风细如藕丝。
[3] 五湖：太湖别称。

俞 彦

俞彦（生卒年不详），字仲茅，上元（今江苏江宁）人。明神宗万历二十九年（1601）进士。官至光禄寺少卿。工词，尤长于小令。其词散见于各种选本中。

长相思

折花枝，恨花枝，准拟花开人共卮 [1]，开时人去时。　　怕相思，已相思，轮到相思没处辞，眉间露一丝。

说明

"折"、"恨"两字表现折花共赏的希望与人已离去现实的矛盾，准确、生动而又简练，结拍用"眉间露一丝"反映内心又怨又爱的浓挚情感，也极形象。全词清新流畅，音节和婉，一气贯注，浑成自然。

集评

王士禛曰："俞仲茅小词云：'轮到相思没处辞，眉间露一丝'，视易安'才下眉头，却上心头'，可谓此儿善盗。然易安亦从范希文'都来此事，眉间心上，无计相回避'语脱胎，李特工耳。"

—— 王士禛《花草蒙拾》

---

[1]　卮（zhī）：酒杯。

陈继儒

陈继儒（1558—1639），字仲醇，号眉公，又号麋公，华亭（今上海松江）人。明诸生。隐于小昆山（松江西北），以后筑室于佘山（今上海松江境内），闭门读书，屡征不仕。诗、画、书法兼善，名重一时。有《眉公全集》。

点绛唇

钟鼓沉沉，寺门落叶归僧独。晚鸦初宿，影乱墙头竹。　　长啸风前，清籁飞空谷[1]。松如沐，炊烟断续，杯底秋山绿。

说明

该词以钟鼓声起，以悠闲品茶结，已见出清旷洒脱的情怀，中间连用落叶、归僧、晚鸦、竹影、空谷、苍松、炊烟诸意象，由近而远，表现秋日黄昏僧寺的萧索和闲静。全词境界空阔，笔力清健，气格高妙。

集评

沈雄曰："眉公早岁隐于九峰，工书画。与董宗伯其昌善，为延誉公卿

---

[1]　清籁：发自于大自然的声响。

间，每得眉公片楮，辄作天际真人想。但传其居佘山，只吟咏过日，不知宏景当年松风庭院中作何生活？其小词潇洒，不作艳语。"

——沈雄《柳塘词话》

商景兰

商景兰（生卒年不详），字媚生，山阴（今浙江绍兴）人。明末爱国志士祁彪佳妻。祁彪佳字幼文，天启进士，曾官南明右佥都御史，巡抚江南，清军破南京后自杀殉国。景兰工词，有《锦囊诗余》，一名《香奁集》。

捣练子

长相思，久离别。为谁憔悴凭谁说[1]？卷帘贪看月明多，斜风恰打银钉灭[2]。

说明

该词写闺怨。前三句直抒其情，"凭谁说"三字，如泣如诉，极为凄恻。后两句用"卷帘看月"的动作表现女子对所怀之人的思念和对美满爱情的追求，用"风吹灯灭"的细节暗示女子的不幸命运。词纯用白描手法，语言简洁，刻画细腻，凄哀动人。

---

[1] 凭谁：向谁。
[2] 钉：灯。

陈子龙

点绛唇

春日风雨有感

满眼韶华[1]，东风惯是吹红去[2]。几番烟雾，只有花难护。　　梦里相思，故国王孙路[3]。春无主。杜鹃啼处，泪染胭脂雨。

说明

　　该词上片以"东风""烟雾"象征清兵南侵，以"吹红去""花难护"象征大明国势一去不返，言内意外，托寄遥深。下片"故国"两字点明，抒发明亡之痛，结拍"春无主"三句表现国亡家破，无所依凭的内心凄哀。全词委婉曲折，绵邈凄恻，十分耐读。

---

[1]　韶华：春光。
[2]　吹红去：将花吹落。
[3]　王孙路：杜甫《哀王孙》："可怜王孙泣路隅。"

浣溪沙

杨　花

百尺章台撩乱飞[1]，重重帘幕弄春晖。怜他飘泊奈他飞。　　淡日滚残花影下，软风吹送玉楼西。天涯心事少人知。

说明

　　崇祯八年（1635）春及初夏，陈子龙与柳如是在松江（今属上海）南门内之生生庵别墅小楼同居过一段日子，后为陈家不容而被迫离散。期间，陈子龙写了一系列咏杨花、杨柳的词，从中表达对柳如是的情意。此首为其中较好的一首。词咏杨花，又暗寓柳如是形象，亦柳亦人，若即若离，十分高妙。

---

[1]　章台：战国时秦渭南离宫台名。汉长安有章台街，多种杨柳，为歌楼妓馆所在地。

二郎神

清明感旧

韶光有几[1]？催遍莺歌燕舞。酝酿一番春，秾李夭桃娇妒[2]。东君无主[3]。多少红颜天上落，总添了、数抔黄土。最恨是年年芳草，不管江山如许。

何处，当年此日，柳堤花墅。内家妆[4]，搴帷生一笑[5]，驰宝马、汉家陵墓。玉雁金鱼谁借问[6]，定令我伤今吊古。叹绣岭宫前[7]，野老吞声[8]，漫天风雨。

说明

该词为清明感旧，抒发明亡之痛，笔力十分沉重。上片"东君无主"一句，感伤实深；结拍"最恨是年年芳草，不管江山如许"颇有"国破山河在，城春草木深"的意味。下片虚写往日宫中景象，更觉今日伤今吊古之悲凉，歇拍落到自身形象，尤觉凄然。词情调低婉而笔力刚劲，充满对故国的一片深情。

---

[1] 韶光：春光。
[2] 秾李：《诗经·何彼》："何彼秾矣，艳如桃李。"夭桃：《诗经·夭桃》："桃之夭夭，灼灼其华。"
[3] 东君：春神。
[4] 内家妆：宫内妆束。张先《醉落魄》："云轻柳弱，内家髻子新梳掠。"
[5] 搴（qiān）：通"褰"，撩起。
[6] 玉雁金鱼：指皇陵内的殉葬品。尹廷高《会稽古陵》诗："地冷玉鱼犹未朽，海深金雁亦能飞。"
[7] 绣岭宫：指华清宫。骊山有东、西绣岭。此借指明故宫。
[8] 野老吞声：杜甫《哀江头》："少陵野老吞声哭。"

夏完淳

一剪梅

咏 柳

无限伤心夕照中。故国凄凉，剩粉余红[1]。金沟御水自西东[2]，昨岁陈宫[3]，今岁隋宫[4]。　　往事思量一晌空，飞絮无情，依旧烟笼。长条短叶翠蒙蒙，才过西风，又过东风。

说明

　　此首词借咏柳抒发明朝亡灭的哀痛。词扣住柳的物态，选用飞絮烟笼，长条蒙翠等意象，将之放到夕照、余红、剩粉的背景下刻画，突出故宫荒芜、御水自流、往事成空的易代之悲。

---

[1]　剩粉余红：衰残之花。
[2]　金沟：御沟。
[3]　陈宫：陈后主的宫殿。
[4]　隋宫：隋炀帝的宫殿。

李雯

李雯（1608—1647），字舒章，号蓼斋，华亭（今上海松江）人。少与陈子龙、宋徵舆齐名，称"云间三子"。明崇祯十五年（1642）举人。入清，荐授弘文院撰文，内阁中书舍人，充顺天乡试同考官。能诗、文、词，有《蓼斋集》。

菩萨蛮

蔷薇未洗胭脂雨[1]，东风不合催人去[2]。心事两朦胧，玉箫春梦中[3]。　　斜阳芳草隔，满目伤心碧。不语问青山，青山响杜鹃[4]。

说明

该词上片以春景衬别情，"东风"一句，尤为沉痛；下片全是写景，景中含情，结拍以青山沉寂、杜鹃凄厉烘染，声、色俱到，极具艺术感染力。词就文面而言，已成佳构，再联系词人由明入清的身世看，情事中实寓有亡国之恨。

---

[1]　胭脂雨：指春雨。
[2]　不合：不该。
[3]　玉箫：范摅《云溪友议》：唐代书生韦皋少游江夏，馆姜氏，与侍婢玉箫有情。韦归，一别七年，玉箫遂绝食死。后再世，为韦侍妾。
[4]　杜鹃：古人以为杜鹃鸣声如"不如归去"。

集评

　　谭献曰："亡国之音。"

——谭献《箧中词》

　　　　　　　　　　　　　　　　　　　　　　　元明清诗文

吴伟业

满江红

感　旧

满目山川，那一带、石城东冶[1]。记旧日，新亭高会[2]，人人王谢[3]。风静旌旗瓜步垒[4]，月明鼓吹秦淮夜。算北军[5]、天堑隔长江，飞来也？　　暮雨急，寒潮打。苍鼠窜，宫门瓦[6]。看鸡鸣埭下[7]，射雕盘马。庾信哀时惟涕泪[8]，登高却向西风洒。问开皇[9]、将相复何人？亡陈者[10]。

说明

此词上片忆旧，重在明亡历史教训的总结，下片写实，寓黍离之悲。"庾信"二句以庾信自比，感念家国，兼感身世，时词人业已仕清，但又为变节而悔恨，内心矛盾痛苦不已，故句子尤为凄苦。全词曲折深沉，

---

[1]　石城：即石头城，故址在今南京清凉山。东冶：亭名，在石头城东八里。
[2]　新亭高会：刘义庆《世说新语·言语》："过江诸人，每至美日，辄相邀新亭，藉卉饮宴。周侯中坐而叹曰：'风景不殊，正自有河山之异。'皆相视流泪。唯王丞相愀然变色曰：'当共勠力王室，克复神州，何至作楚囚相对？'"
[3]　王谢：六朝时著名豪族，此借指南明朝的贵族士大夫。
[4]　瓜步：山名，在今江苏六合东南。
[5]　北军：指清军。
[6]　"苍鼠"两句：杜甫诗："苍鼠窜古瓦。"
[7]　鸡鸣埭：地名，在今江苏江宁县南。
[8]　庾信：北周文学家。初仕梁，后历仕西魏、北周。其《哀江南赋》有"三日哭于都亭"等句。此作者自况。
[9]　开皇：隋文帝年号，此借指清朝。
[10]　陈：此借指明朝。

哀怨凄苦。

集评

陈廷焯曰："一片哀怨，与《白门感旧》同意。但彼是感家国，此兼感身世。'庚信'两句，一篇之主。"

——陈廷焯《白雨斋词话》

贺新郎

病中有感

万事催华发。论龚生[1]、天年竟夭，高名难没。吾病难将医药治，耿耿胸中热血。待洒向、西风残月。剖却心肝今置地，问华佗[2]、解我肠千结。追往恨，倍凄咽。　　故人慷慨多奇节。为当年、沉吟不断，草间偷活[3]。艾灸眉头瓜喷鼻[4]，今日须难决绝。早患苦、重来千叠。脱屣妻孥非易事[5]，竟一钱、不值何须说。人世事，几完缺。

说明

词人借此词而总结一生，对变节仕清一事追悔莫及，愧恨不止，笔调极为沉痛。词上片以“龚生”反比，歇拍以“一钱不值”自贬，正是其愧疚痛苦心理的反映。或以为此词是吴伟业绝笔。

---

[1]　龚生：即龚胜。据《汉书·龚生传》：王莽篡权，遣使拜胜为讲学祭酒，龚胜不受，并对门人说：“岂以一身事二姓下见故主哉。”龚胜年七十九而逝，有老父来吊，哭甚哀，既而曰：“嗟乎，薰以香自烧，膏以明自销，龚生竟夭天年，非吾徒也。”

[2]　华佗：汉末名医。

[3]　草间偷活：指自己明亡后苟且偷生，未能以身殉国。

[4]　“艾灸”句：古人以艾炷灸额退热，以瓜蒂喷鼻通关，都是治病的方法。《隋书·麦铁杖传》：“及辽东之役，（铁杖）请为前锋，顾谓医者吴景贤曰：‘大丈夫性命自有所在，岂能艾炷灸额，瓜蒂喷鼻，治黄不差，而卧死儿女手中乎？’”

[5]　脱屣妻孥：《史记·孝武传》：“子曰：‘嗟乎，吾诚得如黄帝，吾视去妻子如脱蹝耳。’”蹝，即屣。

集评

　　沈雄曰：“闻吴祭酒于临终日，殊多悔恨，作《金缕曲》云云，嘱后人勿乞墓志，为自题‘诗人吴伟业之墓’。犹夫许衡卒于至元时，语其子曰：‘为生平虚名所累，死后勿请谥，勿立碑，但书许衡之墓，使子孙识其处足矣。’此二祭酒者死不自讳，朝野哀之。”

——沈雄《柳塘词话》

　　陈廷焯曰：“《贺新郎》一篇，梅村绝笔也。悲感万端，自怨自艾。千载下读其词，思其人，悲其遇，固与牧斋不同，亦与芝麓辈有别。”

——《白雨斋词话》

　　谢章铤曰：“梅村淮南鸡犬，眷恋故君，其《贺新郎》病中有感云云，不作一毫矫饰，足见此老良心。遭逢不幸，读之鼻涕下一尺。述弇（王昶）奈何置此词于不选乎。”

——谢章铤《赌棋山庄词话》

龚鼎孳

贺新凉

和曹实庵舍人赠柳叟敬亭[1]

鹤发开元叟[2]。也来看、荆高市上，卖浆屠狗[3]。万里风霜吹短褐，游戏侯门趋走[4]。卿与我、周旋良久。绿鬓旧颜今改尽[5]，叹婆娑、人似桓公柳[6]。空击碎，唾壶口[7]。　江东折戟沉沙后[8]。过青溪、笛床烟月，泪珠盈斗。老矣耐烦如许事，且坐旗亭呼酒[9]。判残腊、销磨红友[10]。花压城南韦杜曲[11]，问球场、马弰还能否[12]？斜日外，一回首。

---

[1] 曹实庵：曹贞吉，号实庵，康熙进士。词人，有《珂雪词》。柳敬亭：明末艺人，善说书。

[2] 开元叟：作者自指。元稹《行宫》："白头宫女在，闲坐说玄宗。"开元：唐玄宗年号。

[3] 荆高：荆轲、高渐离，两人皆为战国时刺客。《史记·刺客列传》："荆轲既至燕，爱燕之狗屠及善击筑者高渐离。荆轲嗜酒，日与狗屠及高渐离饮于燕市，酒酣以往，高渐离击筑，荆轲和而歌于市中，相乐也。已而相泣，旁若无人者。"

[4] "游戏"句：指柳敬亭曾游左良玉等人军幕。

[5] 绿鬓：指年少发黑。

[6] 桓公柳：《晋书·桓温传》："温自江陵北伐，行经金城，见少为琅邪时所种柳，皆已十围，慨然曰：'木犹如此，人何以堪。'攀枝折条，泫然流涕。"

[7] "空击碎"两句：《世说新语·豪爽》："王处仲每酒后，辄咏'老骥伏枥，志在千里；烈士暮年，壮心不已。'以如意打唾壶，壶口尽缺。"

[8] 折戟沉沙：杜牧《赤壁》："折戟沉沙铁未销，自将磨洗认前朝。"此喻史可法兵败扬州，山河易主。

[9] 旗亭：酒楼。

[10] 红友：酒名。

[11] 韦杜曲：即韦曲、杜曲，唐时长安两个繁华之地。此借指南京秦淮河一带。

[12] 马弰：指驰马弄弓箭。弰：弓的末端。

说明

　　该词上片回忆当年遭际，抒发岁月无情，英雄迟暮的悲慨，但开首以开元叟自比，结处用王敦之典，又寓兴亡之感和不甘寂寞的悲愤之情。下片侧重写物是人非的故国之思，境界苍凉，辞情凄苦，富有艺术感染力。全词用典虽多，但无刻意堆砌之嫌，相反，典故不仅妥切自然，而且还使词含蓄、沉深，感情容量增大。

宋征舆

宋征舆（1618—1667），字直方，一字辕文，华亭（今上海松江）人。明末曾与陈子龙、李雯等倡几社。清顺治四年（1647）进士。官至副都御史。有《林屋诗文稿》、《海闾香词》。

蝶恋花

宝枕轻风秋梦薄，红敛双蛾[1]，颠倒垂金雀[2]。新样罗衣浑弃却，犹寻旧日春衫着。　　偏是断肠花不落，人苦伤心，镜里颜非昨。曾误当初青女约[3]，只今霜夜思量着。

说明

该词写闺怨。上片从宝枕、秋风的环境起笔，通过女子双眉紧敛、金钗零乱的外形表现其郁闷之情，用的是侧锋，底下以不着新装、却寻旧夜的细节反映人的恋旧，点出郁闷之因。下片以花的不落反衬人的青春暗逝，用一“偏”字，极为沉痛。结拍用《离魂记》之典暗示情事，表现自己的悔恨与痛苦。全词以秋梦入，以霜夜收，反复缠绵，浑然天成。

---

[1]　双蛾：双眉。
[2]　金雀：雀形金钗。
[3]　青女：即倩女。唐陈玄佑《离魂记》：衡州张镒有女倩娘，倩娘与张镒外甥王宙相恋，后张镒把倩娘许配他人，倩娘抑郁成疾。王宙被遣往四川，倩娘之魂赶来与之同行。五年后，两人归家，魂与肉体遂合为一。

集评

　　谭献曰：“悱恻忠厚。”

——谭献《箧中词》

王夫之

更漏子

本　意

斜月横，疏星炯[1]。不道秋宵真永。声缓缓，滴泠泠[2]。双眸未易扃[3]。
霜叶坠，幽虫絮，薄酒何曾得醉。天下事，少年心。分明点点深。

说明

　　该词以斜月、疏炯、霜叶、幽虫诸意象烘染秋夜凄清的环境气氛，表现词人永夜难眠，愁听漏声的凄苦心怀。王夫之生于明末，曾为抗清事业竭力奔走，明亡后，虽隐居山中，但故国之思、亡国之痛时时萦绕心头，词中"天下事，少年心"正是此种情怀。词境界阔大，情思幽深，笔力刚健，格调自高。

---

[1]　炯：明亮。
[2]　"声缓缓"两句：指漏滴声。漏：一种滴水计时的器物。
[3]　扃：门上插销，此为"关闭"意。

毛奇龄

毛奇龄（1623—1716），字大可，又名甡，字初晴，号西河，人称西河先生。萧山（今属浙江）人。康熙十八年（1679）应博学鸿词科，授检讨。后乞病归。平生著作甚富，有《西河全集》，附《桂枝词》六卷。

相见欢

花前顾影粼粼[1]。水中人，水面残花片片绕人身。　　私自整，红斜领，茜儿巾[2]。却讶领间巾底刺花新[3]。

说明

此词描画一女子在春天水边寻花弄水，顾影自怜，颇有"照花前后镜，花面交相映"（温庭筠《菩萨蛮》）之意趣。下片别具匠心：女子对水面而整衣、巾，一姿一态映入清澈水面，而水中落花漂浮于衣影之上，宛如衣领上忽地新绣上花朵一般，一个"讶"字，活画出女子的惊喜与娇羞，十分生动。全词清新可爱，富有生活情趣。

---

[1] 粼粼：波光闪动貌。
[2] 茜儿巾：绛红色的头巾。
[3] 刺花：刺绣而成的花。

集评

　　陈廷焯曰："西河经术湛深，而作诗却能谨守唐贤绳墨，词亦在五代、宋初之间；但造境未深，运思多巧；境不深尚可，思多巧则有伤大雅矣。"

——陈廷焯《白雨斋词话》

陈维崧

陈维崧（1625—1682），字其年，号迦陵，宜兴（今属江苏）人。清康熙十八年（1679），以诸生应博学鸿词科，授职检讨，与修《明史》，越四年，卒于官。早年与朱彝尊齐名，为一代词家。一生作词一千六百多首。有《陈迦陵文集》、《湖海楼诗集》、《迦陵词》等。

点绛唇

夜宿临洺驿 [1]

晴髻离离 [2]，太行山势如蝌蚪。稗花盈亩 [3]。一寸霜皮厚 [4]。　　赵魏燕韩 [5]，历历堪回首。悲风吼。临洺驿口。黄叶中原走。

说明

该词上片以写景为主，境界雄奇，气势不凡，其中以"蝌蚪"形容太行山的婉曲起伏之势，新奇独特，又十分形象，表现出作者丰富的想象和超人的艺术胆识。下片怀古，由眼前景象引发历史兴亡更迭的感叹。结拍以景结情，寓古今沧桑之感于悲凉的景物之中，含蓄、深沉，意蕴丰厚。

---

[1]　临洺驿：临名，县名，在今河北永年县西。驿：驿站。
[2]　晴髻：晴空中山峦如妇女发髻。离离：罗列貌。
[3]　稗花：稗子，稻田里的一种杂草。
[4]　"一寸"句：形容稗草枯萎堆积泛白如凝霜。
[5]　赵魏燕韩：战国七雄中的四个。

集评

　　陈廷焯曰："其年诸短调，波澜壮阔，气象万千，是何神勇。如《点绛唇》云：'悲风吼。临洺驿口。黄叶中原走。'……平叙中峰峦忽起，力量最雄。板桥、心余辈，极力腾踔，终不能望其项背。"

——陈廷焯《白雨斋词话》

醉落魄

咏　鹰

寒山几堵 [1]。风低削碎中原路 [2]。秋空一碧无今古。醉袒貂裘 [3]，略记寻呼处。　　男儿身手和谁赌？老来猛气还轩举 [4]。人间多少闲狐兔。月黑沙黄，此际偏思汝 [5]。

说明

此为咏鹰词，也是述志词。上片写鹰，突出其凶猛、凌厉的气势，一个"削"字，表现其从上而下，迅疾掠过所产生的风，似乎要将山石都削碎，富有动态的力感。下片跳出一层，由鹰想到要消灭人间的闲狐兔，将词境进一步拓展，表现词人豪迈的气概和疾恶如仇的品格。全词构思细密，笔力劲健，气势鹰扬。

---

[1]　几堵：几座。
[2]　中原：此指平原。
[3]　袒：袒露。貂裘：貂皮衣袍，此泛指珍贵的皮衣。
[4]　轩举：高扬。
[5]　汝：指鹰。

集评

　　陈廷焯曰："声色俱厉，较杜陵'安得尔辈开其群，驱出六合枭鸾分'之句，更为激烈。"

——陈廷焯《白雨斋词话》

满江红

秋日经信陵君祠[1]

席帽聊萧[2]，偶经过、信陵祠下。正满目、荒台败叶，东京客舍[3]。九月惊风将落帽[4]，半廊细雨时飘瓦。柏初红[5]、偏向坏墙边，离披打[6]。　　今古事，堪悲诧。身世恨，从牵惹[7]。倘君而尚在，定怜余也。我讵不如毛薛辈[8]，君宁甘与原尝亚[9]？叹侯嬴[10]、老泪苦无多，如铅泻[11]。

---

[1] 信陵君祠：祠在大梁（今河南开封）。《史记》载：汉高祖"即天子位，每过大梁，常祠公子。"信陵君：战国时魏昭王少子公孙无忌。以养士、好客称于时。战国四公子之一。

[2] 席帽：一种藤席为骨架编成的帽子。《青箱杂记》载：宋初犹袭唐制，士子出行则席帽随身。有李巽者，累举不第，乡人曰："李秀才不知甚时席帽离身？"巽及第后，遣诗乡人曰："当年踪迹困泥尘，不意乘时亦化鳞。为报乡闾亲戚道，如今席帽已离身。"聊萧：寂寞，形容不第士子的穷愁潦倒状。

[3] 东京：即今河南开封。

[4] 落帽：晋名士孟嘉九月九日随桓温游龙山，大风将孟的帽子吹落，孟浑然不觉，桓温命孙盛作文嘲之。

[5] 柏：即乌桕。其叶秋天经霜变红。

[6] 离披：散乱貌。

[7] 从牵惹：任牵惹。

[8] 讵：岂。毛薛：毛公、薛公，赵国的处士。毛公隐于博徒，薛公隐于卖浆家。信陵君收二人为门客，以礼待之。后秦趁信陵君留赵之机攻魏，二人冒死劝信陵君归国，魏终获救。

[9] 原尝：平原君，孟尝君。亚：次一等。

[10] 侯嬴：魏都大梁夷门（东门）的守门人。信陵君慕其名而访之，厚遇之。后为信陵君设计盗魏王虎符，击杀魏将晋鄙，击秦存赵，并以死报答信陵君的知遇之恩。

[11] 如铅泻：魏明帝欲把汉武帝时所铸金人承露盘，从长安拆移到洛阳，传说拆卸时，金人泪流如铅水。又：李贺《金铜仙人辞汉歌》："空将汉月出宫门，忆君清泪如铅水。"

说明

　　陈维崧少负才名而命运多舛，入清后，先是绝进仕意，后七次乡试，七次失败，久困场屋，穷愁落拓。大约康熙七年（1168），他进京求仕，半年后失意而归，途经开封，拜谒信陵君祠，想到当年信陵君识才、重才而自己却怀才不遇，至今潦倒，不禁悲从中来，写下此词。词上片融情于景，抒发悲慨，下片怀古感今，充满不平，苍凉之极，悲苦之极。

集评

　　陈廷焯曰："慨当以慷，不嫌自负。如此吊古，可谓神交冥漠。"
　　　　　　　　　　　　　　　　　　　　　　——陈廷焯《白雨斋词话》
　　又曰："前半阕淡淡着笔，而凄凉呜咽，已如秋商叩林，哀满污壑。"
　　　　　　　　　　　　　　　　　　　　　　——陈廷焯《词则·放歌集》

朱彝尊

高阳台

吴江叶元礼[1]，少日过流虹桥。有女子在楼上见而慕之，竟至病死。气方绝，适元礼复过其门，女之母以女临终之言告叶，叶入哭，女目始瞑。友人为作传，余记以词。

桥影流虹，湖光映雪，翠帘不卷春深。一寸横波[2]，断肠人在楼阴。游丝不系羊车住[3]，倩何人、传语青禽[4]？最难禁、倚遍雕阑，梦遍罗衾。　　重来已是朝云散[5]，怅明珠佩冷[6]，紫玉烟沉[7]。前度桃花[8]，依然开满江浔。钟情怕到相思路，盼长堤、草尽红心[9]。动愁吟、碧落黄泉[10]，两处谁寻？

---

[1]　叶元礼：叶舒崇，字元礼，吴江（今属江苏）人。康熙十五年（1676）进士。

[2]　横波：此指女子眼波。

[3]　羊车：《晋书·卫玠传》：卫玠"乘羊车入市，见者皆以为玉人"。此借指叶元礼。

[4]　青禽：传说中西王母的信使。

[5]　朝云：宋玉《高唐赋》："昔者先王尝游高唐，怠而昼寝，梦见一妇人……去而辞曰：'妾在巫山之阳，高丘之阻，旦为朝云，暮为行雨，朝朝暮暮，阳台之下。'旦朝视之，如言。故为立庙，号曰朝云。"

[6]　明珠佩冷：《列仙传》："郑交甫至汉皋台下，见二女佩两珠，大如荆鸡卵。"二女解佩相赠，而回顾之间，人、佩俱杳。

[7]　紫玉烟沉：《搜神记》：吴王夫差小女紫玉爱慕韩重，私许为妻，未如愿而死，后魂归，吴王夫人抱之如烟。

[8]　前度桃花：崔护《题都城南庄》："人面只今何处在，桃花依旧笑东风。"

[9]　草尽红心：《异闻录》："王生梦侍吴王，闻葬西施，生应教为诗曰：'满地红心草，三层碧玉阶。春风无处所，凄恨不胜怀。'"

[10]　碧落黄泉：白居易《长恨歌》："上穷碧落下黄泉，两处茫茫皆不见。"

说明

　　该词上片从女子落笔，刻画其对男子一见倾心，最后竟相思成疾而死的痴情与憾恨；下片从男子落笔，表现其得知事情原委后的痛切与追思。上下片重心各异，贯之以一"情"字，充分表达在封建礼教束缚下人心对真情的渴望与追求。全词辞藻华丽，情思哀绝，读之令人动容。

集评

　　陈廷焯曰："凄警绝世。"

——陈廷焯《词则·别调集》

　　谭献曰："遗山、松雪所不能为。"

——谭献《箧中词》

桂殿秋

思往事，渡江干。青蛾低映越山看[1]。共眠一舸听秋雨，小簟轻衾各自寒[2]。

说明

该词回忆了早年的一段情事，或以为与其妻妹冯寿常有关，但词点到为止，没有就情事本身作任何展开，只是渲染一种同舟听雨，孤衾清寒的况味，清空醇雅，韵味隽永。

集评

谭献曰："单调小令，近世名家，复振五代、北宋之绪。"

——谭献《箧中词》

况周颐曰："或问国朝词人，当以谁氏为冠？再三审度，举金风亭长对，问佳构奚若？举《捣练子》(即《桂殿秋》) 云云。"

——况周颐《蕙风词话》

丁绍仪曰："史梅溪《燕归梁》云：'独卧秋窗桂未香，怕雨点飘凉。玉人只在楚云旁。也著泪、过黄昏。　西风今夜梧桐冷，断无梦、到鸳鸯。

[1]　青蛾：喻指女人的眉黛。越山：泛指浙江一带的山。
[2]　簟 (diàn)：席子。

秋钲二十五声长，请各自耐思量。'竹垞太史仿其意即变其辞为《桂殿秋》云，较梅溪词尤含意无尽。"

——丁绍仪《听秋声馆词话》

卖花声

雨花台 [1]

衰柳白门湾 [2]，潮打城还。小长干接大长干 [3]。歌板酒旗零落尽，剩有渔竿。

秋草六朝寒，花雨空坛。更无人处一凭阑 [4]。燕子斜阳来又去 [5]，如此江山！

说明

南京曾是六朝古都，也是明太祖和明末福王的都城，但经历了明清易代之变，繁华尽逝，一片荒凉，词人登临雨花台，望着眼前渔竿空坛，吊古伤今，发为浩叹，一种故国之思与亡国之痛不禁溢于言表。全词笔力刚劲，气韵沉雄而又含蓄蕴藉，具有撼动人心的艺术力量。

---

[1] 雨花台：在南京。《江宁府志》："雨花台在南城三里聚宝门外据冈阜最高处。梁云光法师讲经于此，凡讲经天雨花如雪，故名其台。"
[2] 白门：六朝时建康（今南京）城门。
[3] 小长干、大长干：均南京地名。刘渊林《吴都赋注》："江东谓山间为干。建业南五里有山冈，其间平地，吏民杂居。东长干中有大长干、小长干，皆相连。大长干在越城东，小长干在越城西，地有长短，故号大小长干。"
[4] 凭阑：倚栏。
[5] "燕子"句：刘禹锡《乌衣巷》："朱雀桥边野草花，乌衣巷口夕阳斜。旧时王谢堂前燕，飞入寻常百姓家。"乌衣巷在南京。

集评

谭献曰："声可裂竹。"

——谭献《箧中词》

屈大均

长亭怨

与李天生冬夜宿雁门关作[1]

记烧烛雁门高处。积雪封城，冻云迷路。添尽香煤[2]，紫貂相拥夜深语。苦寒如许。难和尔、凄凉句。一片望乡愁，饮不醉，垆头驼乳[3]。

无处。问长城旧主。但见武灵遗墓[4]。沙飞似箭，乱穿向草中狐兔。那能使、口北关南[5]，更重作、并州门户。且莫吊沙场，收拾秦弓归去[6]。

说明

　　该词上片记实，描写雁门关严寒之夜与友人烧烛夜话而引发一片乡愁。下片吊古伤今：借灵武遗墓悲叹古代英雄一去不返；写口北关南难成并州门户，感伤燕赵旧地已为清兵占领；最后用"秦弓"之典表明誓死抗清决心。全词苍凉悲壮，极富力感。

---

[1]　李天生：李因笃，字天生，山西富平人。明季诸生。
[2]　香煤：此指烤火用的煤炭。
[3]　垆头：此指置酒的土台。驼乳：指骆奶酒。
[4]　武灵：战国时赵武灵王，名雍，胡服骑射以教百姓，使国强大。后因内乱而丧命。其墓在沙邱（今河北平乡县东北）。
[5]　口北关南：指张家口以北，雁门关以南地区。
[6]　秦弓：古代秦地产良弓。《楚辞·国殇》："带长剑兮挟秦弓。"

集评

    叶恭绰曰："纵横排荡，稼轩神髓。"

——叶恭绰《广箧中词》

曹贞吉

曹贞吉（1634—1698），字升阶，又字升六，号实庵，安丘（今属山东）人。康熙三年（1664）进士。曾官礼部郎中。以疾辞湖广学政归里。有《珂雪集》、《珂雪词》。

留客住

鹧　鸪

瘴云苦[1]。遍五溪[2]、沙明水碧，声声不断，只劝行人休去[3]。行人今古如织，正复何事关卿，频寄语。空祠废驿，便征衫湿尽，马蹄难驻。　　风更雨。一发中原[4]，杳无望处。万里炎荒，遮莫摧残毛羽[5]。记否越王春殿，宫女如花，只今惟剩汝[6]？子规声续，想江深月黑，低头臣甫[7]。

说明

该词咏鹧鸪，又寄寓故国之思，十分高妙。上片扣住最能体现鹧鸪

---

[1]　瘴云：我国南方山川的湿热蒸郁之气。
[2]　五溪：《水经注》："武陵有五溪谓雄溪、横溪、西溪、沅溪、辰溪，悉蛮夷所居。"东汉马援征五溪，即此。
[3]　只劝行人休去：鹧鸪叫声如曰："行不得也哥哥。"
[4]　一发中原：从南边蛮荒之地望中原青山遥如一发。
[5]　遮莫：尽教。
[6]　"记否"三句：李白《越中览古》："越王勾践破吴归，义士还家尽锦衣。宫女如花满春殿，只今惟有鹧鸪飞。"
[7]　低头臣甫：杜甫《杜鹃》："杜鹃暮春至，哀哀叫其间。我见常再拜，重见古帝魂。"

特征的叫声落笔，又以时间（今古）的悠长和地点（五溪）的荒凉加以渲染，愈显其悲凉。下片由形入神，描写鹧鸪遥望中原，难以飞回的复杂心情，低回曲折，情韵悲苦。结拍翻进一层，借杜甫诗意，表达对故国的忠诚不改。

集评

谭献曰："投荒念乱之感。"

——谭献《箧中词》

王士禛

浣溪沙（二首）

红桥同箨庵、茶村、伯玑、其年、秋崖赋¹

北郭青溪一带流，红桥风物眼中秋。绿杨城郭是扬州。　　西望雷塘何处是²？香魂零落使人愁。澹烟芳草旧迷楼³。

白鸟朱荷引画桡⁴，垂杨影里见红桥。欲寻往事已魂销。　　遥指平山山外路⁵，断鸿无数水迢迢。新愁分付广陵潮⁶。

说明

《浣溪沙》二首是词人与几个友人同游扬州红桥后所作，词人另有《红桥游记》一篇，详细介绍了游历与作词之由，可视作此词小序。词写景生动，设色明丽，历历如画，尤其是"绿杨城郭是扬州"七字，自成佳句。写景同时，又发思古幽情，使词迷离含蓄，耐人寻味。词在当时

---

[1]　红桥：地名，在扬州城西北二里。箨庵：袁于令号。茶村：杜濬号。伯玑：陈允衡字。其年：陈维崧字。秋崖：宋思敬字。
[2]　雷塘：在江苏江都县北，汉称雷陂。唐改葬隋炀帝于此，后废为民田。
[3]　迷楼：隋炀帝所建，故址在今扬州西北。《南部烟花记》："迷楼经岁而成，幽房曲室，玉楼珠檐，互相连属，炀帝喜曰：'使真仙游其中，亦当自迷也。'"
[4]　白鸟：指白鹇。画桡（ráo）：犹画船。桡：船桨一类，此代指船。
[5]　平山：平山堂，欧阳修所筑，在扬州北之蜀冈上。
[6]　广陵潮：《古长干曲》："姜家扬子住，便弄广陵潮。"广陵：即扬州。

流传较广，红桥也因此远近闻名。

附《红桥游记》：

出镇淮门，循小秦淮折而北。陂岸起伏多态，竹木蓊郁，清流映带，人家多因水为园。亭榭溪堂，幽窈而明瑟，颇尽四时之美。挐小艇循河西北行，林木尽处，有桥宛然，如垂虹下饮于涧，又如丽人靓妆袨服，流照明镜中，所谓红桥也。游人登平山堂，率至法海寺，舍舟而陆，径必出红桥下。桥四面皆人家荷塘，六七月间，菡萏作花，香闻数里。青帘白舫，络绎如织，良谓胜游矣。予数往来北郭，必过红桥，顾而乐之。登桥四望，忽复徘徊感叹。当哀乐之交乘于中，往往不能自喻其故。王谢冶城之语，景晏牛山之悲，今之视昔，亦有然耶？壬寅季夏之望，与篛庵、茶村、伯玑诸子，偶然漾舟，酒阑兴极，援笔成小词二章，诸子倚而和之，篛庵继成一章，予亦属和。嗟夫，丝竹陶写，何必中年？山水清音，自成佳话。予与诸子聚散不恒，良会未易遘，而红桥之名，或反因诸子而得传于后世，增怀古凭吊者之徘徊感叹，如予今日，未可知也。

集评

谭献曰："（第一首）名贵。（第二首）风人之旨。"

——谭献《箧中词》

陈廷焯云："字字骚雅，渔洋小令之工，直逼五代北宋。'绿杨'七字，江淮间取作画图。"

——陈廷焯《词则·大雅集》

徐　灿

徐灿（生卒年未详），字湘苹，又字明深，号紫箐，吴县（今江苏苏州）人。海宁陈之遴妻。陈之遴，明崇祯进士，官中允。入清，累官至弘文院大学士，加少保。后坐结党营私，以原官发辽阳居住，寻召还。又以贿纳内监论斩，免死流徙，卒于徙所。徐灿随陈流徙塞外十二年，至康熙十年（1671）始获南归。能诗词，并精书画。有《拙政园诗余》。

踏莎行

芳草才芽，梨花未雨，春魂已作天涯絮。晶帘宛转为谁垂¹？金衣飞上樱桃树²。　故国茫茫，扁舟何许？夕阳一片江流去。碧云犹叠旧山河，月痕休到深深处。

说明

上片由初春之景引出春魂如絮之叹，乐景哀情，感伤殊深；下片正面抒发兴亡之感，词连用"故国"、"旧山河"，表达江山依旧，人事尽非的悲凉，而"夕阳"一句，融情于景，愈加哀伤。

---

[1]　晶帘：水晶帘。
[2]　金衣：黄莺鸟。《天宝遗事》："明皇于禁苑中见黄莺，呼为金衣公子。"

集评

谭献曰："兴亡之感，相国愧之。"

——谭献《箧中词》

陈廷焯曰："笔意高超，音节和雅，在五代北宋之间。"

——陈廷焯《词则·大雅集》

顾贞观

顾贞观（1637—1714），字华峰，一作华封，号梁汾，无锡（今属江苏）人。康熙五年（1666）顺天府举人。擢秘书院典籍。曾馆于大学士明珠家，与明珠子纳兰性德交契。工词，有《积书岩集》《弹指词》。

金缕曲（二首）

寄吴汉槎宁古塔，以词代书，丙辰冬寓京师千佛寺冰雪中作[1]

季子平安否[2]？便归来，平生万事，那堪回首？行路悠悠谁慰藉？母老家贫子幼。记不起、从前杯酒。魑魅搏人应见惯[3]，总输他、覆雨翻云手[4]。冰与雪，周旋久。　　泪痕莫滴牛衣透[5]。数天涯、依然骨肉[6]，几家能够？比似红颜多命薄，更不如今还有。只绝塞、苦寒难受[7]。廿载包胥承一诺[8]，盼乌头马角终相救[9]。置此札，君怀袖。

---

[1] 吴汉槎：吴兆骞，江苏吴江人。顺治十四年（1657）举人，以科场案流放宁古塔，戍边二十余年。

[2] 季子：指吴汉槎。汉槎有两兄，故称。又，春秋时吴季札称"延陵季子"，汉槎姓吴，借称。

[3] 魑魅搏人：指小人陷害。魑魅：山林中的害人怪物。

[4] 覆雨翻云手：形容小人手段诡谲毒辣。

[5] 牛衣：粗衣野服。

[6] "天涯"句：汉槎于清顺治十六年（1659）遣戍宁古塔，越四年，其妻葛氏出关省夫，在戍所十余年，生一子四女。

[7] 绝塞苦寒：吴兆骞《秋笳集》卷八《与计甫草书》："塞外苦寒，四时冰雪。陶陶孟夏，犹著敝裘。身是南人，何能堪此。每当穹庐夜起，服匿晨持，鸣镝呼风，哀笳带雪，萧条一望，泣下沾衣。"

[8] 包胥：申包胥，春秋时楚大夫。吴师伐楚入郢，申包胥入秦乞救兵，依庭墙哭，七日不绝声，秦哀公感其诚，出师救楚，吴兵退。

[9] 乌头马角：比喻不可能的事。《史记·刺客列传》司马贞索隐："燕丹（指在秦为人质的燕太子丹）求归，秦王曰：'乌头白，马生角，乃许耳。'"

我亦飘零久。十年来，深恩负尽，死生师友。宿昔齐名非忝窃[1]，试看杜陵消瘦[2]，曾不减、夜郎僝僽[3]。薄命长辞知己别[4]，问人生、到此凄凉否？千万恨，为兄剖。　　兄生辛未吾丁丑[5]。共些时、冰霜摧折，早衰蒲柳[6]。词赋从今须少作，留取心魂相守。但愿得、河清人寿[7]。归日急翻行戍稿[8]，把空名料理传身后。言不尽，观顿首。

说明

　　这两首以词代书，既保存词的体式与韵味，又具备书信的特征与效用，二者巧妙结合，在词的形式及题材上做了有益的尝试。两首词重心各异：前一首重点在彼，表达词人对朋友含冤流放的同情，并表示自己要像申包胥那样救出朋友；后一首重点在己，叙写自己别后的坎坷经历，并劝慰朋友保重身体，宁心等待。两词最大的特点是词句纯从肺腑流出，情真意切，十分感人。

---

[1]　宿昔齐名：王士禛《感旧集》卷十六引顾震沧云："贞观幼有异才，能诗，尤工乐府，少与吴江吴兆骞齐名。"

[2]　杜陵消瘦：杜陵即杜甫。消瘦见李白《戏赠杜甫》，诗曰："饭颗山头逢杜甫，头戴笠子日卓午。借问别来太瘦生，总为从前作诗苦。"

[3]　夜郎僝僽：李白坐永王李璘事而流放夜郎。僝僽：愁苦。

[4]　薄命长辞：谓妻子已与世长辞。

[5]　"兄生"句：吴汉槎生在明崇祯四年（1631）辛未，顾贞观生在崇祯十年（1637）丁丑。

[6]　"共些时"三句：《世说新语·言语》："顾悦与简文同年而发早白，简文曰：'卿何以先白？'对曰：'蒲柳之姿，望秋而落；松柏之质，经霜弥茂。'"

[7]　河清人寿：《左传》："俟河之清，人寿几何。"

[8]　行戍稿：戍边所写之稿。

集评

吴衡照曰:"丁酉科场之狱,发难于尤西堂传奇,而吴汉槎以知名预焉。顾华峰《金缕曲》云:'廿载包胥承一诺,盼乌头马角终相救。'可谓不负斯言。"

——吴衡照《莲子居词话》

陈廷焯曰:"华峰《贺新郎》两阕,只如家常说话,而痛快淋漓,宛转反复,两人心迹,一一如见,虽非正声,亦千秋绝调也。"又曰:"二词纯以性情结撰而成。悲之深,慰之至,丁宁告诫,无一字不从肺腑流出,可以泣鬼神矣。"

——陈廷焯《白雨斋词话》

谢章铤云:"顾梁汾短调隽永,长调委婉尽致,得周、柳精处,迹其生平,与吴汉槎兆骞最称莫逆,秋笳之诗,弹指之词,固是骚坛二妙,其寄汉槎宁古塔《贺新凉》云云,浓挚交情,艰难身世,苍茫离思,愈转愈深,一字一泪,吾想汉槎当日得此词于冰天雪窖间,不知何以为情?后来效此体者极多,然平铺直叙,率觉嚼蜡,由无深情真气为之干,而漫云以词代书也。"

——谢章铤《赌棋山庄词话》

谭献曰:"使人增朋友之重,可以兴矣。"

——谭献《箧中词》

纳兰性德

纳兰性德（1655—1685），原名成德，字容若，号楞伽山人，满洲正黄旗人。康熙宠臣大学士明珠长子。康熙十五年（1676）进士，选授三等侍卫，旋晋一等。工诗文，尤擅长于词，在清初词坛与朱彝尊、陈维崧鼎足而三。有《通志堂集》。

长相思

纳兰性德（1655—1685），原名成德，字容若，号楞伽山人，满洲正黄旗人。康熙宠臣大学士明珠长子。康熙十五年（1676）进士，选授三等侍卫，旋晋一等。工诗文，尤擅长于词，在清初词坛与朱彝尊、陈维崧鼎足而三。有《通志堂集》。

山一程，水一程，身向榆关那畔行[1]，夜深千帐灯。　风一更，雪一更，聒碎乡心梦不成[2]，故园无此声。

说明

词作于随圣驾北行途中。上片侧重于"夜深千帐灯"的大场面描写，下片侧重于风雪阵阵，归梦难成的乡思，词的重心在后，总体基调凄清伤感。词以自然之语写自然之事，不假雕饰，天籁自成，音节优美，韵

---

[1]　榆关：山海关。
[2]　聒：喧扰；嘈杂。

味悠然。

集评

顾贞观曰："容若天资超逸，倏然尘外，所为乐府小令，婉丽凄清，使读者哀乐不知所生，如听中宵梵呗，先凄惋而后喜悦。"

——顾贞观《通志堂词序》

况周颐曰："容若承平少年，乌衣公子，天分绝高。适承元明词敝，甚欲推尊斯道，一洗雕虫篆刻之讥……其所为词，纯任性灵，纤尘不染，甘受和，白受采，进于沉著浑至何难矣。"

——况周颐《蕙风词话》

王国维曰："纳兰容若以自然之眼观物，以自然之舌言情，此由初入中原，未染汉人风气，故能真切如此，北宋以来，一人而已！"

——王国维《人间词话》

　　　　　　　　　　　　　　　元明清诗文

蝶恋花

辛苦最怜天上月。一昔如环[1]，昔昔都成玦[2]。若似月轮终皎洁，不辞冰雪为卿热。　　无那尘缘容易绝[3]。燕子依然，软踏帘钩说[4]。唱罢秋坟愁未歇[5]，春丛认取双栖蝶[6]。

说明

纳兰容若与元配卢氏夫妻恩爱，感情甚笃，卢氏死后，容若梦牵魂萦，宿昔难忘，伤心不已，写下大量悼亡词，此为其中一首。上片借月起兴，以自然景观象征人间生活美满时少而痛苦时多的冷酷现实；又借月抒怀，表达不畏冰雪，重燃爱情之火的真挚情感。下片借燕子又来衬出人的难返，抒发对亡妻的哀思和自身孤单的凄凉。结拍用"化蝶"之典，寄托对亡妻的一往情深。词凄丽流转，低回欲绝，催人泪下。

----

[1]　一昔如环：意谓只一夜满月如环。一昔：一夜。
[2]　玦：玉佩半环称玦。
[3]　无那：无奈。
[4]　"燕子"两句：李贺《贾公闾贵婿曲》："燕语踏帘钩。"
[5]　秋坟：李贺《秋来》："秋坟鬼唱鲍家诗。"
[6]　双栖蝶：相传会稽梁山伯尝与上虞女扮男装的祝英台为同学，遂相爱。后山伯病死，祝适马氏，过山伯墓，大号恸，地忽自裂，遂与山伯同葬，后化为双飞蝴蝶。

蝶恋花

出 塞

今古山河无定据。画角声中[1]，牧马频来去。满目荒凉谁可语？西风吹老丹枫树。　　从前幽怨应无数。铁马金戈，青冢黄昏路[2]。一往情深深几许？深山夕照深秋雨。

说明

　　词描写塞外风光。上片从"今古"落笔，下片以"从前"承接，表现词人由眼前景象引发兴废盛衰之感叹，使词深厚、沉郁，感情容量更大。结拍落在一"情"字上，并连用四"深"字渲染，言尽意永，韵味悠然。全词场面开阔，笔调苍劲，情思幽深，极具特色。

---

[1]　画角：彩绘之号角，军中多以警昏晓。
[2]　青冢：汉代王昭君墓。杜甫《咏怀古迹》："一去紫台连朔漠，独留青冢向黄昏。"

厉 鹗

百字令

月夜过七里滩[1]，光景奇绝。歌此调，几令众山皆响

秋光今夜，向桐江[2]，为写当年高躅[3]。风露皆非人世有，自坐船头吹竹[4]。万籁生山，一星在水，鹤梦疑重续[5]。桨音遥去[6]，西岩渔父初宿[7]。　　心忆汐社沉埋[8]，清狂不见，使我形容独。寂寂冷萤三四点，穿过前湾茅屋。林净藏烟，峰危限月，帆影摇空绿。随风飘荡，白云还卧深谷。

说明

桐江两岸景色秀丽，历来文人骚客吟咏不绝，南朝梁吴均《与朱元思书》所写，即这一带风光。此处又是汉代高士严子陵隐居处，自然景观加上人文景观，更富魅力。康熙六十年（1721）秋，词人拜访友人，

---

[1]　七里滩：又名七里濑、七里泷，在浙江省桐庐县严陵山西。连亘七里，两山夹峙，水流湍激。

[2]　桐江：富春江流经桐庐一段又称桐江。

[3]　当年高躅：指汉代严光。光少与刘秀同学，后刘即帝位，遣使聘之，三反而后至，拜谏议大夫，不受，隐居于富春山。

[4]　吹竹：指吹箫、笛之类的乐器。

[5]　鹤梦：陆游《秋夜》："露浓惊鹤梦，月冷伴蛩愁。"

[6]　桨音：船桨拨水声。

[7]　西岩渔父初宿：柳宗元《渔翁》："渔翁夜傍西岩宿。"

[8]　汐社：南宋遗民谢翱与友人诗酒聚会之所。

夜过桐庐七里滩，写下此词。词以写景为主，又融入对古代高士的崇敬之情和超然物外，情景神会的独特感受。词清俊秀逸，气象不俗，宛如画境。

集评

谭献曰："与于湖洞庭词，壮浪幽奇，各极其胜。"

——谭献《箧中词》

陈廷焯曰："无一字不清俊。"又曰："炼字炼句，归于纯雅，此境亦未易到。"

——陈廷焯《白雨斋词话》

齐天乐

吴山望隔江霁雪

瘦筇如唤登临去[1]，江平雪晴风小。粉湿楼台，酽寒城阙[2]，不见春红吹到。
微茫越峤[3]。但半泖云根[4]，半销沙草。为问鸥边，而今可有晋时棹[5]？
清愁几番自遣，故人稀笑语，相忆多少？寂寂寥寥，朝朝暮暮，吟得梅
花俱恼。将花插帽。向第一峰头[6]，倚空长啸。忽展斜阳，玉龙天际绕[7]。

说明

　　该词写江南雪景，十分真切地描画了一幅江南水岸残雪图，"但半泖
云根，半销沙草"两句，尤为生动形象。下片由雪后清寒转到故人稀少
的清愁，隐隐点出自己内心的孤独与寂寞。结拍想象远山积雪如玉龙残
甲，新奇贴切，气象雄浑。全词境界开阔，文笔清俊，确为佳作。

---

[1]　筇：竹杖。
[2]　酽寒：犹严寒。
[3]　越峤：泛指江浙一带的山峦。
[4]　泖：冻结。
[5]　晋时棹：《世说新语》：晋王徽之居山阴，夜雪初霁，月色清朗，忽忆戴逵，遂乘舟访之，至
　　门而返。或问其故，曰："乘兴而来，兴尽而返，何必见戴。"
[6]　第一峰：指吴山。完颜亮《吴山诗》："移兵百万西湖山，立马吴山第一峰。"
[7]　玉龙：指雪。张元诗："战罢玉龙三百万，败鳞残甲满天飞。"

集评

    谭献曰："顿挫跌宕。"

——谭献《箧中词》

贺双卿

贺双卿（1715—?），字秋碧，丹阳（今属江苏）人。年十八，嫁金坛（今属江苏）村夫周姓。姑恶夫暴，劳瘵以死。能诗词，多自伤生活遭遇之不幸。后人辑有《雪压轩诗词集》。

凤凰台上忆吹箫

寸寸微云，丝丝残照，有无明灭难消。正断魂魂断，闪闪摇摇。望望山山水水，人去去、隐隐迢迢[1]。从今后，酸酸楚楚，只似今宵。　　青遥[2]。问天不应，看小小双卿，袅袅无聊[3]。更见谁谁见，谁痛花娇？谁望欢欢喜喜，偷素粉[4]、写写描描？谁还管，生生世世，夜夜朝朝？

说明

此词有一则本事记载于史震林的《西青散记》，曰："邻女韩西新嫁而归，性颇慧。见双卿独舂汲，恒助之。疟时坐于床，为双卿泣。不识字，然爱双卿书，乞双卿写《心经》，且教之诵。是时将返其夫家，父母饯之。召双卿，疟弗能往。韩西亦弗食，乃分其所食，自裹之，遗双卿。双卿泣为《摸鱼儿》词，以淡墨细书芦叶，又以竹叶题《凤凰台上忆吹

---

[1]　迢迢：遥远貌。

[2]　青遥：青空高远。

[3]　无聊：此处意为无依。

[4]　偷素粉：史震林《西青散记》：双卿写词"以叶不以纸，以粉不以墨。叶易败，粉无胶易脱，不欲存手迹也"。

箫》。"可见词为别邻女韩西而作。上片抒依依惜别之情，并设想别后自己一人的孤苦凄哀。下片自悼身世，更为悲苦。词哀婉之极，沉痛之极，几令人难以卒读。艺术上最大特点是创造性地运用了二十余处叠词，易安之后，一人而已。

集评

　　陈廷焯曰："其情哀，其词苦，用双字至二十余叠，亦可谓广大神通矣。易安见之，亦当避席。"

——陈廷焯《白雨斋词话》

黄景仁

丑奴儿慢

春　日

日日登楼，一换一番春色。者似卷如流春日[1]，谁道迟迟[2]？一片野风吹草，草背白烟飞。颓墙左侧，小桃放了，没个人知。　　徘徊花下，分明记得。三五年时[3]。是何人、挑将竹泪，黏上空枝[4]。请试低头，影儿憔悴浸春池。此间深处，是伊归路[5]，莫惹相思。

说明

　　词题春日，感叹春光流逝之疾，"小桃"一句，采用象征手法，表现由春去引发的孤寂之感，语意悲婉。下片将春光的逝去与情事的逝去合写，亦物亦人，十分含蓄，结拍"莫惹"两字是自我劝慰，表现其心中无奈，尤为沉痛。词曲折蕴藉，语意浑厚，令人咀嚼。

---

[1]　者似：这似。
[2]　谁道迟迟：《诗经·豳风·七月》："春日迟迟。"
[3]　三五年时：十五岁时。
[4]　"是何人"三句：相传舜南巡时死于苍梧之野，舜二妃娥皇、女英痛哭，泪溅竹上，竹尽斑，是为斑竹，又称湘妃竹。
[5]　伊：指春。

集评

  谭献曰："春光渐老，诵黄仲则诗'日日登楼，一换一番春色。者似卷如流春日，谁道迟迟？'不禁黯然！初月侵帘，逡巡徐步，遂出南门旷野舒眺；安得拉竹林诸人，作幕天席地之游。"

——谭献《复堂词话》

  谭献曰："名作。于律太疏。"

——谭献《箧中词》

张惠言

张惠言（1761—1802），字皋文，号茗柯，常州（今属江苏）人。嘉庆四年（1799）进士，改庶吉士。授翰林院编修。工词文。常州词派创始人。散文简洁，与恽敬同为阳湖派之首。有《茗柯文集》、《茗柯词》。

水调歌头

春日赋示杨生子掞

今日非昨日，明日复何如？揭来真悔何事[1]，不读十年书。为问东风吹老，几度枫江兰径，千里转平芜[2]。寂寞斜阳外，渺渺正愁予[3]。　千古意，君知否？只斯须[4]。名山料理身后[5]，也算古人愚。一夜庭前绿遍，三月雨中红透，天地入吾庐。容易众芳歇，莫听子规呼[6]。

说明

张惠言《水调歌头·春日赋示杨生子掞》是为教诲杨子掞而作的一组词，共五首，这是第四首。上片写春去匆匆而引发的春愁，下片化用

---

[1]　揭来：去来，这里的意思是尔来。
[2]　平芜：野草丛生的平原。
[3]　"渺渺"句：《楚辞·湘夫人》："帝子降兮北渚，目眇眇兮愁予。"眇眇：远视貌。
[4]　斯须：短暂的时间。
[5]　"名山"句：古人以藏之名山使其著作传世。《史记·自序》："藏之名山，传之其人。"
[6]　子规：即杜鹃，常常立夏时鸣，此时百花已开始消歇了。

苏东坡《前赤壁赋》"盖将自其变者而观之，则天地曾不能一瞬"句意，表现出岁月匆匆，本无穷尽，不如自赏"庭前绿遍"，"雨中红透"春景的旷达。词流畅浑厚，化用大量前人句意而不着痕迹，表现出较高的艺术功力。

集评

谭献曰："胸襟学问，酝酿喷薄而出，赋手文心，开倚声家未有之境。"

——谭献《箧中词》

陈廷焯曰："皋文《水调歌头》五章，既沉郁，又疏快，最是高境。陈、朱虽工词，究曾到此地步否？不得以其非专门名家少之。热肠郁思，若断仍连，全自风骚变出。"

——陈廷焯《白雨斋词话》

　　　　　　　　　　　　　　元明清诗文

木兰花慢

杨　花

尽飘零尽了，何人解，当花看。正风避重帘，雨回深幕，云护轻幡[1]。寻他一春伴侣，只断红[2]、相识夕阳间。未忍无声委地，将低重又飞还。

疏狂情性，算凄凉耐得到春阑[3]。便月地和梅，花天伴雪，合称清寒。收将十分春恨，做一天、愁影绕云山。看取青青池畔，泪痕点点凝斑[4]。

说明

该词咏杨花，扣住其随风飘零，似花非花的特点落笔，寓有为人所轻、不被理解的幽怨，但"未忍"两句于低沉中振起，表现杨花的主观追求。下片描写杨花欲与月梅、春雪为伴的清高品格，但结拍一转，借杨花化萍的传说，揭出其抱恨终身的结局。词描写杨花，形神兼到，又寓人的情思，意蕴更为丰厚。

---

[1]　幡：护花幡。《博异记》：崔玄徽月夜遇美人，中有封家十八姨。一女对崔说：诸女伴皆住苑中，每被恶风所扰，常求十八姨相庇，处士每岁旦作一朱幡，图日月五星，则免矣。崔如言。次日东风刮地，折木摧花，唯苑中花不动。崔乃悟诸女乃花精，封家姨则风神也。

[2]　断红：落花。

[3]　春阑：春残。

[4]　"看取"两句：古人有柳絮入池化萍的传说。苏轼《水龙吟》："细看来不是杨花，点点是，离人泪。"

集评

谭献曰："撮两宋之菁英。"

——谭献《箧中词》

邓廷桢

邓廷桢（1775—1846），字维周，号嶰筠，江宁（今属江苏）人。嘉庆六年（1801）进士。道光十五年（1835）任两广总督，与林则徐协力禁烟，屡挫英舰的进犯。后与林则徐同被远戍伊犁。旋召回，官至陕西巡抚。有《双砚斋词钞》、《双砚斋诗钞》、《双砚斋词话》等。

酷相思

寄怀少穆[1]

百五佳期过也未[2]？但笳吹、催千骑[3]。看珠澥[4]、盈盈分两地[5]。君住也、缘何意？侬去也、缘何意？　　召缓征和医并至[6]。眼下病，肩头事。怕愁重、如春担不起。侬去也、心应碎。君住也、心应碎。

说明

词人和林则徐都是鸦片战争中的禁烟名将，两人一为两广总督，一

---

[1]　少穆：林则徐字。
[2]　百五佳期：指寒食节。《荆楚岁时记》："去冬节一百五日，即有疾风甚雨，谓之寒食，禁火三日。"
[3]　千骑（jì）：大批的马队。形容州郡长官出行时随从众多。汉乐府《陌上桑》："东方千余骑，夫婿居上头。"
[4]　珠澥：指广州珠江。
[5]　盈盈：水清澈貌。"古诗十九首"《迢迢牵牛星》："盈盈一水间，脉脉不得语。"
[6]　"召缓"句：缓、和是《左传》中所记载的两名秦国良医。缓为晋景公治病，因其病入膏肓而不可医。和为晋平公治病，因"疾如蛊"亦不可医。此以和、缓喻自己与林则徐，表示国事已难救治。

为钦差大臣，配合默契，缴获并焚烧烟土两万余箱，并多次成功抗击了英舰的进攻。但由于清政府软弱无能，在禁烟问题上畏首畏尾，难下决心，弛禁派又议论纷起，使词人颇感压力。道光二十年元旦，词人被调任两江总督、旋改云贵总督，未及上任，又改闽浙总督，一连串的改任，使词人陡生疑虑，连连发出"缘何意"的疑问。此词即作于离粤赴闽途中，词倾诉了与林则徐的友谊及别后的思念，更表示了对朝廷的失望和对前途的忧虑，语言质朴，感情深沉，笔力十分刚健。

集评

　　谭献曰："三事大夫，忧生念乱，'敦我'之叹，其气已馁。"

——谭献《箧中词续》

周 济

周济（1781—1839），字保绪，一字介存，号止庵，荆溪（今江苏宜兴）人。嘉庆十年（1805）进士，官淮安府学教授。后隐居金陵春水园，潜心著述。常州词派重要作家。有《味隽斋词》、《词辨》、《介存斋论词杂著》等，辑有《宋四家词选》。

渡江云

杨 花

春风真解事，等闲吹遍[1]，无数短长亭[2]。一星星是恨[3]，直送春归，替了落花声。凭阑极目，荡春波、万种春情。应笑人、春粮几许[4]，便要数征程。

冥冥。车轮落日[5]，散绮余霞[6]，渐都迷幻景。问收向、红窗画箧，可算飘零？相逢只有浮云好，奈蓬莱东指，弱水盈盈[7]。休更惜，秋风吹老莼羹[8]。

---

[1]　等闲：漫不经心。
[2]　短长亭：古代在大道旁五里设一短亭，十里设一长亭，供人休止之用。
[3]　一星星：一点点。
[4]　春粮：《庄子·逍遥游》："适百里者宿春粮，适千里者三月聚粮。"
[5]　车轮落日：望落日如车轮一般。
[6]　散绮余霞：谢朓诗："余霞散成绮。"
[7]　弱水：《山海经·大荒西经》："西海之南，流沙之滨，……有大山曰昆仑之丘，其下有弱水之渊环之。"注云："其水不胜鸿毛。"
[8]　莼羹：《晋书》："张翰见秋风起，乃思吴中菰菜莼羹鲈鱼脍，曰：'人生贵适意，何能羁宦数千里，以要名爵乎？'遂命驾而归。"

说明

古人常常咏吟杨花，留下大量杨花词，有名的有苏东坡的《水龙吟》、张惠言的《木兰花慢》等，但周济这首独出机杼，别具特色。词一反前人对杨花随风飘零命运的感叹，出之以杨花"荡春波、万种春情"的豁达与豪宕，写杨花归宿，也不拘泥于入池化萍的旧说，而是指出"红窗画槛"、"蓬莱东指"两种象征性选择，并逐一评说。结拍用张季鹰之典，表达自己志向，由杨花转到人事，也十分巧妙。

集评

谭献曰："怨断之中，豪宕不减。"

——谭献《箧中词》

元明清诗文

董士锡

董士锡（1782—1831），字晋卿，一字损甫，武进（今江苏常州）人。嘉庆十八年（1813）副贡，候选直隶州州判。从其舅张惠言学，工古文、诗、词。有《齐物论斋词》。

菩萨蛮

湖上送别

西风日日吹空树，一林霜叶浑无主。山色接湖光，离情自此长。　　离情随绿草[1]，绿遍江南道。他日望君来，相思又绿苔[2]。

说明

该词抒发离情别绪。上片写送别，将离情置于秋风萧瑟，秋霜落叶的悲凉氛围中刻画，凄切缠绵，真挚感人。下片写别后相思，妙在以不断漫延的绿草喻无边无际的离愁，以暗自滋生的绿苔喻不断滋生的相思，生动而又形象。全词设色清丽，音节和婉，语言自然，极富艺术感染力。

---

[1]　离情随绿草：李煜《清平乐》："离恨恰如春草，更行更远还生。"
[2]　相思又绿苔：吴文英《风入松》："惆怅双鸳不到，幽阶一夜苔生。"

集评

　　沈曾植曰："《齐物论斋词》为皋文正嫡。皋文疏节阔调，犹有曲子律缚不住者。在晋卿则应徽按柱，敛气循声，兴象风神，悉举骚雅古怀，纳诸令慢。……其与白石不同者，白石有名句可标，晋卿无名句可标，其孤峭在此，不更摹拟亦在此。"

——沈曾植《菌阁琐谈》

周之琦

周之琦（1782—1862），字雅圭，号退庵，祥符（今河南开封）人。嘉庆十三年（1808）进士，累官至广西巡抚，以病乞归。有《心日斋词》四种，辑有《心日斋十六家词选》。

好事近

舆中杂书所见

引手摘星辰，云气扑衣如湿。前望翠屏无路¹，忽天门中辟²。　　等闲鸡犬下方听³，人住半山侧。行踏千家檐宇，看炊烟斜出⁴。

说明

周之琦《好事近》共四首，题作《舆中杂书所见得四阕》，为词人嘉庆十八年（1813）途经山西太行山时即兴所作。此为第四首。上片写南天门的高险和人登山时的感受；下片写登高俯视所见，又从一侧面勾勒了太行地区野居山民的风俗人情。全词视点随人的登高而变换，层次分明、描写生动、历历如画。

---

[1] 翠屏：翠屏山，太行恒山两大主峰之一。
[2] 天门：南天门。为翠屏山险要关口。
[3] 等闲：不经意。下方：下面，指尘世。方干《题法华寺绝顶禅家壁》："苍翠岩峣遍杳冥，下方雷雨上方晴。"
[4] "行踏"两句：原注："南天门尤陡峻，人多凿窑而居。"

青衫湿遍

道光己丑夏五，余有骑省之戚[1]，偶效纳兰容若词为此。虽非宋贤遗谱，音节有可述者

瑶簪堕也[2]，谁知此恨，只在今生？怕说香心易折[3]，又争堪、烬落残灯[4]。忆兼句[5]、病枕惯誊腾[6]。看宵来、一样恹恹睡，尚猜他、梦去还醒。泪急翻嫌错莫[7]，魂消直恐分明。　　回首并禽栖处[8]，书帏镜槛，怜我怜卿。暂别常忧道远，况凄然、泉路深扃[9]。有银笺、愁写瘗花铭[10]。漫商量、身在情长在，纵无身、那便忘情？最苦梅霖夜怨[11]，虚窗递入秋声。

说明

　　该词写于道光己丑（1829）夏五月，为悼念亡妻沈氏而作。上片连

---

[1]　骑省之戚：指丧妻的悲痛。西晋潘岳丧妻后，写有《悼亡诗》、《哀永逝文》等，凄哀动人。潘岳散骑侍郎，"骑省"即"散骑之省"，后为潘岳的代称。
[2]　瑶簪堕也：喻妻子身亡。
[3]　香心易折：喻美好事物容易消失。
[4]　烬落残灯：喻妻亡。
[5]　兼旬：二十天。
[6]　誊腾：迷糊不清。
[7]　错莫：杂乱。
[8]　并禽：喻夫妻恩爱如并禽。
[9]　泉路：黄泉路，指阴世。扃：此作动词，紧锁。
[10]　瘗花铭：葬花辞，代指葬妻的铭文。
[11]　梅霖：不停的黄梅雨。

用瑶簪堕、香心折、残烬等比喻妻亡，极其凄切。下片忆夫妻之情，更显妻亡故后的孤寂与愁思，结拍以夜雨、秋声渲染，情景交融，令人肠断。

元明清文

吴 澄

送何太虚北游序

士可以游乎[1]？"不出户，知天下"，何以游为哉！士可以不游乎？男子生而射六矢，示有志乎上下四方也[2]，而何可以不游也！

夫子[3]，上智也[4]，适周而问礼[5]，在齐而闻韶[6]，自卫复归于鲁，而后《雅》、《颂》各得其所也[7]。夫子而不周、不齐、不卫也，则犹有未问之礼，未闻之韶，未得之《雅》、《颂》也。上智且然[8]，而况其下者乎？士何可以不游也！然则彼谓不出户而能知者，非欤？曰：彼老氏意也[9]。老氏之学，治身心而外天下国家者也[10]。人之一身一心，天地万物咸备，彼谓吾求之一身一心有余也，而无事乎他求也，是固老氏之学也。而吾圣人之学不如是。圣人生而知也，然其所知者，降衷秉彝之善而已[11]。若夫山川风土、民情世故、名物度数[12]、前言往行，非博其闻见于外，虽上智亦何能悉知也？故寡闻寡见，不免孤陋之讥。取友

---

[1] 游：游学。
[2] "男子"两句：据《礼记·内则》：国君世子出生三天后，命射人以六根木弓和蓬矢射天地和四方，象征男子志在四方。
[3] 夫子：孔子。
[4] 上智：上等的智慧。
[5] 适周：据《史记·孔子世家》：孔子曾到周国向老子问礼。
[6] "在齐"句：《论语·述而》："子在齐闻韶，三月不知肉味。"韶：虞舜时的音乐。
[7] "自卫"两句：传说孔子周游列国，自卫返鲁后，对《诗经》进行整理。《雅》、《颂》：《诗经》的组成部分。
[8] 且然：尚且如此。
[9] 老氏：即老子。
[10] 外天下国家：以天下、国家为身外之事。
[11] 降衷：《尚书·汤诰》："惟皇上帝，降衷于下民。"衷：善。秉彝：遵循规律。《诗经·大雅·丞民》："民之秉彝，好是懿德。"彝：规律。
[12] 度数：此为大小、高低、长短等意思。

者，一乡未足，而之一国；一国未足，而之天下；犹以天下为未足，而尚友古之人焉。陶渊明所以欲寻圣贤遗迹于中都也[1]。然则士何可以不游也！

而后之游者，或异乎是。万其出而游乎上国也[2]，奔趋乎爵禄之府，伺候乎权势之门，摇尾而乞怜，胁肩而取媚，以侥幸于寸进[3]。及其既得之而游于四方也，岂有意于行吾志哉！岂有意于称吾职哉！苟可以夺攘其人[4]，盈厌吾欲[5]，囊橐既充[6]，则阳阳而去尔[7]。是故昔之游者为道，后之游者为利。游则同，而所以游者不同。

余于何弟太虚之游，恶得无言乎哉！太虚以颖敏之资，刻厉之学，善书工诗，缀文研经，修于己，不求知于人，三十余年矣。口未尝谈爵禄，目未尝睹权势，一旦而忽有万里之游，此人之所怪而余独知其心也。世之士，操笔仅记姓名，则曰："吾能书！"属辞稍协声韵，则曰："吾能诗！"言语布置，粗如往时所谓举子业[8]，则曰："吾能文！"阖门称雄[9]，矜己自大[10]。醯瓮之鸡[11]，坎井之蛙[12]，盖不知瓮外之天、井外之海为何如，挟其所已能，自谓足以终吾身、没吾世而无憾。夫如是又焉用游！太虚

---

[1] "陶渊明"句：陶渊明《赠羊长史》："圣贤留遗迹，事事在中都。岂忘游心目，关河不可踰。"中都，春秋时鲁邑、孔子曾任中都宰。
[2] 上国：指京城。
[3] 寸进：微小的官职。
[4] 夺攘：抢夺。
[5] 盈厌：满足。
[6] 囊橐：口袋。
[7] 阳阳：通洋洋，得意貌。
[8] 举子业：科举时代，读书人在考科举前常练习应试文章，称举子业。
[9] 阖门：关起门。
[10] 矜己：自我夸耀。
[11] 醯（xī）瓮之鸡：醯鸡，一种浮在酒上的小虫。语出《庄子·田子方》，后常用以形容渺小。
[12] 坎井之蛙：浅井中的蛙。语出《庄子·秋水》，喻见识浅陋的人。

肯如是哉？书必钟、王[1]，诗必陶、韦[2]，文不柳、韩、班、马不止也[3]。且方窥闯圣人之经，如天如海，而莫可涯[4]，讵敢以平日所见所闻自多乎？此太虚今日之所以游也。是行也，交从日以广，历涉日以熟，识日长而志日起[5]，迹圣贤之迹而心其心[6]，必知士之为士，殆不止于研经缀文工诗善书也。闻见将愈多而愈寡[7]，愈有余而愈不足，则天地万物之皆备于我者，真可以不出户而知。是知也，非老氏之知也。如是而游，光前绝后之游矣，余将于是乎观[8]。

澄所逮事之祖母，太虚之从祖姑也[9]，故谓余为兄，余谓之为弟云。

说明

中国读书人一向重视出游，以为"读万卷书，行万里路"。吴澄这篇序文为送何太虚出游而作，所阐发的也是这一道理。文章说理部分谈了两个问题：一是要不要出游？作者分别引了孔子和老子的观点，并通过对老子观点的驳难，得出要了解"山川风土、民情世故、名物度数、前言往行"，必须出游的结论。二是以什么目的出游？作者认为有两种出游目的，一是为道而游，另一是为利而游，作者肯定前者，讥讽后者，

---

[1]　钟、王：指钟繇、王羲之，他们都是古代著名书法家。
[2]　陶、韦：陶渊明、韦应物。
[3]　柳、韩、班、马：柳宗元、韩愈、班固、司马迁。
[4]　涯：作动词，穷尽。
[5]　"识日长"句：见识日益增长，志向日益壮大。
[6]　心其心：想圣贤所想。
[7]　"闻见"句：见识越多而越觉得自己孤陋寡闻。
[8]　"余将"句：我将从这方面看。
[9]　从祖姑：祖父的堂姐妹。

并对何太虚的为道而游作了表彰。全文扣住"游"字展开，上半部分以议为主，下半部分以叙为主，脉络清晰，结构严谨，说理透彻，文字畅达。

李孝光

李孝光（1285—1350），字季和，号五峰，乐清（今属浙江）人。少博学，后在浙江雁荡山五峰下讲学，从学者甚众。至正三年（1343）应召入京，为秘书监著作郎，迁文林郎，秘书监丞。工诗，亦工文。有《五峰集》。

大龙湫记 [1]

大德七年秋八月 [2]，予尝从老先生来观大龙湫 [3]，苦雨积日夜 [4]。是日大风起西北，始见日出。湫水方大，入谷，未到五里余，闻大声转出谷中，从者心掉。望见西北立石，作人俯势，又如大楹 [5]。行过二百步，乃见更作两股相倚立。更进百数步，又如树大屏风。而其颠谽谺 [6]，犹蟹两螯，时一动摇，行者兀兀不可入 [7]。转缘南山趾，稍北，回视如树圭 [8]。又折而入东崦，则仰见大水从天上堕地，不挂著四壁，或盘桓久不下，忽迸落如震霆。东岩趾，有诺诇那庵 [9]，相去五六步，山风横射，水飞著人。走入庵避，余沫迸入屋，犹如暴雨至。水下捣大潭，轰然万人鼓也。人相

---

[1] 大龙湫：在浙江雁荡山，上有悬瀑，高达六十余丈，下有深潭，水声如雷，为雁荡主要景观。

[2] 大德七年：即公元1303年。

[3] 老先生：指南山公，即泰不华，蒙古人，官至礼部尚书，出为台州路达鲁花赤。

[4] 苦雨：久雨不止。

[5] 大楹：堂前大柱子。

[6] 谽谺（hān xiā）：同嵌岈，山深貌。

[7] 兀兀：恐惧貌。

[8] 圭：一种上圆下方的玉器。

[9] 诺诇那庵：庵名。诺诇那：十八罗汉之一。一说诺诇那为晋代四川高僧，于大龙湫下抱藤观瀑而坐化，后人为纪念他，为之砌塔建亭。

持语[1]，但见口张，不闻作声，则相顾大笑。先生曰："壮哉！吾行天下，未见如此瀑布也。"是后，予一岁或一至。至，常以九月。十月则皆水缩，不能如向所见。

今年冬又大旱，客入，到庵外石矼上[2]，渐闻有水声。乃缘石矼下，出乱石间，始见瀑布垂，勃勃如苍烟，乍小乍大，鸣渐壮急。水落潭上洼石，石被激射，反红如丹砂。石间无秋毫土气，产木宜瘠，反碧滑如翠羽凫毛[3]。潭中有斑鱼廿余头，闻转石声，洋洋远去[4]，闲暇回缓，如避世士然。家僮方置大瓶石旁，仰接瀑水，水忽舞向人，又益壮一倍，不可复得瓶，乃解衣脱帽著石上，相持扞挈[5]，欲争取之，因大呼笑。西南石壁上，黄猿数十，闻声皆自惊扰，挽崖端偃木牵连下[6]，窥人而啼。纵观久之，行出瑞鹿院前，今为瑞鹿寺。日已入。苍林积叶，前行，人迷不得路。独见明月，宛宛如故人。

老先生谓南山公也。

说明

这是一篇山水游记，描绘浙江雁荡山大龙湫及其周围的壮丽景观。作者精心构思，挑选了两幅大龙湫在不同气象条件下的画面，从不同侧面展现了大龙湫的风貌特征，突出其盛水季节的气势与缩水季节的人鱼之乐。全文刻画精细，状景生动，且始终融入人的活动和感受，读来良多趣味。

[1]　相持语：拉着手说话。
[2]　石矼（gāng）：石桥。
[3]　翠羽凫毛：翠鸟和野鸭的羽毛。
[4]　洋洋：舒缓的样子。
[5]　扞挈（qiān）：牵拉。
[6]　偃木：横斜的树木。

宋　濂

宋濂（1310—1381），字景濂，号潜溪，浦江（今属浙江）人。元末荐为翰林院编修，借口奉养父母，固辞不就，入山著书十余年。明初应朱元璋征聘，任江南儒学提举，官至翰林学士承旨，知制诰，与修《元史》。参与制定开国典章制度，为明开国文臣之首。后因长孙犯罪而牵累，谪居茂州（今四川省茂汶羌族自治县），病死途中。以工散文而闻名于世。有《宋学士全集》。

送东阳马生序 [1]

余幼时即嗜学。家贫，无从致书以观，每假借于藏书之家，手自笔录，计日以还。天大寒，砚冰坚，手指不可屈伸，弗之怠 [2]。录毕，走送之，不敢稍逾约。以是人多以书假余，余因得遍观群书。既加冠 [3]，益慕圣贤之道。又患无硕师、名人与游 [4]，尝趋百里外，从乡之先达执经叩问 [5]。先达德隆望尊，门人弟子填其室，未尝稍降辞色 [6]。余立侍左右，援疑质理 [7]，俯身倾耳以请。或遇其叱咄 [8]，色愈恭，礼愈至，不敢出一言以复，俟其欣悦，则又请焉。故余虽愚，卒获有所闻。

---

[1]　东阳：今浙江省东阳县。
[2]　弗之怠：弗怠之的倒装。怠：松懈。
[3]　加冠：古代男子二十岁时行冠礼，表示成人。
[4]　硕师：名师。
[5]　先达：学术界的前辈。叩问：请教。
[6]　稍降辞色：神情、言辞稍温和一些。
[7]　援疑质理：提出疑问，询问道理。
[8]　叱咄（chì duō）：大声呵斥。

当余之从师也，负箧曳屣¹，行深山巨谷中。穷冬烈风，大雪深数尺，足肤皲裂而不知。至舍，四肢僵劲不能动，媵人持汤沃灌²，以衾拥覆，久而乃和。寓逆旅主人³，日再食⁴，无鲜肥滋味之享。同舍生皆被绮绣⁵，戴珠缨宝饰之帽，腰白玉之环⁶，左佩刀，右备容臭⁷，烨然若神人⁸。余则缊袍敝衣处其间⁹，略无慕艳意¹⁰。以中有足乐者，不知口体之奉不若人也。盖余之勤且艰若此。今虽耄老¹¹，未有所成，犹幸预君子之列¹²，而承天子之宠光¹³，缀公卿之后¹⁴，日侍坐¹⁵，备顾问，四海亦谬称其氏名¹⁶。况才之过于余者乎？

今诸生学于太学¹⁷，县官日有廪稍之供¹⁸，父母岁有裘葛之遗¹⁹，无冻馁之患矣²⁰；坐大厦之下而诵诗书，无奔走之劳矣；有司业、博士为之师²¹，

---

[1] 箧（qiè）：箱子。曳屣（xǐ）：拖着鞋。
[2] 媵（yìng）人：婢女。汤：热水。沃：浇。
[3] 寓：寄居。逆旅：旅店。
[4] 日再食：指一天吃两顿。
[5] 被绮绣：穿着丝绸的绣衣。
[6] 腰：作动词，腰上系着。
[7] 容臭（xiù）：香囊，香袋。
[8] 烨然：明亮貌。
[9] 缊（yùn）袍：乱麻为絮制成的袍子。敝衣：破旧的衣服。
[10] 慕艳：羡慕。
[11] 耄（mào）老：年老。古代称七十以上老人为耄。
[12] 预：参与。
[13] 宠光：恩宠荣光。
[14] 缀：连着，跟随。
[15] 日侍坐：日日侍奉在皇帝身边。
[16] "四海"句：意谓天下都称道他。谬称，自谦之词。
[17] 诸生：明清时专指已入太学的生员。太学：古代设在京都的最高学府。明初名国子学，后改国子监。
[18] 县官：代指朝廷。廪（lǐn）稍：国家供给的粮食。
[19] 裘葛：指四季衣服。遗（wèi）：赠送。
[20] 馁（něi）：饥饿。
[21] 司业：太学副长官。博士：太学教官。

元明清诗文

未有问而不告，求而不得者也；凡所宜有之书，皆集于此，不必若余之手录，假诸人而后见也。其业有不精，德有不成者，非天质之卑，则心不若余之专耳，岂他人过哉！

东阳马生君则，在太学已二年，流辈甚称其贤[1]。余朝京师[2]，生以乡人子谒余[3]，撰长书以为贽[4]，辞甚畅达。与之论辨，言和而色夷[5]。自谓少时用心于学甚劳。是可谓善学者矣。其将归见其亲也，余故道为学之难以告之。谓余勉乡人以学者，余之志也；诋我夸际遇之盛而骄乡人者[6]，岂知余者哉！

说明

这是一篇临别赠序，意在鼓励东阳马生珍惜时间，刻苦学习，以期学有所成。作者在文中并没有空泛说理，夸夸其谈，而是结合自己早岁求学时的艰苦经历来启发和教育马生，寓理于拉家常般的谈话之中，态度平易，语气亲切，更具说服力。手法上多用对比：将自己求学的艰苦条件同条件优越的同舍生比，再从衣食、校舍、师资、图书资料四方面同今天的太学生比，通过对比，进一步强调了刻苦学习的重要性。

---

[1]　流辈：同辈，此指同学。
[2]　朝京师：到京城做官。
[3]　乡人子：同乡晚辈。浦江、东阳两县毗邻，同属金华府。
[4]　撰：同"撰"。长书：长信。贽：见面礼。
[5]　夷：平和。
[6]　诋：诋毁。际遇：遭遇。

刘　基

卖柑者言

　　杭有卖果者[1]，善藏柑，涉寒暑不溃[2]。出之烨然[3]，玉质而金色。置于市，贾十倍[4]，人争鬻之[5]。予贸得其一[6]。剖之，如有烟扑口鼻。视其中，干若败絮。予怪而问之曰："若所市于人者，将以实笾豆[7]，奉祭祀，供宾客乎？将衒外以惑愚瞽乎[8]？甚矣哉为欺也！"

　　卖者笑曰："吾业是有年矣[9]。吾赖是以食吾躯[10]。吾售之，人取之，未尝有言，而独不足于子乎？世之为欺者不寡矣，而独我也乎？吾子未之思也。今夫佩虎符[11]、坐皋比者[12]，洸洸乎干城之具也[13]，果能授孙吴之略耶[14]？峨大冠[15]、拖长绅者[16]，昂昂乎庙堂之器也[17]，果能建伊皋之业

---

[1]　杭：指浙江杭州。
[2]　涉：经过。溃：溃烂。
[3]　烨然：光彩耀人貌。
[4]　贾：通"价"。
[5]　鬻（yù）：卖，此作买。
[6]　贸得：买得。
[7]　实笾豆：装满笾豆。笾豆：古代礼器，笾以竹制成，祭祀或宴会时用以装果脯等物。豆以木或铜等制成，用以盛鱼肉等物。
[8]　衒（xuàn）：同"炫"，炫耀。惑：欺骗。愚：愚人。瞽：瞎子。
[9]　业是：以这个为职业。
[10]　赖是：靠这个。食吾躯：养活自己。
[11]　佩：佩带。虎符：虎形兵符，古代用以调兵遣将的凭证。
[12]　皋比（gāo pí）：虎皮，此指铺着虎皮的椅子。
[13]　洸洸（guāng guāng）：威武貌。干城之具：捍卫国家的人才。干：盾。城：城池。俱用以防御。
[14]　孙吴：指春秋时杰出的军事家孙武和吴起。
[15]　峨：高，耸立。大冠：官帽。
[16]　绅：古代士大夫束在衣外的带子。
[17]　昂昂：神气十足的样子。庙堂之器：治理国家的人才。庙堂：指朝廷。

耶¹？盗起而不知御，民困而不知救，吏奸而不知禁，法斁而不知理²，坐靡廪粟而不知耻³。观其坐高堂，骑大马，醉醇醴而饫肥鲜者⁴，孰不巍巍乎可畏⁵、赫赫乎可象也⁶？又何往而不金玉其外、败絮其中也哉！今子是之不察⁷，而以察吾柑！"

予默默无以应。退而思其言，类东方生滑稽之流⁸。岂其愤世嫉邪者耶？而托于柑以讽耶？

说明

这是一篇寓言，借卖柑者之口，揭露并尖锐地讽刺了社会上"佩虎符，坐皋比"的武将，和"峨大冠、拖长绅"的文臣们"金玉其外、败絮其中"的本质。文章扣住"欺"字落笔，通过作者与卖柑者的一段对话，引出对世象的揭露，由远及近、由表及里，层层深入，构思十分精巧。全文短小精悍，文字简练，给人留下深刻印象。

---

[1]　伊皋：指伊尹和皋陶（yáo）。伊尹：商汤时大臣，辅助成汤灭夏桀。皋陶：虞舜时的良臣，相传执掌刑法。
[2]　法斁（dù）：法律败坏。
[3]　坐靡廪粟：白白地坐吃国家的俸米。靡：同"糜"，浪费。廪：公家的粮仓。
[4]　醇醴：质地纯厚的美酒。饫（yù）：饱食。
[5]　巍巍：高大貌。
[6]　赫赫：显贵的样子。象：效法。
[7]　是之不察："不察是"的倒装。
[8]　东方生：指东方朔。朔汉武帝时人，常以滑（gǔ）稽的语言讽谏皇帝。

集评

　　吴楚材等曰："青田此言为世人盗名者发，而借卖柑影喻。满腔愤世之心，而以痛哭流涕出之。士之金玉其外而败絮其中者，闻卖柑之言，亦可以少愧矣。"

——吴楚材等《古文观止》

高 启

书博鸡者事 [1]

博鸡者，袁人 [2]，素无赖，不事产业，日抱鸡呼少年博市中。任气好斗 [3]，诸为里侠者皆下之 [4]。

元至正间 [5]，袁有守多惠政 [6]，民甚爱之。部使者臧新贵 [7]，将按郡至袁 [8]。守自负年德 [9]，易之 [10]。闻其至，笑曰："臧氏之子也。"或以告臧，臧怒，欲中守法 [11]。会袁有豪民尝受守杖。知使者意嗛守 [12]，即诬守纳己赇 [13]。使者遂逮守，胁服，夺其官。袁人大愤，然未有以报也 [14]。

一日，博鸡者遨于市。众知有为 [15]，因让之曰 [16]："若素名勇 [17]，徒能藉贫孱者耳 [18]！彼豪民恃其资，诬去贤使君，袁人失父母。若诚大夫，不能

---

[1] 博鸡者：以斗鸡赌输赢。
[2] 袁人：袁州，即今江西宜春人。
[3] 任气：意气用事。
[4] 里侠：乡里侠义之人。下之：对他退让。
[5] 至正：元顺帝年号（1341—1368）。
[6] 惠政：良好的政绩。
[7] 部使者：元代地方官制分省、道、路、府（州）、县五级，此指道一级肃政廉访司派出官员。臧新贵：一个姓臧的新得势者。
[8] 按郡：巡察州郡地方。
[9] 年德：年纪大，有德政。
[10] 易：轻视。
[11] 欲中守法：想用法律来构陷太守。
[12] 嗛（xián）：怀恨。
[13] 赇（qiú）：贿赂。
[14] 报：对付。
[15] 有为：有办法。
[16] 让：责备。
[17] 若：你。素名勇：一向以勇出名。
[18] 藉：欺凌。贫孱（chán）：贫穷弱小。

为使君一奋臂耶？"博鸡者曰："诺。"即入闾左[1]，呼子弟素健者，得数十人，遮豪民于道[2]。豪民方华衣乘马，从群奴而驰，博鸡者直前捽下[3]，提殴之，奴惊，各亡去。乃褫豪民衣自衣[4]，复自策其马，麾众拥豪民马前[5]，反接[6]，徇诸市[7]。使自呼曰："为民诬太守者视此！"一步一呼，不呼则杖，其背尽创。豪民子闻难，鸠宗族童奴百许人[8]，欲要篡以归[9]。博鸡者逆谓曰[10]："若欲死而父[11]，即前斗。否则阖门善俟[12]。吾行市毕，即归若父，无恙也。"豪民子惧遂杖杀其父，不敢动，稍敛众以去。袁人相聚从观，欢动一城。郡录事骇之[13]，驰白府[14]。府佐快其所为[15]，阴纵之不问[16]。日暮，至豪民第门，捽使跪，数之曰[17]："若为民不自谨[18]，冒使君，杖汝，法也；敢用是为怨望[19]，又投间蔑污使君[20]，使罢[21]，汝罪宜死。今姑贷汝，后不善自改，且复妄言，我当焚汝庐、戕汝家矣！"豪民气尽，以额叩地，

---

[1]　闾左：贫民聚居的地方。闾：里门。古代富户居其右，贫民居其左。
[2]　遮：挡。
[3]　捽（zuó）：揪。
[4]　褫（chǐ）：剥去。自衣：自己穿上。
[5]　麾（huī）：指挥。
[6]　反接：将双手反绑。
[7]　徇诸市：在街市上游行示众。
[8]　鸠：纠集。
[9]　要篡：半道抢走。
[10]　逆：对面迎上去。
[11]　而父：你父。
[12]　阖门：闭门。善俟：好好等待。
[13]　郡录事：州郡地方上掌管文书的官吏。
[14]　白：告知。
[15]　府佐：府一级官员的副职。
[16]　阴：暗中。
[17]　数：历数罪状。
[18]　自谨：自己不检点。
[19]　用是：因此。怨望：怨恨。
[20]　投间：趁机。
[21]　使罢：使太守丢了官。

谢不敢。乃释之。

博鸡者因告众曰："是足以报使君未耶？"众曰："若所为诚快，然使君冤未白，犹无益也。"博鸡者曰："然"。即连楮为巨幅[1]，广二丈，大书一"屈"字，以两竿夹揭之[2]，走诉行御史台[3]。台臣弗为理。乃与其徒日张"屈"字游金陵市中[4]。台臣惭，追受其牒[5]，为复守官而黜臧使者[6]。方是时，博鸡者以义闻东南。

高子曰：余在史馆，闻翰林天台陶先生言博鸡者之事[7]。观袁守虽得民，然自喜轻上，其祸非外至也，臧使者枉用三尺[8]，以仇一言之憾[9]，固贼戾之士哉[10]！第为上者不能察[11]，使匹夫攘袂群起[12]，以伸其愤，识者固知元政紊弛，而变兴自下之渐矣[13]。

说明

　　文章围绕袁州太守与臧使者之间的一场矛盾冲突，不仅从一侧面反映了元末社会黑暗和吏治的腐败，而且还表现了社会下层人民对社会黑

---

[1]　楮（chǔ）：一种树，树皮可造纸，此代指纸。
[2]　揭：高举。
[3]　行御史台：设在地方上执行御史台责职的机构。御史台：中央监察机关。
[4]　金陵：今南京。明初京城为南京，后迁北京。
[5]　牒：文书，此指状纸。
[6]　复：恢复。黜（chù）：罢免。
[7]　翰林：指翰林院官员，掌管修史、著作、图书等事宜。
[8]　三尺：古代将法律条文刻在三尺长的竹简上，称为三尺法。
[9]　仇：报复。
[10]　贼戾（lì）：凶残。
[11]　第：但。
[12]　攘袂：捋起袖子。
[13]　自下之渐：从下层开始。

暗现象的斗争，以及作者对这种斗争的赞许之情，文末"变兴自下之渐"的看法，更是表现了作者的敏锐眼光。文章重点描写博鸡者严惩豪民与为太守鸣冤两件事，十分成功地塑造了一个具有侠义性格，又有智有勇的下层市民形象。全文交待清楚，文字简洁，表现出较高的艺术技巧。

王守仁

王守仁（1472—1528），字伯安，余姚（今属浙江）人。弘治十二年（1499）进士。任刑部、兵部主事。因上疏弹劾宦官刘瑾，贬为贵州龙场驿丞。刘瑾伏诛，起用为庐陵知县，后累官至南京兵部尚书，封新建伯，谥文成。因曾在故乡阳明洞筑室讲学，世称"阳明先生"。有《王文成公全书》。

瘗旅文[1]

维正德四年秋月三日[2]，有吏目云自京来者[3]，不知其名氏。携一子一仆，将之任，过龙场[4]，投宿土苗家[5]。予从篱落间望见之，阴雨昏黑，欲就问讯北来事，不果。明早，遣人觇之[6]，已行矣。薄午[7]，有人自蜈蚣坡来，云："一老人死坡下，旁两人哭之哀。"予曰："此必吏目死矣。伤哉！"薄暮，复有人来，云："坡下死者二人，旁一人坐叹。"询其状，则其子又死矣。明日，复有人来，云："见坡下积尸三焉。"则其仆又死矣。呜呼伤哉！

念其暴骨无主，将二童子持畚锸往瘗之[8]，二童子有难色然。予曰：

---

[1]　瘗（yì）：埋葬。旅：此指客死外乡的人。
[2]　正德：明武宗朱厚照年号（1506—1521）。
[3]　吏目：官名。外州知州之下所设官职，掌管出纳文书等事。
[4]　龙场：龙场驿。故址在今贵州修文县境内。
[5]　土苗：当地的苗族居民。
[6]　觇（zhān）之：窥看他们。
[7]　薄午：近中午时。薄：迫近。
[8]　畚锸：畚箕与铁锹。

"噫！吾与尔犹彼也[1]！"二童悯然涕下[2]，请往。就其傍山麓为三坎[3]，埋之。又以只鸡、饭三盂[4]，嗟吁涕洟而告之曰[5]：

呜呼伤哉！繄何人？繄何人？吾龙场驿丞余姚王守仁也。吾与尔皆中土之产[6]，吾不知尔郡邑，尔乌乎来为兹山之鬼乎？古者重去其乡[7]，游宦不逾千里。吾以窜逐而来此[8]，宜也。尔亦何辜乎？闻尔官吏目耳，俸不能五斗，尔率妻子躬耕可有也，胡为乎以五斗而易尔七尺之躯？又不足，而益以尔子与仆乎？呜呼伤哉！尔诚恋兹五斗而来，则宜欣然就道，胡为乎吾昨望见尔容蹙然[9]，盖不胜其忧者。夫冲冒霜露[10]，扳援崖壁，行万峰之顶，饥渴劳顿，筋骨疲惫，而又瘴疠侵其外[11]，忧郁攻其中，其能以无死乎？吾固知尔之必死，然不谓若是其速；又不谓尔子尔仆亦遽然奄忽也[12]！皆尔自取，谓之何哉！吾念尔三骨之无依而来瘗尔，乃使吾有无穷之怆也！呜呼伤哉！纵不尔瘗，幽崖之狐成群，阴壑之虺如车轮[13]，亦必能葬尔于腹，不致久暴尔。尔既已无知，然吾何能为心乎？自吾去父母乡国而来此三年矣，历瘴毒而苟能自全，以吾未尝一日之戚戚也[14]；今悲伤若此，是吾为尔者重，而自为者轻也，吾不宜复为尔悲矣。吾为

---

[1]　犹彼也：意谓同他们一样，都是流落在外的人。
[2]　悯然：哀怜的样子。
[3]　坎：坑穴。
[4]　盂：一种敞口的盛具。
[5]　涕洟：哭泣。洟：流鼻涕。
[6]　中土之产：生长在中原地带的人。
[7]　重去其乡：对离开故乡之事很重视，意谓轻易不出门。
[8]　窜逐：流放。
[9]　蹙然：愁苦貌。
[10]　冲冒：冲犯。
[11]　瘴疠：南方山林中湿热有毒之气与瘟疫。
[12]　遽然：仓促貌。奄忽：死亡。
[13]　虺（huǐ）：一种毒蛇。
[14]　戚戚：悲哀的样子。

尔歌，尔听之。歌曰：连峰际天兮飞鸟不通，游子怀乡兮莫知西东。莫知西东兮维天则同，异域殊方兮环海之中。达观随寓兮奚必予宫[1]，魂兮魂兮无悲以恫[2]！

又歌以慰之曰：与尔皆乡土之离兮，蛮之人言语不相知兮，性命不可期！吾苟死于兹兮，率尔子仆来从余兮，吾与尔遨以嬉兮！骖紫彪而乘文螭兮[3]，登望故乡而嘘唏兮！吾苟获生归兮，尔子尔仆尚尔随兮，无以无侣为悲兮！道旁之冢累累兮，多中土之流离兮[4]，相与呼啸而徘徊兮！餐风饮露，无尔饥兮，朝友麋鹿，暮猿与栖兮，尔安尔居兮，无为厉于兹墟兮[5]！

说明

王守仁少有才志，为人正直，以后受宦官刘瑾迫害，远谪贵州西北万山之中的龙山驿为驿丞。其愤世之情与身世之悲，长期郁积在胸，因此当他看到三个客死他乡，暴尸荒野的陌生人时，心中所产发的，就不止是一种通常的同情心了，他对童子说："吾与尔犹彼也"，分明表达的是一种"同是天涯沦落人"的悲叹。因此，这篇祭文既表达了对死者的悲哀感伤，又抒发了作者自身的哀伤，所谓伤人自伤。全文深情哀婉，反复曲折，读之令人凄然。

---

[1]　随寓：随处为家。宫：房屋。
[2]　恫（tōng）：痛。
[3]　骖：驾车四马中外侧的两马。紫彪：紫色的小虎，此形容骖马。文螭（chī）：彩色的龙。
[4]　流离：指流离在外的人。
[5]　厉：恶鬼。墟：山丘。

集评

　　林云铭曰："掩骼埋骴，原是仁人之事。然其情未必悲哀若此。此因有同病相怜之意，未知将来自己必归中土与否，触景伤情。虽悲吏目，却是自悲也。及转出歌来，仍以己之或死或归两意生发。词似旷远，而意实悲怆。所谓长歌可以当哭也！"

——林云铭《古文析义》

　　吴楚材等曰："先生罪谪龙场，自分一死，而幸免于死。忽睹三人之死，伤心惨目，悲不自胜。作之者固为多情，读之者能无泪下？"

——吴楚材等《古文观止》

　　王文濡曰："借他人之酒杯，浇自己之块垒。吊死哀生，不胜兔狐之感。"

——王文濡《宋元明文评注读本》

何景明

说琴

何子有琴[1]，三年不张[2]。从其游者戴仲鹖[3]，取而绳以弦[4]，进而求操焉[5]。何子御之[6]，三叩其弦[7]，弦不服指，声不成文[8]。徐察其音，莫知病端。仲鹖曰："是病于材也[9]。予观其黯然黑[10]，衺然腐也[11]。其质不任弦[12]，故鼓之弗扬[13]。"

何子曰："噫！非材之罪也。吾将尤夫攻之者也[14]。凡攻琴者，首选材，审制器。其器有四：弦、轸、徽越[15]。弦以被音，轸以机弦[16]，徽以比度[17]，越以亮节[18]。被音则清浊见，机弦则高下张，比度则细大弗逾，亮节

---

[1]　何子：何景明自称。
[2]　不张：没上琴弦。
[3]　戴仲鹖：名冠，信阳人，何景明学生，有《邃谷集》。
[4]　绳以弦：调试琴弦。绳：正。
[5]　操：操琴，弹琴。
[6]　御之：奏琴。
[7]　叩：用指弹。
[8]　文：指曲调。
[9]　病于材：做琴材料上有毛病。
[10]　黯（yī）：深黑色。
[11]　衺（xié）然腐：歪邪而且腐朽。
[12]　其质不任弦：意谓琴的木质受不住弦的张力。
[13]　扬：声音响亮。
[14]　尤：怪罪。攻之者：造琴的人。
[15]　轸：系琴弦的轴，可以转动调节松紧。徽：原指系弦的绳子，后一般指琴面上标出的，用手指按弦的部位记号。越（huó）：琴瑟下面的孔洞。
[16]　机弦：转动弦。
[17]　比度：排比音节的高低度数。
[18]　亮节：使琴的音量加大。

则声应不伏 [1]。故弦取其韧密也 [2]，轸取其栝圆也 [3]，徽取其数次也 [4]，越取其中疏也 [5]。今是琴弦之韧疏，轸之栝滞，徽之数失钧 [6]，越之中浅以隘。疏，故清浊弗能具，滞，故高下弗能通，失钧，故细大相逾，浅以隘，故声应沉伏。是以宫商不诚职 [7]，而律吕叛度 [8]。虽使伶伦钧弦而柱指 [9]，伯牙按节而临操 [10]，亦未知其所谐也。

"夫是琴之材，桐之为也。始桐之生邃谷 [11]，据盘石，风雨之所化，云烟之所蒸，蟠纡轮囷 [12]，璀璨弟郁 [13]，文炳彪凤 [14]，质参金玉 [15]，不为不良也。使攻者制之中其制 [16]，修之畜其用 [17]，斫以成之 [18]，饰以出之，上而君得之，可以荐清庙 [19]，设大廷 [20]，合神纳宾 [21]，赞实出伏 [22]，畅民洁物；下而士人

---

[1]　伏：指低沉。
[2]　韧密：韧性强。
[3]　栝：琴轸插入琴内的一端。
[4]　数：琴徽的度数。次：准确。
[5]　中疏：指琴体中间空敞。
[6]　失钧：失调。
[7]　宫商：我国古代五声音阶：宫、商、角、徵、羽。此指音阶。
[8]　律吕：即十二律，其中奇数六律为阳律，偶数六律为阴律，简称律吕。
[9]　伶伦：传说中黄帝时代的大音乐家。钧弦柱指：指用手指弹琴。
[10]　伯牙：古代善弹琴的人。按节临操，按节拍演奏。
[11]　邃谷：深谷。
[12]　蟠纡轮囷（qūn）：形容树木屈曲的样子。囷：粮仓，圆为囷，方为仓。
[13]　弟郁：原指山势迂回深沉，此形容树叶浓密。
[14]　文炳彪凤：木质上有老虎、凤凰一样的纹彩。炳：光彩貌。彪：虎身上的斑纹。
[15]　参：比。
[16]　制之中其制：指按标准把琴制合格。
[17]　修之畜其用：将琴修治好，备以为用。
[18]　斫：砍削。
[19]　荐清庙：用以在祭祀宗庙时演奏音乐。清庙：宗庙。
[20]　设大廷：张设在朝廷上演奏音乐。
[21]　合神纳宾：祭享神灵，招待宾客。
[22]　赞：助。实：结果实。出伏：使蛰伏的虫、兽出动。

得之，可以宜气养德，道情和志[1]。何至黔然衰然，为腐材置物耶[2]？

　　"吾观天下之不罪材者寡矣。如常以求固执[3]，缚柱以求张弛[4]，自混而欲别物[5]，自褊而欲求多[6]，直木轮[7]，屈木辐[8]，巨木节[9]，细木楣[10]，几何不为材之病也？是故君子慎焉，操之以劲，动之以时，明之以序，藏之以虚。劲则能弗挠也[11]，时则能应变也，序则能辨方也[12]，虚则能受益也。劲者信也，时者知也[13]，序者义也，虚者谦也。信以居之，知以行之，义以制之，谦以保之。朴其中，文其外，见则用世，不见则用身[14]。故曰虽愚必明，虽柔必强，材何罪焉？"

　　仲鹍怃然离席曰："信取于弦乎？知取于轸乎？义取于徽乎？谦取于越乎？一物而众理备焉。予不敏，愿改弦更张[15]，敬服斯说。"

---

[1]　道：通"导"。
[2]　置物：被闲置的器物。
[3]　如常以求固执：意谓对一个平常的材料，却偏偏要求它是最好的。语出《礼记·中庸》，"择善而固执之者也"。
[4]　缚柱：把柱（琴轸）固定死。
[5]　别物：识别品物。
[6]　褊：狭小。
[7]　直木轮：以直木为轮。
[8]　屈木辐：以屈木为车辐。
[9]　节：柱头上承接房梁的木块。
[10]　楣：栋梁。
[11]　弗挠：不为阻挠。
[12]　辨方：辨明方向。
[13]　知：同"智"。
[14]　用身：指独善其身。
[15]　"更张"句：以调整弓弦喻人的改变看法。

说明

　　文章整体上采用类比方法，借说琴而阐发如何发现人才，使用人才的道理，所谓"一物而众理备焉"。形式上借用赋体的主客问答手法，以客之言引导，以主之言说理，有正有反，前后照应，使文章融为一个有机的整体。

归有光

归有光（1506—1571），字熙甫，号震川，昆山（今属江苏）人。嘉靖十九年（1540）举人，后八次会试进士，均落选。迁居嘉定（今属上海）的安亭江上，聚徒讲学二十余年。嘉靖四十四年（1565），年六十岁始中进士，授浙江长兴县令。官至南京太仆寺丞。与唐顺之、茅坤等人一起倡导唐宋散文，反对前后七子"文必秦汉，诗必盛唐"的复古主张。有《震川先生集》。

项脊轩志

项脊轩[1]，旧南阁子也。室仅方丈，可容一人居。百年老屋，尘泥渗漉[2]，雨泽下注，每移案，顾视无可置者。又北向，不能得日，日过午已昏。余稍为修葺[3]，使不上漏。前辟四窗，垣墙周庭[4]，以当南日。日影反照，室始洞然。又杂植兰、桂、竹、木于庭，旧时栏楯[5]，亦遂增胜。积书满架，偃仰啸歌，冥然兀坐[6]，万籁有声[7]。而庭阶寂寂，小鸟时来啄食，人至不去。三五之夜，明月半墙，桂影斑驳[8]，风移影动，珊珊可爱[9]。

然余居于此，多可喜，亦多可悲。先是，庭中通南北为一。迨诸父

---

[1]　项脊轩：归有光书斋名。因作者远祖归道隆曾居于江苏太仓项脊泾，有纪念的意思。
[2]　渗漉（lù）：水慢慢地渗透漏下。
[3]　修葺（qì）：修补。
[4]　垣（yuán）墙周庭：在庭院四周筑起围墙。
[5]　栏楯（shǔn）：栏杆。直的称栏，横的称楯。
[6]　兀坐：端坐。
[7]　万籁：自然界的一切声响。
[8]　斑驳：杂乱貌。
[9]　珊珊：轻盈、舒缓的样子。

异爨 [1]，内外多置小门墙，往往而是。东犬西吠，客逾庖而宴 [2]，鸡栖于厅。庭中始为篱，已为墙，凡再变矣。家有老妪，尝居于此。妪，先大母婢也 [3]，乳二世 [4]。先妣抚之甚厚。室西连于中闺 [5]，先妣尝一至。妪每谓余曰："某所，而母立于兹。"妪又曰："汝姊在吾怀，呱呱而泣。娘以指扣门扉曰：'儿寒乎？欲食乎？'吾从板外相为应答。"语未毕，余泣，妪亦泣。余自束发读书轩中，一日，大母过余曰："吾儿，久不见若影，何竟日默默在此，大类女郎也？"比去，以手阖门，自语曰："吾家读书久不效，儿之成，则可待乎？"顷之，持一象笏至 [6]，曰："此吾祖太常公宣德间执此以朝 [7]，他日，汝当用之。"瞻顾遗迹，如在昨日，令人长号不自禁。轩东故尝为厨，人往，从轩前过。余扃牖而居 [8]，久之，能以足音辨人。轩凡四遭火，得不焚，殆有神护者 [9]。

项脊生曰："蜀清守丹穴，利甲天下，其后秦皇帝筑女怀清台 [10]。刘玄德与曹操争天下，诸葛孔明起陇中 [11]。方二人之昧昧于一隅也 [12]，世何足以知之？余区区处败屋中，方扬眉瞬目 [13]，谓有奇景。人知之者，其谓与坎

---

[1] 诸父：伯父、叔父。异爨（cuàn）：各起炉灶，意即分家。
[2] 庖：厨房。
[3] 先大母：已经去世的祖母。
[4] 乳二世：哺养二代人。指作者父亲和作者本人。
[5] 中闺：妇女居住的内室。
[6] 象笏（hù）：古代大臣上朝时手里拿着的手版，用象牙、玉等制成。
[7] 太常公：指夏昶。作者祖母的祖父，曾任太常寺卿。宣德，明宣宗年号（1426—1435）。
[8] 扃（jiǒng）：关。牖（yǒu）：窗户。
[9] 殆：大概。
[10] "蜀清"三句：据《史记·货殖列传》：四川有女曰清，其夫发现产朱砂的矿穴，开采后获巨利。夫死后，清谨守夫业，别人不敢侵犯。秦始皇为她筑"女怀清台"，以示表扬。
[11] 诸葛孔明：即诸葛亮。陇中：即隆中，山名，在今湖北省襄阳县西。诸葛亮辅助刘备前隐居于此。
[12] 昧昧：暗弱不明的样子，此指名望不大。
[13] 扬眉瞬目：形容得意、高兴的样子。瞬目，眨眼。

井之蛙何异¹?"

余既为此志，后五年，吾妻来归²。时至轩中，从余问古事，或凭几学书。吾妻归宁³，述诸小妹语曰："闻姊家有阁子，且何谓阁子也?"其后六年，吾妻死，室坏不修，其后二年，余久卧病无聊，乃使人复葺南阁子，其制稍异于前⁴。然自后余多在外，不常居。

庭有枇杷树，吾妻死之年所手植也，今已亭亭如盖矣⁵。

说明

全文围绕项脊轩的兴废变迁，回忆了一家三代妇女的几件往事，表达出作者对祖母、母亲及妻子的深切怀念之情。文章所记，全是日常琐事，且时间跨度较大，粗看似随手写来，散漫无章，但细加体味，每一件都与项脊轩有关，紧紧围绕项脊轩这一空间中心与怀念亲人这一情感中心。文章形散神凝，结构极为精致。全文语言平淡，情感浓挚，所谓"无意于感人，而欢愉惨恻之思，溢于言表"。（王锡爵《归公墓志铭》）

集评

梅曾亮曰："借一阁以记三世之遗迹。'大宛之迹，见自张骞'（《史记·大

---

[1] 坎井之蛙：浅井里的青蛙，常喻目光短浅，见识有限的人。语出《庄子·秋水》。
[2] 归：出嫁。
[3] 归宁：回娘家。
[4] 制：格局。
[5] 盖：伞。

宛列传》语），此神明其法者也。"

又曰："此种文字，直接《史记》，韩欧不能掩之。"

——王文濡《评校音注古文辞类纂》

林纾曰："文语家常琐事，最不能工，唯读《史记》、《汉书》，用其缠绵精切语，行之以己意，则神味始见。欧公之《泷冈阡表》，即学班、马而能化者。震川此文，亦得《汉书》之力，改其面目，不期而类欧。欧之长在感叹往事，能写其真。震川之述老妪语，至琐细，至无关紧要，然自少失母之儿读之，匪不流涕矣。由其情景逼真，人人以为决有此状。

震川既丧母，而又悼亡，无可寄托，寄之于一小轩。先叙其母，悲极矣。再写枇杷之树，念其妻之所手植，又适在此轩之庭，睹物怀人，能毋恫耶！

凡文人之有性情者，以文学感人，真有不能不动者。此文与其《先妣事略》同一机轴，而又不相复沓，所以为佳。"

——林纾《古文辞类纂》

先妣事略

　　先妣周孺人[1]，弘治元年二月十一日生[2]。年十六来归[3]。逾年生女淑静。淑静者，大姊也。期而生有光[4]；又期而生女、子，殇一人[5]；期而不育者一人[6]；又逾年，生有尚，妊十二月；逾年，生淑顺；一岁，又生有功。有功之生也，孺人比乳他子加健[7]，然数颦蹙顾诸婢曰[8]："吾为多子苦。"老妪以杯水盛二螺进，曰："饮此，后妊不数矣[9]。"孺人举之尽，喑不能言[10]。正德八年五月二十三日[11]，孺人卒。诸儿见家人泣，则随之泣，然犹以为母寝也。伤哉！于是家人延画工画[12]，出二子，命之曰："鼻以上画有光，鼻以下画大姊。"以二子肖母也。

　　孺人讳桂。外曾祖讳明，外祖讳行，太学生。母何氏。世居吴家桥，去县城东南三十里，由千墩浦而南，直桥并小港以东[13]，居人环聚，尽周

----

[1]　先妣（bǐ）：已死的母亲。孺人：明七品以下官员的妻或母的封号。

[2]　弘治元年：公元1488年。弘治：明孝宗朱祐樘的年号（1488—1505）。

[3]　归：出嫁。

[4]　期（jī）：一周年。

[5]　殇：未成年而死。

[6]　不育：没养活。

[7]　加健：更加健康。

[8]　数颦蹙：屡次皱眉头。

[9]　妊不数矣：意谓不常怀孕了。

[10]　喑（yīn）：哑。

[11]　正德八年：公元1513年。正德：明武宗朱厚照的年号（1506—1521）。

[12]　延：请。

[13]　并：沿着。

氏也。外祖与其三兄皆以赀雄[1]，敦尚简实[2]，与人姁姁说村中语[3]，见子弟甥侄无不爱。孺人之吴家桥，则治木绵；入城则缉纑[4]。灯火荧荧，每至夜分。外祖不二日使人问遗[5]。孺人不忧米盐，乃劳苦若不谋夕。冬月炉火炭屑，使婢子为团[6]，累累暴阶下[7]。室靡弃物，家无闲人。儿女大者攀衣，小者乳抱，手中纫缀不辍[8]，户内洒然[9]。遇僮奴有恩[10]，虽至箠楚[11]，皆不忍有后言。吴家桥岁致鱼蟹饼饵，率人人得食。家中人闻吴家桥人至，皆喜。

有光七岁，与从兄有嘉入学。每阴风细雨，从兄辄留。有光意恋恋，不得留也。孺人中夜觉寝，促有光暗诵《孝经》，即熟读，无一字龃龉[12]，乃喜。孺人卒，母何孺人亦卒。周氏家有羊狗之痾[13]，舅母卒，四姨归顾氏，又卒，死三十人而定，惟外祖与二舅存。

孺人死十一年，大姊归王三接，孺人所许聘者也。十二年，有光补学官弟子[14]，十六年而有妇，孺人所聘者也。期而抱女，抚爱之，益念孺人。中夜与其妇泣，追惟一二[15]，仿佛如昨，余则茫然矣。世乃有无母之人？天乎！痛哉！

---

[1] 以赀雄：因财力雄厚而在当地闻名。赀：同"资"。
[2] 敦尚简实：注重简朴实际。
[3] 姁姁：和好貌。
[4] 缉纑（lú）：搓麻成线，以备织布。
[5] 问遗（wèi）：慰问并送东西。
[6] 为团：指做成炭球。
[7] 暴：同"曝"。
[8] 纫缀：缝。
[9] 洒然：整洁的样子。
[10] 遇：对待。
[11] 箠楚：杖打。
[12] 龃龉（jǔ yǔ）：上下牙齿不对合，此指不顺口。
[13] 羊狗之痾：一种传染病。
[14] 补学官弟子：指考中秀才。
[15] 追惟：追念。

　　　　　　　　　　　　　　　　　　　　元明清诗文

说明

这是一篇传状体散文，着重记叙了母亲周孺人婚后养儿育女、操持家务，以至二十六岁即劳苦至死的种种往事，语言平淡、感情深挚，表达了作者对母亲的深切怀念之情。文章言简意丰，描写真切，如写母丧一段，寥寥数语，即将母死时儿女尚不谙世事的情状描画出来，读来令人心酸。黄宗羲曾说："余读归震川文之为女妇者，一往情深，每以一二细事见之，使人欲涕。盖古今事无巨细，唯此可歌可泣之精神，长留天壤。"(《张节母叶孺人墓志铭》)此文正属此类。

集评

姚鼐曰："此篇文便直接韩欧，以形貌不似，而相同在骨法也。"

——徐又铮《诸家评点古文辞类纂》引

林纾曰："叙母之持家礼下，及琐琐屑屑之事，闭目思之，情景如绘。……处处思传其母，而年稚失母，无遗事足录，但言姊之嫁夫，母所许聘，己之娶妇，母之所聘，终身大事，均母主张。至娶妇之后，述怀示妇，为去后之思量，余波犹带凄咽之声。文之善于言情，可云精挚而独步。"

——林纾《古文辞类纂》

王文濡曰："纯是至情至性语，无一饰笔。予亦无母之人，读之那得不潸潸泪下。"

——王文濡《宋元明文评注读本》

唐顺之

　　唐顺之（1507—1560），字应德，一字义修，人称荆川先生，武进（今属江苏）人。嘉靖八年（1529）进士，官翰林院编修，旋罢归。三十三年（1554），曾督领兵船在崇明抵御倭寇，以功升右金都御史，代凤阳巡抚。推崇欧阳修、曾巩等唐宋散文，与王慎中同为"唐宋派"领袖。有《荆川先生文集》。

任光禄竹溪记[1]

　　余尝游于京师侯家富人之园[2]，见其所蓄[3]，自绝徼海外奇花石无所不致[4]，而所不能致者惟竹。吾江南人斩竹而薪之[5]，其为园，亦必购求海外奇花石，或千钱买一石，百钱买一花，不自惜。然有竹据其间[6]，或芟而去焉[7]，曰："毋以是占我花石地！"而京师人苟可致一竹[8]，辄不惜数千钱[9]。然才遇霜雪，又槁以死。以其难致而又多槁死，则人益贵之。而江南人甚或笑之曰："京师人乃宝吾之所薪！"

　　呜呼！奇花石诚为京师与江南人所贵。然穷其所生之地，则绝徼海外之人视之，吾意其亦无以甚异于竹之在江以南。而绝徼海外，或素不

---

[1]　光禄：官名，指光禄寺卿或少卿。
[2]　京师：京城。侯家：达官贵人之家。
[3]　蓄：收养。
[4]　绝徼（jiào）：非常遥远的边塞。
[5]　薪：用作动词，当柴烧。
[6]　据：占据。
[7]　芟（shān）：割除。
[8]　苟：如果。
[9]　辄：总是。

产竹之地，然使其人一旦见竹，吾意其必又有甚于京师人之宝之者。是将不胜笑也。语云："人去乡则益贱，物去乡则益贵。"以此言之，世之好丑，亦何常之有乎？

余舅光禄任君治园于荆溪之上[1]，遍植以竹，不植他木。竹间作一小楼，暇则与客吟啸其中。而间谓余曰[2]："吾不能与有力者争池亭花石之胜，独此取诸土之所有，可以不劳力而蓊然满园[3]，亦足适也，因自谓'竹溪主人'。甥其为我记之。"

余以谓君岂真不能与有力者争，而漫然取诸其土之所有者[4]，无乃独有所深好于竹[5]，而不欲以告人欤？昔人论竹，以为绝无声色臭味可好[6]，故其巧怪不如石，其妖艳绰约不如花，孑孑然有似乎偃蹇孤特之士[7]，不可以谐于俗。是以自古以来，知好竹者绝少。且彼京师人亦岂能知而贵之，不过欲以此斗富，与奇花石等耳。故京师人之贵竹，与江南人之不贵竹，其为不知竹一也。君生长于纷华[8]，而能不溺乎其中，裘马僮奴歌舞，凡诸富人所酣嗜[9]，一切斥去。尤挺挺不妄与人交[10]，凛然有偃蹇孤特之气，此其于竹必有自得焉。而举凡万物，可喜可玩，固有不能间也欤[11]！然则虽使竹非其土之所有，君犹将极其力以致之，而后快乎其心。君之力虽使能尽致奇花石，而其好固有不存也。

---

[1]　荆溪：水名，在江苏宜兴附近。
[2]　间：间或。
[3]　蓊（wěng）：草木茂盛的样子。
[4]　漫然：随意的样子。
[5]　无乃：恐怕。
[6]　臭（xiù）：气味。
[7]　孑孑然：孤独貌。偃蹇孤独：高傲而特立不群。
[8]　纷华：繁华。
[9]　酣嗜：深切爱好。
[10]　挺挺：正直貌。
[11]　间：间隔。

嗟乎！竹固可以不出江南而取贵也哉？吾重有所感矣[1]！

说明

文章虽为园写记，但重点却落在议，表达作者对其舅任君偃蹇孤特，不谐于俗品性的赞扬及自己对这种品格的倾慕。文章可分两部分，第一部分通过比较京师、江南及边远之地三类人对竹子的不同看法，得出"世之好丑，亦何常之有乎"的结论。第二部分发表作者议论，认为任君身处江南而对江南之竹情有独钟，是他不俗志趣的具体表现，他是真正爱竹的。从全文结构看，上一部分是下一部分的必要铺垫，是为突出文章中心旨意服务的。文章由浅入深，层层叙来，意蕴丰厚。

---

[1] 重：特别。

宗　臣

宗臣（1525—1560），字子相，号方城山人，兴化（今属江苏）人。嘉靖二十九年（1550）进士，任刑部主事、吏部员外郎等职。性耿介，因作文祭杨继盛而得罪权奸严嵩，贬为福建布政使司左参议。后以抗御倭寇有功，迁提学副使，卒于任上，年仅三十六岁。与李攀龙、王世贞、谢榛、梁有誉、徐中行、吴国伦齐名，合称为"后七子"。散文成就在"后七子"中较为突出。有《宗子相集》。

报刘一丈书 [1]

数千里外，得长者时赐一书，以慰长想，即亦甚幸矣。何至更辱馈遗 [2]，则不才益将何以报焉？书中情意甚殷，即长者之不忘老父，知老父之念长者深也。

至以"上下相孚 [3]，才德称位 [4]"语不才 [5]，则不才有深感焉。夫才德不称，固自知之矣；至于不孚之病，则尤不才为甚。

且今世之所谓孚者何哉？日夕策马候权者之门，门者故不入 [6]，则甘言媚词作妇人状 [7]，袖金以私之 [8]。即门者持刺入 [9]，而主者又不即出见，立

---

[1]　刘一丈：即刘玠，字国珍，号墀石，为宗臣父宗周的老友。一：指刘玠排行第一。丈：对男性长者的尊称。

[2]　辱：谦词。馈遗（kuì wèi）：赠送礼物。

[3]　孚：信任、融洽。

[4]　称：相称。

[5]　不才：自谦的称呼。

[6]　故：故意。

[7]　甘言媚词：指说好话。

[8]　袖金以私之：将金钱藏在袖中偷偷送给看门人。

[9]　刺：名帖、名片。

厩中仆马之间，恶气袭衣裾，即饥寒毒热不可忍，不去也。抵暮，则前所受赠金者出，报客曰："相公倦，谢客矣。客请明日来。"即明日又不敢不来。夜披衣坐，闻鸡鸣，即起盥栉[1]，走马抵门。门者怒曰："为谁？"则曰："昨日之客来。"则又怒曰："何客之勤也！岂有相公此时出见客乎！"客心耻之，强忍而与言曰："亡奈何矣！姑容我入。"门者又得所赠金，则起而入之[2]，又立向所立厩中[3]。幸主者出，南面召见[4]，则惊走匐匐阶下[5]。主者曰："进"，则再拜，故迟不起，起则上所上寿金。主者故不受，则固请；主者故固不受，则又固请。然后命吏纳之。则又再拜，又故迟不起，起则五六揖始出。出，揖门者曰："官人幸顾我[6]，他日来，幸勿阻我也。"门者答揖。大喜，奔出。马上遇所交识[7]，即扬鞭语曰："适自相公家来，相公厚我，厚我！"且虚言状[8]。即所交识亦心畏相公厚之矣。相公又稍稍语人曰："某也贤，某也贤。"闻者亦心计交赞之[9]。此世所谓上下相孚也，长者谓仆能之乎？

前所谓权门者，自岁时伏腊一刺之外[10]，即经年不往也[11]。间道经其门[12]，则亦掩耳闭目，跃马疾走过之，若有所追逐者。斯则仆之褊衷[13]，以

---

[1]　盥栉（guàn zhì）：洗脸梳头。
[2]　入之：使之入。
[3]　向：从前，上次。
[4]　南面：面向南。古代以坐北向南为尊位。
[5]　匍匐（pú fú）：伏在地方。
[6]　幸：希望。
[7]　交识：熟识。
[8]　虚言状：虚假地描述当时情状。
[9]　心计交赞之：心里盘算着交口称赞。
[10]　岁时：一年四季。伏腊：夏伏、冬腊，古代两个重要祭日。一刺：持名片拜谒一次。
[11]　经年：整年。
[12]　间：偶尔。道经：路过。
[13]　褊衷：心胸狭隘。

此长不见悦于长吏¹，仆则愈益不顾也。每大言曰："人生有命，吾惟守分而已²！"长者闻之，得无厌其为迂乎³？

乡园多故⁴，不能不动客子之愁。至于长者之抱才而困，则又令我怆然有感⁵。天之与先生者甚厚，亡论长者不欲轻弃之⁶，即天意亦不欲长者之轻弃之也。幸宁心哉⁷！

说明

文章扣住"孚"字落笔，以漫画笔法尽情展示了权者、门者、阍者、干谒者四类人的无耻嘴脸，揭出"上下相孚"的实质所在。文章中的人物虽已经过夸张、变形的艺术处理，但文章中所揭示的情况却是封建社会长期存在的普遍现象，作者对此予以尖锐的揭露和抨击，表达自己强烈的憎恶之情。

集评

黄宗羲曰："描写逢迎之状态如画。"

——黄宗羲《明文授读》

---

[1] 不见悦于长吏：不被上司喜欢。
[2] 守分（fèn）：守本分。
[3] 得无：该不会。迂：迂腐。
[4] 多故：多变故。
[5] 怆然：悲伤的样子。
[6] 亡论：且不说。
[7] 幸宁心哉：希望能心静。

林云铭曰:"叙上下相孚处,未免涉于轻薄,然仕途中更有甚于此者,但不可对人言耳。昏暮乞哀,骄人白日,舍此别无可进身处。"

　　　　　　　　　　　　　　　　　　　　　——林云铭《古文析义》

　　吴楚材等曰:"是时严介溪揽权,俱是乞哀昏暮,骄人白日一辈人,摹写其丑形恶态,可为尽情。末说出自己之气骨,两两相较,薰莸不同,清浊异质。有关世教之文。"

　　　　　　　　　　　　　　　　　　　　　——吴楚材等《古文观止》

　　王文濡曰:"将伺候权门龌龊卑鄙之态,曲曲写出,闻之犹令人作三日恶,而个中人顾甘之如饴,殊不可解。"

　　　　　　　　　　　　　　　　　　　　——王文濡《宋元明文评注读本》

王世贞

蔺相如完璧归赵论[1]

蔺相如之完璧，人皆称之，予未敢以为信也。

夫秦以十五城之空名，诈赵而胁其璧，是时言取璧者，情也[2]，非欲以窥赵也[3]。赵得其情则弗予，不得其情则予；得其情而畏之则予，得其情而弗畏之则弗予。此两言决耳[4]，奈之何既畏而复挑其怒也？

且夫秦欲璧，赵弗予璧，两无所曲直也。入璧而秦弗予城，曲在秦；秦出城而璧归，曲在赵。欲使曲在秦，则莫如弃璧；畏弃璧，则莫如弗予。夫秦王既按图以予城，又设九宾[5]，斋而受璧[6]，其势不得不予城。璧入而城弗予，相如则前请曰："臣固知大王之弗予城也。夫璧非赵璧乎？而十五城秦宝也。今使大王以璧故，而亡其十五城，十五城之子弟，皆厚怨大王以弃我如草芥也[7]。大王弗予城，而绐赵璧[8]，以一璧故，而失信于天下。臣请就死于国，以明大王之失信！"秦王未必不返璧也。今奈何使舍人怀而逃之，而归直于秦！

是时，秦意未欲与赵绝耳。令秦王怒，而僇相如于市[9]，武安君十万

---

[1]　蔺相如完璧归赵：秦昭王致书赵惠文王，欲以秦十五城换赵和氏璧。蔺相如携璧往秦国，见秦并无割城之意，设计使璧完好归赵。事见《史记·廉颇蔺相如列传》。
[2]　情：此指秦的真实意图。
[3]　窥赵：图谋赵国的意思。
[4]　决：决定。
[5]　九宾：又称"九仪"，是当时外交上最隆重的礼节。
[6]　斋：戒斋。古人在祭祀或行重大典礼前沐浴素食，静室净虑，以示诚心恭敬。
[7]　草芥：喻微浅之物。芥：小草。
[8]　绐（dài）：欺骗。
[9]　僇（lù）：通"戮"。市：集市。

众压邯郸[1]，而责璧与信，一胜而相如族[2]，再胜而璧终入秦矣。

吾故曰：蔺相如之获全于璧也，天也[3]。若其劲渑池[4]，柔廉颇[5]，则愈出而愈妙于用；所以能完赵者，天固曲全之哉！

说明

长期以来，蔺相如完璧归赵的故事被人津津乐道，蔺相如的大智大勇也倾倒了几数后人，但王世贞这篇文章却翻新出奇，得出与前人截然不同的看法，他认为蔺相如在秦庭的决策是错误的，之所以能化险为夷，保全玉璧，纯是出于天意。文章立论虽不无商榷之处，但其不迷信，不拘泥的出新精神却值得敬佩。

集评

王文濡曰："层层指驳，辩才无碍，多读此种文，自足濬人灵思。"

——王文儒《宋元明文评注读本》

林云铭曰："论断题，其篇法段法句法，俱难得如此斩截爽朗，别无衬垫闲话，自是大家手笔。"

——林云铭《古文析义》

---

[1] 武安君：秦将白起，封武安君。邯郸：赵国国都，今属河北。
[2] 族：灭族。
[3] 天也：老天保佑。
[4] 劲渑（miǎn）池：指蔺相如在渑池会上态度强硬，免使赵国、赵王受辱一事。见《史记·廉颇蔺相如列传》。
[5] 柔廉颇：指蔺相如顾全大局，对赵将廉颇宽怀忍让一事。见《史记·廉颇蔺相如列传》。

吴楚材等曰："相如完璧归赵一节，至今凛凛有生气，固无待后人之訾议也。然怀璧归赵之后，相如得以无恙，赵国得以免祸者，直一时之侥幸耳。故中间特设出一段中正之论，以为千古人臣保国保身万全之策，勿得视为迂谈，而忽之也。"

——吴楚材等《古文观止》

袁宏道

虎　丘

　　虎丘去城可六七里[1]，其山无高岩邃壑，独以近城故，箫鼓楼船，无日无之。凡月之夜，花之晨，雪之夕，游人往来，纷错如织[2]。而中秋为尤胜。每至是日，倾城阖户[3]，连臂而至[4]，衣冠士女，下迨蔀屋[5]，莫不靓妆丽服[6]，重茵累席[7]，置酒交衢间[8]。从千人石上至山门，栉比如鳞[9]，檀板丘积[10]，樽罍云泻[11]，远而望之，如雁落平沙，霞铺江上，雷辊电霍[12]，无得而状。

　　布席之初[13]，唱者千百，声若聚蚊，不可辨识。分曹部署，竞以歌喉相斗，雅俗既陈，妍媸自别[14]。未几而摇头顿足者，得数十人而已。已而明月浮空，石光如练，一切瓦釜[15]，寂然停声，属而和者[16]，才三四辈。一

---

[1]　虎丘：山名，为苏州名胜之一。相传春秋时吴王阖闾葬在这里，三日后有虎踞于其上，故称。
[2]　纷错如织：形容游人的多，如穿梭织布一样往来不息。
[3]　阖户：合户，全家。
[4]　连臂：一个连一个。
[5]　下迨蔀（pōu）屋：下至贫民。蔀屋：光线不足的房屋，借指平民百姓。
[6]　靓（jìng）妆丽服：涂脂抹粉，华丽服饰。
[7]　重茵累席：形容众多的铺席褥垫。茵：褥子、垫子。
[8]　交衢：通衢，四通八达的大道。
[9]　栉比如鳞：形容游人之密如梳齿鱼鳞。栉：梳齿。
[10]　檀板丘积：檀木歌板堆积如丘。
[11]　樽罍（léi）：酒杯酒壶。
[12]　雷辊（gǔn）：雷鸣。电霍：电闪。
[13]　布席：排座位。
[14]　妍媸（yán chī）：美丑。
[15]　瓦釜：喻粗俗的歌声，相对于黄钟。《楚辞·卜居》：“黄钟毁弃，瓦釜雷鸣。”
[16]　属（zhǔ）：跟随。

箫，一寸管，一人缓板而歌，竹肉相发[1]，清声亮彻，听者魂销。比至夜深，月影横斜，荇藻凌乱[2]，则箫板亦不复用。一夫登场，四座屏息，音若细发，响彻云际，每度一字[3]，几尽一刻[4]，飞鸟为之徘徊，壮士听而下泪矣。

剑泉深不可测[5]，飞岩如削。千顷云得天池诸山作案[6]，峦壑竞秀，最可觞客[7]。但过午则日光射人，不堪久坐耳。文昌阁亦佳，晚树尤可观。面北为平远堂旧址，空旷无际，仅虞山一点在望[8]。堂废已久，余与江进之谋所以复之[9]，欲祠韦苏州、白乐天诸公于其中[10]，而病寻作[11]，余既乞归，恐进之兴亦阑矣。山川兴废，信有时哉！吏吴两载[12]，登虎丘者六。最后与江进之、方子公同登[13]，迟月生公石上[14]，歌者闻令来，皆避匿去。余因谓进之曰："甚矣，乌纱之横[15]，皂隶之俗哉[16]！他日去官，有不听曲此石上者如月[17]。"今余幸得解官，称"吴客"矣，虎丘之月，不知尚识余言

---

[1] 竹肉：竹制乐器声和人的歌声。
[2] 荇藻：水草。此喻月光下的树影。
[3] 度：唱。
[4] 一刻：古时一昼夜分百刻。每刻相当于现在的十四分钟多一点。
[5] 剑泉：又称剑池，在虎丘上，池水终年不涸。相传为秦王东游时用剑劈开而成。
[6] 千顷云：山名，在虎丘上。天池：山名，又名华山，在苏州阊门外三十里。
[7] 觞客：使客饮酒。觞：酒杯，此作动词用。
[8] 虞山：山名，在江苏常熟市西北。
[9] 江进之：江盈科，字进之，桃源（今属湖南）人，万历二十年（1592）进士。与作者友善，当时任长洲知县。
[10] 韦苏州：唐代诗人韦应物。白乐天：唐代诗人白居易。两人都曾任苏州刺史。
[11] 寻：不久。
[12] 吏吴：在吴县（今苏州）做官。
[13] 方子公：方文僎，字子公，新安（今安徽歙县）人。与作者友善。
[14] 迟月：等待月出。生公石：即生公讲坛，在千人石北面。
[15] 乌纱：古代官帽，此代指官员。横：横行。
[16] 皂隶：衙门差役。
[17] 如月：以月为证，即对月发誓。

否耶[1]？

说明

　　文章记叙了苏州中秋之夜"倾城士女出游虎丘，笙歌彻夜"的情景，着重描绘虎丘夜景和游人如织的盛况，宛如一幅吴地风俗画。文中斗歌一段尤为精彩，作者以演唱水平高下和演唱人数的多寡为界尺，层层写来，生动而真实地再现了当时的场面与气氛，使人如身临其境。文章无论写月景或写人物场景，着墨不多，但就只寥寥数笔，使情景毕现，历历在目，表现了很高的艺术技巧。

集评

　　陆云龙曰："沁人心境。虎丘之胜，已尽于笔端矣，观绘事不如读此之灵活。"

——陆云龙《翠娱阁袁宏道文选》

---

[1]　识（zhì）：记得。

钟　惺

浣花溪记

出成都南门，左为万里桥¹。西折，纤秀长曲²，所见如连环、如玦³、如带、如规、如钩，色如鉴⁴、如琅玕⁵、如绿沉瓜⁶，窈然深碧⁷、潆回城下者，皆浣花溪委也。然必至草堂，而后浣花有专名，则以少陵浣花居在焉耳⁸。

行三、四里为青羊宫⁹，溪时远时近。竹柏苍然、隔岸阴森者尽溪，平望如荠，水木清华，神肤洞达¹⁰。自宫以西，流汇而桥者三，相距各不半里。舁夫云通灌县¹¹，或所云"江从灌口来"是也。

人家住溪左，则溪蔽不时见，稍断则复见溪，如是者数处，缚柴编竹，颇有次第。桥尽，一亭树道左，署曰"缘江路"。过此则武侯祠¹²，祠前跨溪为板桥一，覆以水槛，乃睹"浣花溪"题榜。过桥，一小洲横斜插水间如梭，溪周之，非桥不通，置亭其上，题曰"百花潭

---

[1]　万里桥：在四川成都南面锦江上。
[2]　纤秀长曲：形容溪水细长蜿曲。
[3]　玦：有缺口的环形玉佩。
[4]　鉴：镜子。
[5]　琅玕（láng gān）：一种似玉的美石，后常指青玉。
[6]　绿沉瓜：一种深绿色的瓜。
[7]　窈然：幽深的样子。
[8]　少陵：杜甫。
[9]　青羊宫：成都著名的道观。传说老子出函谷关时对关尹说：千日后寻吾于成都青羊肆，即指此地。
[10]　神肤洞达：从心神到肌肤都感爽达。
[11]　舁（yú）夫：轿夫。
[12]　武侯祠：诸葛亮祠。诸葛亮生前封武乡侯。

水"。由此亭还，度桥过梵安寺[1]，始为杜工部祠[2]。像颇清古，不必求肖[3]，想当尔尔[4]。石刻像一，附以本传，何仁仲别驾署华阳时所为也[5]。碑皆不堪读。

钟子曰："杜老二居，浣花清远，东屯险奥[6]，各不相袭。严公不死[7]，浣溪可老，患难之于朋友大矣哉！然天遣此翁增夔门一段奇耳[8]。穷愁奔走，犹能择胜，胸中暇整[9]，可以应世，如孔子微服主司城贞子时也[10]。"

时万历辛亥十月十七日[11]。出城欲雨，顷之，霁[12]。使客游者，多由监司郡邑招饮[13]，冠盖稠浊[14]，磬折喧溢[15]，迫暮趣归[16]。是日清晨，偶然独往。楚人钟惺记。

---

[1]　梵安寺：又称草堂寺、浣花寺，与杜甫草堂相连。
[2]　杜工部祠：即杜甫草堂。
[3]　不必求肖：不必十分相像。
[4]　尔尔：如此。
[5]　别驾：通判的别称，即州府副长官。华阳：地名，今四川成都。
[6]　东屯：在夔州（今四川奉节县）东，因汉末公孙述在此屯田，故名。杜甫曾居于此。
[7]　严公：指严武。严曾任剑南节度使和成都尹，与杜甫关系较好。
[8]　夔门一段奇：指杜甫夔州的一段经历。
[9]　暇整：严整而从容的样子。
[10]　"如孔子"句：鲁哀公三年（前492）孔子正游宋国，宋国司马要加害于他，便逃亡到陈，住在司城贞子家中。事见《史记·孔子世家》。
[11]　万历辛亥：万历三十九年（1611）。
[12]　霁：雨后初晴。
[13]　监司：指按察使，有监察州县属吏之职，故称。郡邑：州县长官。
[14]　冠盖：帽冠车盖，代指官吏。稠浊：繁乱。
[15]　磬折：弯腰如磬。磬：一种曲尺形的打击乐器。
[16]　趣：同"促"，赶快。

说明

　　浣花溪原是成都郊外的一条溪流，因杜甫曾在溪旁居住，并筑有草堂，以后便成了人们流连观赏的胜地。钟惺这篇文章以清新、细腻的笔法描绘了浣花溪、杜甫草堂的优美景色，并对杜甫虽"穷愁奔走，犹能择胜"的襟怀与情趣深表赞赏。文章以空间为序，沿溪流一路写去，又始终洋溢着对杜甫的怀念、敬钦之情；描写生动，比喻新奇，读来别有情趣。

张　岱

张岱（1597—1679），字宗子，又字石公，号陶庵。山阴（今浙江绍兴）人。侨寓杭州。出于世族之家，未入仕。明亡后，隐居剡溪附近的山村著书。作品中多忆昔日生活，寓有故国之思。有《石匮书》、《琅嬛文集》、《陶庵梦忆》、《西湖梦寻》等。

柳敬亭说书 [1]

南京柳麻子，黧黑 [2]，满面疤瘰，悠悠忽忽 [3]，土木形骸 [4]。善说书。一日说书一回，定价一两。十日前先送书帕下定 [5]，常不得空。南京一时有两行情人，王月生、柳麻子是也 [6]。

余听其说"景阳冈武松打虎"，白文与本传大异 [7]。其描写刻画，微入毫发，然又找截干净 [8]，并不唠叨嘚夬 [9]。声如巨钟。说至筋节处，叱咤叫喊，汹汹崩屋。武松到店沽酒：店内无人，蓦地一吼，店中空缸空甓，皆瓮瓮有声。闲中著色 [10]，细微至此。

---

[1]　柳敬亭：明末著名说书艺人。本姓曹，名遇春，号敬亭。人称柳麻子。
[2]　黧（lí）黑：面色黄黑。
[3]　悠悠忽忽：随随便便。
[4]　土木形骸：将自己的形体视作土木。意即不肯修饰。
[5]　书帕：包着聘书和礼金的帕子。下定：下定金。
[6]　王月生：当时著名的歌妓。
[7]　白文：当时说书分大书和小书两种，大书有说无唱，小书说兼唱。柳敬亭说的是大书，故称白文。
[8]　找：对不足的地方加以夸张。截：对松散冗长的地方加以删除。
[9]　嘚夬（bó guài）：意思不透发。
[10]　闲中著色：在一般人不注意处加以渲染。

主人必屏息静坐，倾耳听之，彼方掉舌[1]，稍见下人咕哔耳语[2]，听者欠伸有倦色[3]，辄不言，故不得强。每至丙夜[4]，拭桌剪灯，素瓷静递[5]，款款言之，其疾徐轻重，吞吐抑扬，入情入理，入筋入骨，摘世上说书之耳[6]，而使之谛听，不怕其醋舌死也[7]。

柳麻子貌奇丑，然其口角波俏[8]，眼目流利，衣服恬静，直与王月生同其婉娈[9]，故其行情正等。

说明

文章通过对柳敬亭说书声情语态及人物动作的逼真描写，生动传神地表现了他高超绝伦的说书艺术，使读者如见其人，如闻其声。除正面描写外，文章还通过与秦淮名妓王月生的相提并论及提前十天下定金等的描写做侧面烘托，正反结合，相互映衬，使柳敬亭的人物形象更为生动，而他高超的说书艺术也给人留下更为深刻的印象。

---

[1]　掉舌：动舌，表示开始说书。
[2]　咕哔（chè bì）：低声说话。
[3]　欠伸：打哈欠，伸懒腰。
[4]　丙夜：半夜时分。
[5]　素瓷：洁白的瓷杯。
[6]　说书：指说书人。
[7]　醋（zé）舌：咬舌。
[8]　口角波俏：指口齿伶俐。
[9]　婉娈（luán）：美好。

西湖七月半

西湖七月半，一无可看，止可看看七月半之人。看七月半之人，以五类看之。其一，楼船箫鼓，峨冠盛筵[1]，灯火优傒[2]，声光相乱，名为看月而实不见月者，看之；其一，亦船亦楼，名娃闺秀，携及童娈[3]，笑啼杂之，环坐露台，左右盼望，身在月下而实不看月者，看之；其一，亦船亦声歌，名妓闲僧，浅斟低唱，弱管轻丝，竹肉相发[4]，亦在月下，亦看月而欲人看其看月者，看之；其一，不舟不车，不衫不帻[5]，酒醉饭饱，呼群三五，跻入人丛[6]，昭庆、断桥[7]，嚣呼嘈杂，装假醉，唱无腔曲[8]，月亦看，看月者亦看，不看月者亦看，而实无一看者，看之；其一，小船轻幌[9]，净几暖炉，茶铛旋煮[10]，素瓷静递，好友佳人，邀月同坐，或匿影树下，或逃嚣里湖，看月而人不见其看月之态，亦不作意看月者，看之。

杭人游湖，巳出酉归[11]，避月如仇。是夕好名，逐队争出，多犒门军酒钱[12]，轿夫擎燎[13]，列俟岸上。一入舟，速舟子急放断桥，赶入胜会。以

_____

[1]　峨冠：高大的帽子。
[2]　优傒（xī）：歌妓与奴仆。傒：同"奚"，奴仆。
[3]　童娈（luán）：即娈童，美貌的家僮。
[4]　竹肉：箫笛等竹制乐器所发乐声与歌声。
[5]　帻（zé）：头巾。此作动词用。
[6]　跻（jī）：挤。
[7]　昭庆：寺名。断桥：桥名。它们均在西湖边。
[8]　无腔曲：不成腔的曲调。
[9]　轻幌：薄薄的帏幔。
[10]　茶铛（chēng）：一种三足的煮茶小锅。
[11]　巳：巳时，上午九时到十一时。酉：下午五时到七时。
[12]　犒（kào）：以酒食或他物慰劳。门军：看守城门的士卒。
[13]　擎燎：举着火把。

　　　　　　　　　　　　　　　　　　　　元明清诗文

故二鼓以前[1]，人声鼓吹[2]，如沸如撼，如魇如呓，如聋如哑，大船小船，一齐凑岸，一无所见，止见篙击篙，舟触舟，肩摩肩，面看面而已。少刻兴尽，官府席散，皂隶喝道去[3]。轿夫叫，船上人怖以关门[4]，灯笼火把如列星，一一簇拥而去。岸上人亦逐队赶门，渐稀渐薄，顷刻散尽矣。

吾辈始舣舟近岸[5]。断桥石磴始凉[6]，席其上，呼客纵饮。此时月如镜新磨，山复整妆，湖复颒面[7]。向之浅斟低唱者出[8]，匿影树下者亦出。吾辈往通声气，拉与同坐。韵友来[9]，名妓至，杯箸安，竹肉发。月色苍凉，东方将白，客方散去。吾辈纵舟酣睡于十里荷花之中，香气拘人，清梦甚惬。

说明

文章以生动的文字描写了明末杭州七月半时，市民倾城游西湖的盛况，再现了当时的民风习俗和人情世态。文章着重刻画了五类人游湖时的看月情态，并通过真假看月者的对比，表达了对达官贵人、杂凑热闹的市井百姓的嘲讽和对文人雅士清高脱俗生活情趣的赞赏。文章描写场景生动，刻画人物情态传神，文字简洁，风格清新，是不可多得的美文。

---

[1]　二鼓：二更。
[2]　鼓吹：指各种乐器的合奏。
[3]　皂隶：衙门差役。喝道：吆喝开道。
[4]　关门：关城门。
[5]　舣舟：船拢岸。
[6]　磴：石头台阶。
[7]　颒（huì）面：洗面。
[8]　向：刚才。
[9]　韵友：风雅的朋友。

张　溥

张溥（1602—1641），字乾度，后改字天如，号西铭，太仓（今属江苏）人。崇祯四年（1631）进士，授庶吉士。与同邑张采齐名，时称"娄东二张"。同情东林党人，并与张采一起，联络各地文社，发起成立"复社"，主张改良政治，兴复古学。有《七录斋诗文合集》，辑有《汉魏六朝百三名家集》等。

五人墓碑记

五人者，盖当蓼洲周公之被逮[1]，激于义而死焉者也。至于今，郡之贤士大夫请于当道[2]，即除魏阉废祠之址以葬之[3]，且立石于其墓之门，以旌其所为[4]。呜呼，亦盛矣哉！

夫五人之死，去今之墓而葬焉，其为时止十有一月耳。夫十有一月之中，凡富贵之子，慷慨得志之徒[5]，其疾病而死，死而湮没不足道者[6]，亦已众矣，况草野之无闻者欤[7]？独五人之皦皦[8]，何也？

予犹记周公之被逮，在丁卯三月之望[9]。吾社之行为士先者为之声

---

[1]　蓼洲周公：周顺昌，字景文，号蓼洲，吴县（今属江苏）人。曾任文选员外郎。后因斥责魏忠贤而被诬下狱，受酷刑而死。
[2]　当道：当权者。
[3]　魏阉：指魏忠贤。废祠：指已废除的苏州魏忠贤生祠。
[4]　旌（jīng）：表彰。
[5]　慷慨得志之徒：此指飞黄腾达者。
[6]　湮没：埋没。
[7]　草野：指民间。
[8]　皦皦（jiǎo jiǎo）：同"皎皎"，光明貌。
[9]　丁卯：明熹宗天启七年（1627）。望：农历十五日。

义 [1]，敛赀财以送其行 [2]，哭声震动天地。缇骑按剑而前 [3]，问："谁为哀者？"众不能堪，抶而仆之 [4]。是时以大中丞抚吴者为魏之私人 [5]，周公之逮所由使也。吴之民方痛心焉，于是乘其厉声以呵 [6]，则噪而相逐。中丞匿于溷藩以免 [7]。既而以吴民之乱请于朝，按诛五人 [8]，曰颜佩韦、杨念如、马杰、沈扬、周文元，即今之傫然在墓者也 [9]。

然五人之当刑也，意气扬扬，呼中丞之名而詈之 [10]，谈笑以死。断头置城上，颜色不少变。有贤士大夫发五十金，买五人之脰而函之 [11]，卒与尸合。故今之墓中，全乎为五人也。

嗟夫！大阉之乱，缙绅而不能易其志者 [12]，四海之大，有几人欤？而五人生于编伍之间 [13]，素不闻诗书之训，激昂大义，蹈死不顾，亦曷故哉？且矫诏纷出 [14]，钩党之捕遍于天下 [15]，卒以吾郡之发愤一击，不敢复有

---

[1]　吾社：指复社。行为士先者：德行可作读书人表率的。
[2]　赀：同"资"。
[3]　缇骑（tí jì）：穿红衣的骑卒，此专指捕人的差役。
[4]　抶（chì）：击。仆：跌倒。
[5]　大中丞抚吴者：指苏州巡抚毛一鹭。中丞，原指都察院的副都御史，明代巡抚一般都带副都御史衔，故称。私人：私党。
[6]　呵：喝斥。
[7]　溷（hùn）藩：厕所的篱笆内。
[8]　按诛：依法处斩。
[9]　傫（lěi）然：重叠相连的样子。
[10]　詈（lì）之：骂他。
[11]　脰（dòu）：脖颈，此代指人头。函：装在匣子里。
[12]　缙绅：指当官者。缙：通"搢"，搢笏，即将朝版插在腰带里。绅：垂绅，垂着帽带。两者均为官员服饰。
[13]　编伍：指平民。古代编制户口，以五家为一伍。
[14]　矫诏：伪托皇帝的诏令。
[15]　钩党：牵连为同党。

株治¹，大阉亦逡巡畏义²，非常之谋难于猝发³，待圣人之出而投缳道路⁴，不可谓非五人之力也。

由是观之，则今之高爵显位，一旦抵罪，或脱身以逃，不能容于远近，而又有剪发杜门⁵，佯狂不知所之者⁶，其辱人贱行⁷，视五人之死，轻重固何如哉！是以蓼洲周公忠义暴于朝廷⁸，赠谥美显⁹，荣于身后；而五人亦得以加其土封¹⁰，列其姓名于大堤之上。凡四方之士，无有不过而拜且泣者，斯固百世之遇也。不然，令五人者保其首领，以老于户牖之下¹¹，则尽其天年，人皆得以隶使之，安能屈豪杰之流，扼腕墓道，发其志士之悲哉！故予与同社诸君子，哀斯墓之徒有其石也，而为之记，亦以明死生之大，匹夫之有重于社稷也¹²。

贤士大夫者：冏卿因之吴公¹³，太史文起文公¹⁴，孟长姚公也¹⁵。

---

[1]　株治：株连治罪。

[2]　逡（qūn）巡：犹豫退缩。

[3]　非常之谋：指篡夺帝位的图谋。猝发：突然发动。

[4]　"待圣人"句：圣人指明思宗朱由检。思宗于天启七年（1627）八月即位，十一月开始打击阉党。次年元月贬魏忠贤到凤阳看守皇陵，旋召还，魏在途中畏罪自缢而死。投缳：自缢。

[5]　剪发：指削发为僧。杜门：闭门不出。

[6]　佯狂：装疯。

[7]　辱人贱行：低贱的人格与品行。

[8]　暴：显露。

[9]　赠谥：周顺昌死后，明思宗追赠"忠介"的谥号。美显：美好显赫。

[10]　加其土封：扩建坟墓。

[11]　户牖（yǒu）之下：指家里。户：门。牖：窗。

[12]　有重于社稷：对国家有重大作用。

[13]　冏（jiǒng）卿：太仆寺卿。因之吴公：吴默，字因之。

[14]　太史文起文公：文震孟，字文起，任翰林院编修。明代称翰林为太史。

[15]　孟长姚公：姚希孟字孟长，任翰林检讨。

说明

　　明末，宦官魏忠贤专权，朝政黑暗，社会矛盾日趋激烈。以江南士大夫为主体的东林党人多次上书弹劾魏忠贤，主张开放言路，改良政治，与魏党展开激烈的斗争。他们的斗争得到了江南地区市民阶层的支持。天启六年（1626），魏忠贤派爪牙到苏州逮捕周顺昌，激起民变，愤怒的群众冲入官衙，当场打死一名旗尉，巡抚毛一鹭躲进厕所方得以免。事后，颜佩韦等五人为保护市民，挺身投案，壮烈牺牲。文章即记叙了这一事件，表达作者对五位英雄的无比崇敬之情。文章采用夹叙夹议的手法，感情真切，爱憎分明；一气贯注，文酣墨畅。手法上多用对比，将五位英雄与富贵之子、慷慨得意之徒，死而湮没不足道者及高爵显位者加以对比，进一步肯定了英雄的义举，并由此得出"匹夫之有重于社稷也"的结论。

集评

　　林云铭曰："拿定激义而死一意，说得有赖于社稷，且有益于人心。何等关系！令一时附阉缙绅，无处生活。文中有原委，有曲折，有发挥，有收拾。华衮中带出斧钺，真妙篇也。"

——林云铭《古文析义》

　　吴楚材等曰："议论随叙事而入，感慨淋漓，激昂尽致。当与史公伯夷、屈原二传并垂不朽。"

——吴楚材等《古文观止》

　　李扶九曰："作者目击此事，故言之直切痛快，令人读之亦痛快也。《观止》评：夹叙夹议，感慨淋漓，激昂尽致，当与史公伯夷、屈原二传并传不朽。然笔亦似之。凡作文不著痛痒，又死抱题目，题外无余情，不足取也，故选此以开人心胸。"

又曰："自古奸雄擅国，必众树党援者以助其威福也，必铢锄正类者以遂其诡随也。魏之党毛，毛之逮周，此亦气数使然，势所必至，无足深骇者。若夫五人，生于编伍之间，素不娴诗书之训，一旦公义奋发，视死如饴，不啻以死国者死周，愤毛者愤魏，使后世观之，生气犹凛凛焉，斯亦奇矣。且其谈笑就义，在五人之心，即死而湮没无闻，委诸沟渎，令其与草木同腐，亦所不惜，初何尝计及死后有为之表章者耶？虽然，秦之哀三良也，则赋《黄鸟》，卫之伤二子也，则咏'乘舟'。恻隐之在人心，有随在不可磨灭者。审是，则五人得先生之文，庶几其名益彰与！"

——李扶九《古文笔法百篇》

王文濡曰："五人乃编氓耳，大义激发，视死如归，俛视毛一鹭辈，直狗彘之不若。文之淋漓尽致，字向纸上皆轩昂。"

——王文濡《宋元明文评注读本》

黄宗羲

原君[1]

有生之初[2]，人各自私也，人各自利也；天下有公利而莫或兴之[3]，有公害而莫或除之。有人者出，不以一己之利为利，而使天下受其利；不以一己之害为害，而使天下释其害。此其人之勤劳，必千万于天下之人。夫以千万倍之勤劳，而己又不享其利，必非天下之人情所欲居也[4]。故古之人君，量而不欲入者[5]，许由、务光是也[6]；入而又去之者，尧、舜是也；初不欲入而不得去者，禹是也。岂古之人有所异哉？好逸恶劳，亦犹夫人之情也。

后之为人君者不然。以为天下利害之权皆出于我，我以天下之利尽归于己，以天下之害尽归于人，亦无不可。使天下之人不敢自私，不敢自利，以我之大私为天下之大公。始而惭焉，久而安焉，视天下为莫大之产业，传之子孙，受享无穷，汉高帝所谓"某业所就，孰与仲多"者[7]，其逐利之情，不觉溢之于辞矣。此无他，古者以天下为主，君为客，凡君之所毕世而经营者[8]，为天下也。今也以君为主，天下为客，凡

---

[1] 原君：推究为君之道。
[2] 有生之初：人类社会开始产生的时候。
[3] 莫或兴之：没什么人去兴办它。
[4] 所欲居：所愿意做的。
[5] 量而不欲入：考虑了而不愿担任。
[6] 许由：尧时高洁之士。务光：商时高士。《庄子·让王》："尧以天下让许由，许由不受。"又云："汤又让瞀（务）光……（瞀光）乃负石自沉于庐水。"
[7] "汉高帝"句：《史记·高祖本纪》："高祖大朝诸侯、群臣，置酒未央前殿。高祖奉玉卮，起为太上皇寿，曰：'始，大人常以臣无赖，不能治业，不如仲力。今某业所就，孰与仲多？'"仲：老二。
[8] 毕世：一生。

天下之无地而得安宁者，为君也。是以其未得之也，屠毒天下之肝脑[1]，离散天下之子女，以博我一人之产业[2]，曾不惨然！曰："我固为子孙创业也。"其既得之也，敲剥天下之骨髓，离散天下之子女，以奉我一人之淫乐，视为当然，曰"此我产业之花息也[3]"。然则为天下之大害者，君而已矣。向使无君[4]，人各得自私也，人各得自利也。呜呼！岂设君之道固如是乎[5]？

古者天下之人爱戴其君，比之如父，拟之如天，诚不为过也。今也天下之人怨恶其君，视之如寇仇[6]，名之为独夫，固其所也[7]。而小儒规规焉以君臣之义无所逃于天地之间[8]，到桀、纣之暴，犹谓汤、武不当诛之，而妄传伯夷、叔齐无稽之事[9]，使兆人万姓崩溃之血肉[10]，曾不异夫腐鼠。岂天地之大，于兆人万姓之中，独私其一人一姓乎！是故武王，圣人也；孟子之言[11]，圣人之言也。后世之君，欲以如父如天之空名，禁人之窥伺者[12]，皆不便于其言[13]，至废孟子而不立[14]，非导源于小儒乎？

---

[1] 屠毒：屠杀、毒害。肝脑：此代指人。
[2] 博：取得。
[3] 花息：利息。
[4] 向使：当初假使。
[5] 岂设君之道固如是乎：意谓难道设立君主的道理本来就是这样的吗？
[6] 寇仇：仇敌。《孟子·离娄下》："君之视臣如土芥，则臣视君如寇仇。"
[7] 固其所：本来就是他们的必然结果。
[8] 小儒：目光短浅的儒生。规规焉：同"睍睍"然，拘泥死板的样子。
[9] "妄传"句：伯夷、叔齐是殷贵族孤竹君的两个儿子。《史记·伯夷列传》："西伯卒，武王载木主，号为文王，东伐纣，伯夷、叔齐叩马而谏曰：'父死不葬，爰及干戈，可谓孝乎？以臣弑君，可谓仁乎？'"无稽：没有根据。
[10] 兆人万姓：千千万万的百姓。兆：万亿为兆。
[11] 孟子之言：指《孟子·梁惠王》中的一段话："齐宣王问曰：'汤放桀、武王伐纣，有诸？'孟子对曰：'于传有之。'曰：'臣弑其君可乎？'曰：'贼仁者谓之贼，贼义者谓之残，残贼之人，谓之一夫。闻诛一夫纣矣，未闻弑君也。'"
[12] 窥伺：此指伺机夺取君位。
[13] 不便于其言：感到孟子的话对他们不利。
[14] "至废"句：据《明史·钱唐传》：明太祖见到《孟子》中"民为贵，君为轻"一章，下诏废除孟子在文庙中的牌位，又于洪武二十三、二十七年两次下诏修订《孟子》，将其中含有民主思想的章节予以删除。

虽然，使后之为君者，果能保此产业，传之无穷，亦无怪乎其私之也。既以产业视之，人之欲得产业，谁不如我？摄缄縢，固扃鐍[1]，一人之智力，不能胜天下欲得之者之众。远者数世，近者及身，其血肉之崩溃，在其子孙矣。昔人愿世世无生帝王家[2]，而毅宗之语公主，亦曰："若何为生我家[3]？"痛哉斯言！回思创业时，其欲得天下之心，有不废然摧沮者乎[4]！是故明乎为君之职分，则唐、虞之世[5]，人人能让，许由、务光，非绝尘也；不明乎为君之职分，则市井之间，人人可欲，许由、务光所以旷后世而不闻也。然君之职分难明，以俄顷淫乐[6]，不易无穷之悲[7]，虽愚者亦明之矣！

说明

文章题作"原君"，意在探究为君之道，阐明君主应有职分，并在此基础上对后世之君"视天下为莫大之产业，传之子孙"的家天下思想和"屠毒天下之肝脑，离散天下之子女，以博一人之产业"的行径作了大胆的揭露和激烈的抨击，在宣扬"君权神授"，帝王权威不容侵犯的封建社

---

[1]　摄缄縢（téng）：用绳扎紧。縢：绳。固扃鐍（jiōng jué）：用锁锁住。扃：关钮。鐍：锁钥。《庄子·胠箧》："将为胠箧探囊发匮之盗，而为守备，则必摄缄縢，固扃，此世俗之所谓知也。"

[2]　昔人：指南朝宋顺帝刘准。据《南史·王敬则传》：顺帝升明三年（479），萧道成迫顺帝下诏禅位，顺帝出宫前"泣而弹指，唯愿后身生生世世不复天王作因缘"。

[3]　"而毅宗"两句：毅宗，指明崇祯帝朱由检。南明朝谥崇祯为思宗，后改谥毅宗。据《明史·公主列传》：李自成军攻入北京后，崇祯帝以剑砍杀其女长平公主，说："汝奈何生我家。"

[4]　废然：颓丧貌。摧沮：气馁貌。

[5]　唐：尧的国号。虞：舜的国号。

[6]　俄顷：片刻。

[7]　易：换取。

会，这种观点无疑是极为大胆的，它反映了作者的民主思想和强烈的战斗精神。文章从追溯君主的源起入手，扣住天下与君主的关系，将古代之君与后代之君作了对比，引经据典，层层说理，使文章气势充沛，富有艺术感染力。

顾炎武

广宋遗民录序

子曰："有朋自远方来，不亦乐乎？"古之人学焉而有所得，未尝不求同志之人，而况当沧海横流[1]，风雨如晦之日乎[2]？于此之时，其随世以就功名者固不足道，而亦岂无一二少知自好之士，然且改行于中道[3]，而失身于暮年[4]，于是士之求其友也益难。而或一方不可得，则求之数千里之外；今人不可得，则慨想于千载以上之人。苟有一言一行之有合于吾者，从而追慕之，思为之传其姓氏而笔之书。呜呼！其心良亦苦矣！

吴江朱君明德[5]，与仆同郡人[6]，相去不过百余里而未尝一面。今朱君之年六十有二矣，而仆又过之五龄[7]，一在寒江荒草之滨，一在绝障重关之外[8]，而皆患乎无朋。朱君乃采辑旧闻，得程克勤所为《宋遗民录》而广之[9]，至四百余人，以书来问序于余，殆所谓一方不得其人，而求之数千里之外者也。其于宋之遗民，有一言一行或其姓氏之留于一二名人之集者，尽举而笔之书，所谓今人不可得，而慨想于千载以上之人者也。

---

[1] 沧海横流：喻世道混乱。

[2] 风雨如晦：语出《诗经·郑风·风雨》："风雨如晦，鸡鸣不已。"原指天色阴暗，此喻世道黑暗。

[3] 改行：改变平素行为准则。中道：半途。

[4] 失身：失节。

[5] 朱君明德：朱明德，字不远，明遗民，隐居烂溪旁。

[6] 同郡：同乡。顾炎武昆山人，朱明德吴江人，明清时均属苏州府。

[7] 过之五龄：比他大五岁。

[8] 绝障重关之外：边远之地。时作者居住在陕西华阴县友人王宏撰山斋。

[9] 程克勤：程敏政，字克勤，河间人，成化年间进士，官至礼部右侍郎。撰《宋遗民录》，记录南宋遗民王炎午、谢翱、唐珏等的事迹和遗文，并辑有后人悼念他们的诗文。

余既鲜闻[1]，且耄矣[2]，不能为之订正，然而窃有疑焉。

自生民以来，所尊莫如孔子，而《论语》、《礼记》皆出于孔氏之传，然而互乡之童子，不保其往也[3]；伯高之赴，所知而已[4]；孟懿子、叶公之徒，问答而已[5]；食于少施氏而饱，取其一节而已[6]。今诸系姓氏于一二名人之集者，岂无一日之交而不终其节者乎？或邂逅相遇而道不同者乎[7]？固未必其人之皆可述也。然而朱君犹且眷眷于诸人，而并号之为遗民，夫亦以求友之难而托思于此欤？庄生有言："子不闻越之流人乎[8]？去国数日，见其所知而喜；去国旬月，见其所尝见于国中者喜；及期年也[9]，见似人者而喜矣[10]。"余尝游览于山之东西，河之南北二十余年，而其人益以不似。及问之大江以南，昔时所称魁梧丈夫者，亦且改形换骨，学为不似之人[11]。而朱君乃为此书，以存人类于天下[12]。若朱君者，将不得为遗

---

[1]　鲜（xiǎn）：很少。

[2]　耄（mào）：年老。《礼记·曲礼》："八十、九十曰耄。"

[3]　"然而"两句：《论语·述而》："互乡难与言，童子见，门人惑。子曰：与其进也，不与其退也，唯何甚？人洁己以进，与其洁也，不保其往也。"意谓互乡这地方的一个孩子，虽得到孔子的接见和肯定，但不能保证他过去的行为。

[4]　"伯高"两句：《礼记·檀弓》："伯高死于卫，赴于孔子。孔子曰：'吾恶乎哭诸？兄弟吾哭诸庙；父之友，吾哭诸庙门之外；师，吾哭诸寝；朋友，吾哭诸寝门之外；所知，吾哭诸野。于野则已疏，于寝则已重。'"意谓孔子与伯高交往时间不长，难以确定相互之间的关系。

[5]　"孟懿子"三句：意谓鲁国大夫孟懿子和楚国大夫叶公与孔子或孔子学生只是偶尔问答而被记入《论语》。《论语·为政》："孟懿子问孝，子曰：'无违！'……樊迟曰：'何谓也？'子曰：'生事之以礼，死葬之以礼，祭之以礼。'"又《论语·述而》："叶公问孔子于子路，子路不对。子曰：'女奚不曰：其为人也，发愤忘食，乐以忘忧，不知老之将至也云尔！'"

[6]　"食于"两句：《礼记·杂记》："孔子曰：'吾食于少施氏而饱，少施氏食我以礼。'"少施氏：春秋时鲁惠公子施父的后代。

[7]　邂逅（xiè hòu）：遇然相遇。

[8]　"庄生"两句：此段引言见于《庄子·徐无鬼》。

[9]　期（jī）年：一周年。

[10]　似人者：像是同乡人。

[11]　不似之人：指丧失民族气节的人。

[12]　人类：先人的遗类。

民矣乎？因书以答之。吾老矣，将以训后之人，冀人道之犹未绝也[1]。

说明

　　据《明史·艺文志》，明程敏政著有《宋遗民录》一书，以后明末清初人朱明德在此基础上进行增补，写成《广宋遗民录》，其意无非是表彰前代民族志士，鼓舞抗清志士的士气和信心。顾炎武为其写序，一方面肯定收录宋代遗民的意义，一方面又借题发挥，指出有些遗民虽号称志士，实则中道变节，从而借古讽今，对明末一些不能坚持民族气节的士大夫作了含蓄而尖锐的讥讽。文章旨意明确，但笔法曲折委婉，自有一股沉厚的人格力量。

---

[1]　人道：为人之道。

侯方域

侯方域（1618—1654），字朝宗，号雪苑，商丘（今属河南）人。明末参加复社。与方以智、陈贞慧、冒襄齐名，称"明季四公子"，与权奸魏忠贤及其余孽阮大铖等进行斗争。入清后曾应河南乡试，中副榜。不久病死。能诗文。有《壮悔堂文集》和《四忆堂诗集》。

马伶传

马伶者，金陵梨园部也[1]。金陵为明之留都[2]，社稷百官皆在，而又当太平盛时，人易为乐，其士女之问桃叶渡[3]、游雨花台者[4]，趾相错也[5]。梨园以技鸣者[6]，无虑数十辈[7]，而其最著二：曰"兴化部"，曰"华林部"。

一日，新安贾合两部为大会[8]，遍征金陵之贵客文人[9]，与夫妖姬静女[10]，莫不毕集。列兴化于东肆[11]，华林于西肆。两肆皆奏《鸣凤》[12]，所谓椒

---

[1]　金陵：今南京。梨园部：戏班。梨园原是唐玄宗时教授宫女乐曲的地方，后世借以称戏班。部：行业组织。
[2]　留都：明开国后建都南京，后迁都北京，仍在南京保留京城建制，称留都。
[3]　桃叶渡：南京名胜之一，在秦淮河上，因晋王献之作歌送其妾桃叶于此而闻名。
[4]　雨花台：在南京中华门外，相传梁武帝时，云光法师在此讲经，落花如雨，故名。
[5]　趾相错：脚趾错杂，形容游人之多。
[6]　以技鸣：以技艺高而出名。
[7]　无虑：大约。辈：个。
[8]　会：堂会。
[9]　征：招请。
[10]　妖姬静女：美妖的妇人和娴雅的女子。
[11]　肆：此指表演场所。
[12]　《鸣凤》：即《鸣凤记》传奇。相传为王世贞门客作，表现杨继盛与严嵩所作的斗争。

山先生者 [1]。迨半奏 [2]，引商刻羽 [3]，抗坠疾徐 [4]，并称善也。当两相国论河套 [5]，而西肆之为严嵩相国者曰李伶，东肆则马伶。坐客乃西顾而叹，或大呼命酒 [6]，或移坐更近之，首不复东。未几更进 [7]，则东肆不复能终曲。询其故，盖马伶耻出李伶下，已易衣遁矣 [8]。马伶者，金陵之善歌者也，既去，而"兴化部"又不肯辄易之，乃竟辍其技不奏 [9]，而"华林部"独著。

去后且三年 [10]，而马伶归，遍告其故侣，请于新安贾曰："今日幸为开宴 [11]，招前日宾客，愿与'华林部'更奏《鸣凤》，奉一日欢。"既奏，已而论河套 [12]，马伶复为严嵩相国以出。李伶忽失声，匍匐前称弟子 [13]。"兴化部"是日遂凌出"华林部"远甚 [14]。

其夜，"华林部"过马伶曰 [15]："子，天下之善技也，然无以易李伶。李伶之为严相国至矣，子又安从授之而掩其上哉 [16]？"马伶曰："固然，天下无以易李伶，李伶即又不肯授我。我闻今相国昆山顾秉谦者 [17]，严相

---

[1] 椒山：杨继盛，字仲芳，号椒山，容城人。嘉靖进士，因弹劾奸臣严嵩而被害至死。

[2] 迨半奏：等到演了一半。

[3] 引商刻羽：符合音律节拍。商、羽：都是古代五音之一。

[4] 抗坠疾徐：高低快慢。

[5] 两相国论河套：《鸣凤记》第六出情节，宰相夏言和严嵩争论是否收复河套地区。当时河套地区为俺答占据。

[6] 命酒：叫人拿酒来。

[7] 未几：没多久。更进：继续进行。

[8] 易衣：换下戏装。遁：逃走。

[9] 辍其技不奏：停止演出。

[10] 且：将近。

[11] 幸：希望。

[12] 已而：不久。

[13] 匍匐（pú fú）：伏在地上。

[14] 凌出：超出。

[15] 过：往访。

[16] 安从授之：从哪儿学来。掩其上：超过他。

[17] 顾秉谦：明朝昆山人。万历进士，官至文渊阁大学士。依附魏忠贤，残害杨涟、左光斗等忠良。

国俦也[1]。我走京师，求为其门卒三年[2]，日侍昆山相国于朝房[3]，察其举止，聆其语言[4]，久而得之。此吾之所为师也。"华林部"相与罗拜而去[5]。

马伶名锦，字云将，其先西域人[6]，当时犹称马回回云。

侯方域曰：异哉，马伶之得师也！夫其以李伶为绝技，无所干求[7]，乃走事昆山，见昆山犹之见分宜也[8]。以分宜教分宜，安得不工哉？呜呼！耻其技之不若，而去数千里，为卒三年，倘三年犹不得，即犹不归耳。其志如此，技之工又须问耶？

说明

文章记叙了金陵马伶两次较艺，反败为胜的奇特经历，形象地说明了这样一个道理：文艺创作要取得成功，必须深入生活、观察生活；必须刻苦磨炼，在艺术上精益求精。除此之外，文章还包藏着一个更为直接的创作意图，即讥讽当朝宰相顾秉谦是"严相国俦也"，表现了作者疾恶如仇的斗争精神。文章着重描写马伶与李伶的两次较艺，而对马伶在京师的三年经历则略写，有详有略，剪裁得当；叙事时故意将第二次较艺提到前面描写，而对京师的经历留待以后交待，既突出两次较艺胜负的戏剧性变化，又为后面的说理作了必要的铺垫，构思十分巧妙。

---

[1]　俦：同类。
[2]　门卒：门下差役。
[3]　朝房：官员上朝前休息的地方。
[4]　聆：细听。
[5]　罗拜：环列而拜。
[6]　西域：指今甘肃西部、新疆维吾尔自治区一带。
[7]　干求：求取。
[8]　昆山：指顾秉谦。分宜：指严嵩。严为江西分宜人。

集评

　　黄宗羲曰:"朝宗此文,描写曲尽。在无关系之中,写出极有关系。然余以顾秉谦安能象分宜,分宜威福在手,耳目口鼻得以自立,秉谦为逆奄干儿,精神唯工于媚耳。使马伶学赵文华于其手,乃为绝技,分宜非其本色也。虽然能诌人者,方能骄人。马伶是或一道耳。"

——黄宗羲《明文授读》

　　王文濡曰:"何物马伶能自得师。东坡所谓嬉笑怒骂皆成文章,此类是也。"

——王文濡《清文评注读本》

方　苞

方苞（1668—1749），字灵皋，号望溪，桐城（今属安徽）人。康熙四十三年（1704）进士。五十年（1711），因《南山集》案被牵连下狱，两年后出狱。因其学问素有名气，被召入皇宫内南书房当值。六十一年（1722）任武英殿修书总裁，后累迁至礼部侍郎。桐城派创始人。散文讲究"义法"、"有物"、"有序"，用词讲究"雅洁"，以韩愈、欧阳修的文章为楷模。有《望溪文集》。

左忠毅公逸事

先君子尝言[1]：乡先辈左忠毅公视学京畿[2]，一日，风雪严寒，从数骑出，微行入古寺[3]，庑下一生伏案卧[4]，文方成草。公阅毕，即解貂覆生[5]，为掩户[6]。叩之寺僧，则史公可法也[7]。及试，吏呼名至史公，公瞿然注视[8]；呈卷，即面署第一[9]。召入，使拜夫人，曰："吾诸儿碌碌，他日继吾志者，惟此生耳。"

及左公下厂狱[10]，史朝夕狱门外，逆阉防伺甚严，虽家仆不得近。久

---

[1] 先君子：已去世的父亲，此指方苞的父亲方仲舒。
[2] 左忠毅公：左光斗，字遗直，明万历进士，官御史。上奏弹劾魏忠贤、列举其罪状，遭魏陷害，受酷刑，死于狱中。追谥忠毅。京畿：京城附近地区。
[3] 微行：不着官服，不引人注意地出行。
[4] 庑（wǔ）：正堂两边的厢房。
[5] 解貂：解下貂皮裘。
[6] 为掩户：为他关上门窗。
[7] 史公可法：史可法，字宪之，号道邻，祥符人。崇祯元年（1628）进士，弘光帝时官至兵部尚书。督师扬州，兵败不屈，英勇就义。
[8] 瞿然：惊视貌。
[9] 面署第一：当面录取为第一名。
[10] 厂狱：明代特务机关东厂所设立的监狱。

之，闻左公被炮烙[1]，旦夕且死，持五十金，涕泣谋于禁卒，卒感焉。一日，使史更敝衣、草屦，背筐，手长镵[2]，为除不洁者。引入，微指左公处，则席地倚墙而坐，面额焦烂，不可辨，左膝以下，筋骨尽脱矣。史前跪。抱公膝而呜咽。公辨其声，而目不可开，乃奋臂以指拨眦[3]，目光如炬，怒曰："庸奴！此何地也？而汝来前。国家之事，糜烂至此，老夫已矣！汝复轻身而昧大义，天下事谁可支拄者？不速去，无俟奸人构陷，吾今即扑杀汝！"因摸地上刑械，作投击势。史噤不敢发声[4]，趋而出。后常流涕述其事，以语人曰："吾师肺肝，皆铁石所铸造也！"

崇祯末[5]，流贼张献忠出没蕲、黄、潜、桐间[6]，史公以凤庐道奉檄守御[7]。每有警，辄数月不就寝，使将士更休，而自坐幄幕外；择健卒十人，令二人蹲踞而背倚之，漏鼓移则番代[8]。每寒夜起立，振衣裳，甲上冰霜迸落，铿然有声。或劝以少休，公曰："吾上恐负朝廷，下恐愧吾师也。"

史公治兵，往来桐城，必躬造左公第[9]，候太公、太母起居[10]，拜夫人于堂上。

余宗老涂山[11]，左公甥也，与先君子善，谓狱中语乃亲得之于史公云。

---

[1]　炮烙：一种酷刑，以烧红的铁来炙烧犯人。
[2]　手长镵（chán）：手里拿着一种类似铲子的工具。
[3]　眦（zī）：眼眶。
[4]　噤：闭口。
[5]　崇祯：明思宗年号（1628—1644）。
[6]　张献忠：明末农民军领袖，1644 年在四川成都称帝，建立大西国，改元大顺。1646 年兵败被杀。蕲、黄、潜、桐：指湖北蕲春、黄冈，安徽潜山、桐城。
[7]　凤庐道：主管凤阳、庐州（今合肥）的道员。
[8]　漏：古代一种滴水计时的器物。鼓：更鼓，番代：轮班替换。
[9]　躬造：亲临。
[10]　太公、太母：指左光斗父母。
[11]　宗老：同一宗族的先辈。涂山：方苞族祖父的号。

说明

　　文章只记三件逸事，以补正史不足。第一件逸事是发现人才，第二件逸事是爱惜人才，第三件则落笔史可法，从史可法的身上反射出左光斗的光彩。三件逸事侧重点虽不同，但都贯之以左光斗忠心为国的崇高精神：发现人才为国，保护人才为国，而史可法"吾上恐负朝廷，下恐愧吾师"的心理，正是这种精神的延伸。文章以左光斗为主，以史可法为宾，相互映衬，相得益彰，塑造了栩栩如生的忠烈形象。全文结构严整，文字雅洁，体现了桐城派散文的风格。

集评

　　马钧衡曰："书诸公逸事，阴阳消长所系，不惟足传懿节而已。"

——马钧衡《望溪先生集外文跋》

刘大櫆

刘大櫆（1698—1779），字耕南，又字才甫，号海峰，桐城（今属安徽）人。二十九岁赴京应试，为方苞所赏识，一时名扬都下。但科场不利，久困场屋。晚年为黟县教谕。数年后弃官归桐城故乡。以方苞为师、又为姚鼐之师，为桐城三祖的"蜂腰"人物。有《海峰诗文集》。

游万柳堂记

昔之人贵极富溢[1]，则往往为别馆以自娱[2]，穷极土木之工[3]，而无所爱惜。既成，则不得久居其中，偶一至焉而已；有终身不得至者焉。而人之得久居其中者，力又不足以为之。夫贤公卿勤劳王事，固将不暇于此，而卑庸者类欲以此震耀其乡里之愚[4]。

临朐相国冯公[5]，其在廷时无可訾亦无可称[6]，而有园在都城之东南隅。其广三十亩，无杂树，随地势之高下，尽植以柳，而榜其堂曰"万柳之堂"[7]。短墙之外，骑行者可望而见。其中径曲而深，因其洼以为池，而累其土以成山，池旁皆蒹葭[8]，云水萧疏可爱。

雍正之初[9]，予始至京师，则好游者咸为予言此地之胜。一至，犹稍

---

[1] 贵极富溢：形容极其富贵。
[2] 别馆：即别墅。
[3] 工：精巧。
[4] 类欲：都想要。乡里之愚：家乡的一些无知村民。
[5] 临朐（qú）相国冯公：指冯溥，山东临朐县人，康熙朝曾任宰相。
[6] 可訾：可骂。可称：可称道。
[7] 榜：题名。
[8] 蒹葭（jiān jiā）：芦荻。
[9] 雍正：清世宗年号（1723—1735）。

有亭榭。再至，则向之飞梁架于水上者，今欹卧于水中矣[1]。三至，则凡其所植柳，斩焉无一株之存[2]。

人世富贵之光荣，其与时升降，盖略与此园等。然则士苟有以自得[3]，宜其不外慕乎富贵。彼身在富贵之中者，方殷忧之不暇[4]，又何必朘民之膏以为苑囿也哉[5]！

说明

文章题作"游万柳堂记"，但笔墨的重心却落在游之后的议，表达对达官贵人不惜花巨资建造园林别墅以供自己享乐、炫耀的不满。尽管如此，文章对三次游万柳堂的情况及万柳堂的来历也交待得清清楚楚，对万柳堂的景物描写也能生动鲜明。全文简洁朴实，饱满有力。

集评

方宗诚曰："海峰先生之文，以品藻音节宗，虽尝受法于望溪，而能变化以自成一体，义理不如望溪之深厚，而藻采过之。望溪初见，即许为今之昌黎，其倾倒极矣。"

——方宗诚《桐城文录》

---

[1]　欹（qī）卧：斜卧。
[2]　斩焉：形容一无所有，像斩过一样。
[3]　自得：指有所体会。
[4]　殷忧：深忧。
[5]　朘（juān）：搜刮。苑囿（yuàn yòu）：此指园林。

袁 枚

祭妹文

乾隆丁亥冬[1]，葬三妹素文于上元之羊山[2]，而奠以文曰：

呜呼！汝生于浙而葬于斯，离吾乡七百里矣。当时虽觭梦幻想[3]，宁知此为归骨所耶？

汝以一念之贞，遇人仳离[4]，致孤危托落[5]，虽命之所存，天实为之；然而累汝至此者，未尝非予之过也。予幼从先生授经，汝差肩而坐[6]，爱听古人节义事；一旦长成，遽躬蹈之。呜呼！使汝不识诗书，或未必艰贞若是。

予捉蟋蟀，汝奋臂出其间，岁寒虫僵，同临其穴[7]。今予殓汝葬汝，而当日之情形，憬然赴目。予九岁憩书斋，汝梳双髻，披单缣来[8]，温《缁衣》一章[9]。适先生奓户入[10]，闻两童子音琅琅然，不觉莞尔，连呼"则则"[11]，此七月望日事也[12]。汝在九原[13]，当分明记之。予弱冠粤

---

[1]　乾隆丁亥：乾隆三十二年（1767）。
[2]　素文：名机，字素文。上元：旧县名，在今南京市。羊山：在今南京市东。
[3]　觭（jī）梦：做梦。《周礼·春官·大卜》："太卜掌三梦之法，二曰觭梦。"
[4]　仳离：指女子被遗弃而离去。《诗·王风·中谷有蓷》："有女仳离，条其啸矣，条其啸矣，遇人之不淑矣。"
[5]　托落：落拓。
[6]　差（cī）肩：并肩。
[7]　同临其穴：一同埋蟋蟀。
[8]　缣：一种绢。
[9]　《缁衣》：《诗经·郑风》的篇名。
[10]　奓（zhā）户：开门。
[11]　则则：同"啧啧"，赞叹声。
[12]　望日：农历十五。
[13]　九原：指墓地。

行[1]，汝掎裳悲恸。逾三年，予披宫锦还家[2]，汝从东厢扶案出，一家瞠视而笑，不记语从何起，大概说长安登科[3]，函使报信迟早云尔[4]。凡此琐琐，虽为陈迹，然我一日未死，则一日不能忘。旧事填膺[5]，思之凄梗，如影历历，逼取便逝。悔当时不将婴婗情状[6]，罗缕纪存[7]；然而汝已不在人间，则虽年光倒流，儿时可再，而亦无与为证印者矣。

汝之义绝高氏而归也，堂上阿奶[8]，仗汝扶持；家中文墨，眣汝办治[9]。尝谓女流中最少明经义、谙雅故者[10]；汝嫂非不婉嬺[11]，而于此微缺然。故自汝归后，虽为汝悲，实为予喜。予又长汝四岁，或人间长者先亡，可将身后托汝；而不谓汝之先予以去也！前年予病，汝终宵刺探[12]，减一分则喜，增一分则忧。后虽小差[13]，犹尚殗殜[14]，无所娱遣，汝来床前，为说稗官野史可喜可愕之事[15]，聊资一欢。呜呼！今而后，吾将再病，教从何处呼汝耶？

汝之疾也，予信医言无害，远吊扬州[16]，汝又虑戚吾心[17]，阻人走报。

---

[1] 弱冠：指成年。粤行：乾隆元年（1736），作者二十一岁，经广东到广西叔父袁鸿处。当时袁鸿为广西巡抚金鉷的幕客。金鉷很赏识袁枚，举荐他到北京考博学鸿词科。

[2] 披宫锦还家：袁枚于乾隆四年考中进士后还家省亲。宫锦：指宫服。

[3] 长安：汉唐都城，此代指北京。登科：即考中进士。

[4] 函使：专报录取消息的人。

[5] 膺（yīng）：胸。

[6] 婴婗（yī nī）：婴儿，此指儿时。

[7] 罗缕纪存：有条理地记录下来。

[8] 堂上阿奶：指袁枚母亲章氏。

[9] 眣（shùn）：同"眴"，以目示意，此作盼望意。

[10] 谙雅故：熟悉古书古事。

[11] 婉嬺（yì）：温顺和婉。

[12] 刺探：探望。

[13] 小差：病情稍好转。差：同"瘥"，病愈。

[14] 殗殜（yè dié）：病情不十分重。

[15] 稗官野史：指各种野史小说。

[16] 吊：探访古迹。

[17] 虑戚吾心：怕我担心。

及至绵惙已极¹，阿奶问："望兄归否？"强应曰："诺！"已予先一日梦汝来诀，心知不祥，飞舟渡江。果予以未时还家²，而汝以辰时气绝³；四支犹温，一目未瞑，盖犹忍死待予也。呜呼痛哉！早知诀汝，则予岂肯远游？即游，亦尚有几许心中言要汝知闻，共汝筹画也。而今已矣！除吾死外，当无见期。吾又不知何日死，可以见汝；而死后之有知无知，与得见不得见，又卒难明也。然则抱此无涯之憾。天乎，人乎，而竟已乎！

汝之诗，吾已付梓⁴；汝之女，吾已代嫁；汝之生平，吾已作传；惟汝之窀穸⁵，尚未谋耳。先茔在杭⁶，江广河深，势难归葬，故请母命而宁汝于斯，便祭扫也。其旁葬汝女阿印，其下两冢，一为阿爷侍者朱氏⁷，一为阿兄侍者陶氏⁸。羊山旷渺，南望原隰⁹，西望栖霞¹⁰，风雨晨昏，羁魂有伴¹¹，当不孤寂。所怜者，吾自戊寅年读汝哭侄诗后¹²，至今无男；两女牙牙，生汝死后，才周晬耳¹³。予虽亲在未敢言老，而齿危发秃，暗里自知，知在人间，尚复几日？阿品远官河南¹⁴，亦无子女，九族无可继者¹⁵。汝死我葬，我死谁埋？汝倘有灵，可能告我？

---

[1]　绵惙（chuò）：病情加重。
[2]　未时：古人将一昼夜分十二时。未时约十三时至十五时。
[3]　辰时：上午七时至九时。
[4]　付梓：付印。梓：印书的刻板。
[5]　窀穸（zhūn xī）：墓穴。
[6]　先茔（yíng）：指祖先的坟墓。
[7]　阿爷：指袁枚父袁滨。侍者：妾。
[8]　阿兄：作者自指。
[9]　原隰（xí）：低湿的原野。
[10]　栖霞：山名，在南京东北。
[11]　羁魂：羁留他乡的魂。
[12]　戊寅年：乾隆二十三年（1758）。是年袁枚丧子，袁机有哭侄诗。
[13]　周晬（zuì）：周岁。
[14]　阿品：袁枚堂弟，名树，字东芗，当时任河南正阳县令。
[15]　九族：高祖、曾祖、祖父、父亲、自身、儿子、孙子、曾孙、玄孙，合称九族。

呜呼！生前既不可想，身后又不可知；哭汝既不闻汝言，奠汝又不见汝食。纸灰飞扬，朔风野大，阿兄归矣，犹屡屡回头望汝也。呜呼哀哉！呜呼哀哉！

说明

据袁枚《女弟素文志》：其三妹素文，与江苏如皋高家指腹为婚，后高家因其儿不肖，自动提出解除婚约，但素文笃守"从一而终"的贞节观，勉强成婚。婚后丈夫行为不端，常向其勒索嫁妆以为嫖妓之资，稍有不依，便行殴打，素文一直逆来顺受。最后丈夫为还赌债，竟要将她出卖，这才逃回娘家，并诉诸官府离婚。以后一直在娘家侍母、侍兄，死时年仅四十岁。此文为祭素文而作，追述了素文的不幸遭遇，表示了对封建贞节观的否定。文章情真、事真、语真，句句从肺腑流出，读来催人泪下。

集评

王文濡曰："昌黎《祭十二郎文》、欧阳《泷冈阡表》，皆古今有数文字，得此乃鼎足而三。"

——王文濡《清文评注读本》

　　　　　　　　　　　　　　　　　　　　　　　元明清诗文

黄生借书说

黄生允修借书，随园主人授以书而告之曰[1]：

书非借不能读也。子不闻藏书者乎？"七略"、"四库"[2]，天子之书；然天子读书者有几？汗牛塞屋[3]，富贵家之书；然富贵人读书者有几？其他祖父积、子孙弃者无论焉。

非独书为然，天下物皆然。非夫人之物而强假焉[4]，必虑人逼取而惴惴焉摩玩之不已[5]，曰："今日存，明日去，吾不得而见之矣。"若业为吾所有，必高束焉，庋藏焉[6]，曰："姑俟异日观云尔。"

余幼好书，家贫难致。有张氏，藏书甚富，往借不与，归而形诸梦，其切如是；故有所览，辄省记[7]。通籍后[8]，俸去书来，落落大满[9]，素蟫灰丝[10]，时蒙卷轴，然后叹借者之用心专而少时之岁月为可惜也。

今黄生贫类余，其借书亦类余。惟余之公书与张氏之吝书若不相类[11]。然则余固不幸而遇张乎？生固幸而遇余乎？知幸与不幸，则其读书也必专，而其归书也必速。为一说，使与书俱。

[1]　随园主人：袁枚自称。袁枚辞官后在江宁小仓山筑随园自居。
[2]　七略：图书目录分类著作，汉刘向、刘歆父子撰，分辑略、六艺略、诸子略、诗赋略、兵书略、术数略、方技略七部。四库：经、史、子、集四部的简称。
[3]　汗牛：形容书籍极多，牛马运时累得出汗。
[4]　强假：勉强借来。
[5]　惴惴（zhuì）：心不安貌。
[6]　庋（guǐ）藏：收藏、搁置。
[7]　省（xǐng）记：牢记。
[8]　通籍：做官。
[9]　落落：重叠的样子。
[10]　素蟫（tán）：白色的书虫。
[11]　公书：把书借给别人使用。

说明

　　文章由黄生借书引起，阐发"书非借不能读"的道理，并勉励黄生"读书也必专"。文章是写给自己学生的，信笔写去，行云流水，却又起伏有致，章法俨然，表现出较高的文字功力。

钱大昕

钱大昕（1728—1804），字晓徵，一字及之，号辛楣，又号竹汀居士，嘉定（今属上海）人。乾隆十九年（1754）进士，选为庶吉士，历官詹事府少詹事，广东学政等职。乾隆四十年（1775）丁父忧后不再出仕。主持或讲学于钟山、娄东、紫阳等书院。以研治经史著称，乾嘉学派代表人物之一。有《潜研堂集》、《二十二史考异》、《十驾斋养新录》等。

弈喻

予观弈于友人所[1]。一客数败。嗤其失算[2]，辄欲易置之；以为不逮己也[3]。顷之，客请与予对局，予颇易之。甫下数子[4]，客已得先手。局将半，予思益苦，而客之智尚有余。竟局数之[5]，客胜予十三子。予赧甚[6]，不能出一言。后有招予观弈者，终日默坐而已。

今之学者，读古人书，多訾古人之失[7]；与今人居，亦乐称人失。人固不能无失。然试易地以处，平心而度之，吾果无一失乎？吾能知人之失，而不能见吾之失；吾能指人之小失，而不能见吾之大失。吾求吾失且不暇，何暇论人哉？

弈之优劣，有定也。一着之失[8]，人皆见之；虽护短者，不能讳也。

---

[1] 弈（yì）：下棋。

[2] 嗤（chī）：讥笑。

[3] 不逮己：不及己。

[4] 甫：刚刚。

[5] 竟局：终局。

[6] 赧（nǎn）：因羞愧而脸红。

[7] 訾（zǐ）：指责。

[8] 一着之失：一子下错。

理之所在，各是其所是，各非其所非。世无孔子，谁能定是非之真？然则人之失者，未必非得也；吾之无失者，未必非大失也；而彼此相嗤，无有已时，曾观弈者之不若已！

说明

　　人能一目了然地发现别人的过失，却往往看不到自己的失误，所谓"当事者迷，旁观者清"，因此，必须正确地对待别人的错误，正确地对待自己。文章以下棋为喻，阐发的正是这一道理。作者从自己的亲身体验下笔，语气亲切，行文自然，颇有说服力。

集评

　　王文濡曰："凡人易犯此病，读之当以为戒。"

——王文濡《清文评注读本》

　　　　　　　　　　　　　　　　　　　　　　　元明清诗文

姚鼐

登泰山记

泰山之阳，汶水西流[1]；其阴，济水东流[2]。阳谷皆入汶，阴谷皆入济；当其南北分者，古长城也[3]。最高日观峰，在长城南十五里。

余以乾隆三十九年十二月[4]，自京师乘风雪，历齐河、长清，穿泰山西北谷，越长城之限，至于泰安。是月丁未[5]，与知府朱孝纯子颍[6]，由南麓登。四十五里，道皆砌石为磴[7]，其级七千有余。

泰山正南面有三谷，中谷绕泰安城下，郦道元所谓环水也[8]。余始循以入，道少半，越中岭；复循西谷，遂至其巅。古时登山，循东谷入，道有天门。东谷者，古谓之天门溪水，余所不至也。今所经中岭及山巅崖限当道者[9]，世皆谓之天门云。道中迷雾冰滑，磴几不可登，及既上，苍山负雪，明烛天南，望晚日照城郭、汶水、徂徕如画[10]，而半山居雾若带然。

戊申晦五鼓[11]，与子颍坐日观亭[12]，待日出，大风扬积雪击面。亭东自

---

[1]　汶水：大汶河，源于山东省莱芜县东北的原山，向西南流经泰安县。
[2]　济水：又称沇水，发源于河南济源县的王屋山，向东流入山东，现下游已为黄河改道所占。
[3]　古长城：指春秋战国时齐国所筑的长城。
[4]　乾隆三十九年：公元1774年。
[5]　丁未：指这年十二月二十八日。
[6]　朱孝纯子颍：朱孝纯，字子颍，山东历城（今济南）人。乾隆年间进士，当时任泰安知府。
[7]　磴（dèng）：石阶。
[8]　郦道元：字善长，北魏范阳人。著有《水经注》。环水：泰安护城河。
[9]　崖限：指崖壁。
[10]　徂徕（cú lái）：山名，在泰安城东南。
[11]　戊申：十二月二十九日。晦：农历每月最后一天，五鼓：五更。
[12]　日观亭：亭名，在日观峰上。

元明清文　　　　　　　　　　　　　　　　　　　　　　　325

足下皆云漫，稍见云中白若樗蒱数十立者¹，山也。极天云一线异色，须臾成五彩²，日上正赤如丹，下有红光，动摇承之。或曰，此东海也。回视日观以西峰，或得日，或否，绛皓驳色³，而皆若偻⁴。

亭西有岱祠⁵，又有碧霞元君祠⁶，皇帝行宫在碧霞元君祠东⁷。是日，观道中石刻，自唐显庆以来⁸，其远古刻尽漫失；僻不当道者，皆不及往。山多石少土，石苍黑色，多平方，少圆。少杂树，多松，生石罅⁹，皆平顶。冰雪，无瀑水，无鸟兽音迹。至日观数里内，无树，而雪与人膝齐。桐城姚鼐记。

说明

这篇游记以游踪为线索，描绘了冬日泰山上的壮丽景象。文章扣住一"雪"字落笔，有明写雪，如乘风雪、苍山负雪等，有暗写雪，如明烛天南、绛皓驳色等，不仅使所有景色都带上冬日特征，而且还反衬出作者的游兴之浓与暂时摆脱官场、内心明净澄静的愉悦之情。文章剪裁巧妙，繁简得当，描写从京师到泰安的路程只寥寥十余字，写日出一段则大肆渲染，描画出泰山雪峰日出的瑰丽图景。全文刻画生动，文字雅

---

[1] 樗蒱（chū pú）：古代一种赌博游戏用具，类似以后的骰子。
[2] 须臾：片刻，一会儿。
[3] 绛皓驳色：红白错杂。
[4] 若偻：像弯腰屈背的样子。
[5] 岱祠：即东岳祠，祭祀泰山之神东岳大帝的祠庙。
[6] 碧霞元君：传说是东岳大帝的女儿。
[7] 皇帝行宫：皇帝出行所居的处所。
[8] 显庆：唐高宗年号（656—660）。
[9] 罅（xià）：裂缝。

洁，确是一篇难得的好文章。

集评

　　黎庶昌曰："典要凝括。余以同治五年，从曾文正公登岱，观日出，读此益服其状物之妙。"

——黎庶昌《读古文辞类纂》

图书在版编目(CIP)数据

元明清诗文/朱惠国编著.—上海:上海人民出
版社,2017
(中华经典诗文之美/徐中玉主编)
ISBN 978-7-208-14694-5

Ⅰ.①元… Ⅱ.①朱… Ⅲ.①诗词-作品集-中国-
元代②诗词-作品集-中国-明清时代③古典散文-散文
集-中国-元代④古典散文-散文集-中国-明清时代
Ⅳ.①I212.01

中国版本图书馆 CIP 数据核字(2017)第 175911 号

特约编辑　时润民
责任编辑　马瑞瑞
封面设计　高　熹

· 中华经典诗文之美 ·
徐中玉　主编
元明清诗文
朱惠国 编著
世 纪 出 版 集 团
上海人民出版社出版
(200001　上海福建中路 193 号　www.ewen.co)
世纪出版集团发行中心发行　　常熟市新骅印刷有限公司印刷
开本 890×1240　1/32　印张 11　插页 2　字数 263,000
2017 年 8 月第 1 版　2017 年 8 月第 1 次印刷
ISBN 978-7-208-14694-5/I·1654
定价 36.00 元